风中丝柳

龚莉随笔

龚莉 著

中华书局

图书在版编目（CIP）数据

风中丝柳:龚莉随笔/龚莉著. —北京:中华书局,2021.10
（龚莉"四个一批"人才自主选题系列作品）
ISBN 978-7-101-15299-9

Ⅰ.风…　Ⅱ.龚…　Ⅲ.随笔-作品集-中国-当代
Ⅳ.I267.1

中国版本图书馆 CIP 数据核字（2021）第 162458 号

书　　名	风中丝柳——龚莉随笔
著　　者	龚　莉
丛 书 名	龚莉"四个一批"人才自主选题系列作品
责任编辑	陈　乔
装帧设计	袁　欣
出版发行	中华书局
	（北京市丰台区太平桥西里 38 号　100073）
	http://www.zhbc.com.cn
	E-mail:zhbc@zhbc.com.cn
印　　刷	北京市白帆印务有限公司
版　　次	2021 年 10 月北京第 1 版
	2021 年 10 月北京第 1 次印刷
规　　格	开本/920×1250 毫米　1/32
	印张 12¾　字数 300 千字
国际书号	ISBN 978-7-101-15299-9
定　　价	98.00 元

目录

第三辑 · 子夜记寻常   311

序　碎片竟也飘醇香

王德有

久久不进朋友圈。碎片太多，信息杂驳，费时耗神，鲜有收获。真是赔本的买卖，还是尽量少看为好！

2016年的一天，偶生兴致，打开看看，有点异样，眼球竟被一篇短文吸住，是段游记开篇，题为《引源厚泽》。也就七八百字，顺势读下。精粹、醇香，挺有味道，想必出于大家手笔。

回头来寻微主，哈，竟是"三苗"！

"三苗"是谁？应该是龚莉。

为什么说"应该"？因为多少有些疑惑。

在我的朋友圈里，"三苗"只有龚莉一个，不会再有第二人，可这篇随笔的行文却不像她历来的风格。

与之共事几十年，她的经济学专著读过，她的编辑学高论读过，间或有过五六千字的散文，也读过。可是这种短小蕴韵的随笔，却是从未见到过。经过周密考查，还真是她。而且她已经写了很长一段时间，所记之事包罗万象。我不禁感叹，一个几乎将全部精力和时间都倾注在事业上的大忙人，哪里还有时间和合适的环境来做这样的事情，真是有点不可思议。

不可思议，只是我一种潜意识的疑惑，偶得随记持之以恒，却是龚莉多年来在繁重的工作之余，利用闲暇时间挤出来的一种爱好。

就这样，因为龚莉随笔微文的出现，我开始关注、寻找她发出的每一篇小品文，听她讲述每一段醇香有味的故事，一篇读过又立即期待下一篇的到来。

我喜欢随笔。喜欢到酷爱，喜欢到痴迷。有例为证：

享年98岁的季羡林老先生，老年的时候，把自己一辈子的随笔整理出来，拿去出版。一共八大部，洋洋二百万言。我给了一个评价，叫作"婆婆妈妈，拉拉杂杂"。

尽管如此，我却一句不落，从头到尾一读到底，想放也放不下。

你还不要不信。随意选个琐屑给你聊聊，你就知道读得那个细腻，读得那个周全，到了什么程度。

我问你：季老的生日是哪天？

你可能会说：8月6日。

我认可。因为公论如此，也因为季老屡言也如此。

龚莉大概也认可，也生在8月6日的她，每逢这天，和慈祥的季老寿星同庆生日，那多好玩！是不是？

可是我却要问一句：果真如此吗？

看看季老怎么说："惭愧，惭愧！奈何，奈何！""8月6日算是我的生日。"然而，"我的生日，从旧历折合成公历是8月2日。由于一次偶然笔误，改成了6日。让我少活了四天"。

旧历是哪天？在季老那二百万字的随笔中，也就交待过一句：六月初八。

"六月初八"！这下该我觉得好玩了，因为我也生在六月初八。

你看，季老的随笔道出了鲜为人知的真相，而且，《中国大百科全书》语言文字卷主编的生日竟然还藏着两位编辑的生日，这种巧合是不是觉得有趣？

我喜欢随笔。喜欢到酷爱，喜欢到痴迷。只是季老已去，再也看不到他老人家的随笔新篇。

想不到龚莉的随笔又给了我意外的惊喜。从读《引源厚泽》开始，我又不惜耗时，不吝费神地天天逛朋友圈了，从那数百条碎片中挖掘"三苗"随笔。我觉得值，因为那里有人文，那里有风物，那里有地理，那里有民俗，那里有典故，那里有诗词，那里有神会，那里有心灵。而且，一经"三苗"文字过滤，它们便通过字里行间，飘洒出阵阵醇香来，读之，那叫享受！

近日传来好消息，三苗的随笔要结集出版。兴奋之余，我情不自禁也就婆婆妈妈、拉拉杂杂码起字来，于是便有了这篇《碎片竟也飘醇香》。意欲鸡冠插凤头，给书当个"序"，不知能不能通得过去。

2020年6月18日

风中丝柳（自序）

想不起是什么时候，在朋友圈见到了微文，觉得亲切、新奇、有趣。这是一个很特别的空间，私密性和公共性兼具，似乎同时满足了人的安全感和交流的天性。同时，微文篇幅短小随文配图，契合了时间碎片化的当今写作和阅读的潮流。

我开始尝试写微文，则直接缘起于所供职出版社一项紧急公干。2014年，《中国大百科全书》第三版编纂全面展开。各学科相继成立编委会，群贤毕至，大家云集。一个个会议接踵而来。参会使我有机会全面了解各学科概貌及设计构想，目睹科学家们、学者们足智多谋、运筹帷幄的风采，并从诸多细节窥见他们的真性情。会后，不管多晚，在住所，或在归程列车上、航站楼，我便匆匆写上几笔，发至朋友圈。干什么吆喝什么，这也是所谓职业病使然。

没想到，这一写，就迷上了。差旅途中、节假日出游，那些浸润了悠久文化而耐人寻味的风物、风景、风味，会让我文思涌起；特别日子里的静夜遐思，朋友圈事件突发时的有感而发，遥念牵挂的亲人好友，回味偶遇的趣事趣人，也会情不自禁写上几句。常在深更半夜，于手机上码字。好几回熬得眼睛充血，熟人见了惊呼，说这么红，看得人心里发毛。这就好比初学车的人，新鲜劲儿，尤其要会不会的时候，瘾特大。加之有朋友们关注、点赞，这无异于推波助澜，我写得更起劲了。

为了使自己有一点仪式感而做得认真些，我还将每次的文字编上小题目，配上自己拍摄的图片。

这一股魔怔般的热情持续了好几年。其间，时有朋友问：有没有想过出集子？什么时候出？我都立马回复：没想过，写着玩儿的。当时，真是那么想，好记性抵不过烂笔头，倘若再能得朋友们茶余饭后闲翻消遣，也是一乐。这和正襟危坐、白纸黑字地著书立说不同，随意写去，偶有谬误，也不用特别紧张检讨。

不料，机缘巧合，如今我的微文真的要结集出版了，心里不免忐忑不安起来。这些随笔，已经偏离了传统的写作模式，细小、琐碎、随意，现在要走出朋友圈，行吗？

但转念一想，写什么，无论哪种形式，本质上都是记录。更何况，世间万事万物，孰大孰小，孰轻孰重，或此一时彼一时，或换个角度看认识又有所不同，谁又能说得清楚？只要心真诚，笔真实，即便是微念、微思、微言，又或微文，或许都有它的文化况味，都有它的一些道理所在。

着手整理时，自己也吃了一惊。那每每从时间流、指尖缝中挤出来的二三百字乃至千字小文，累积起来居然也有了20余万字，拍摄的照片也足可建一个小型图片库！选辑其中部分，组成本书内容。

在此，要感谢朋友圈各位对我的鼓励，更要感谢对本书出版给予帮助的人。感谢王德有先生为本人拙作写序。感谢符冰帮助整理文图。感谢袁欣为本书设计版式和封面。当然，还要特别感谢的是在本书中出现的人，无论是科学家、艺术家、学者、官员，还是普通劳动者、平民百姓，没有他们，压根就不会有这些随笔的出现。

窗外，阳光漫过草地，柳树青青，柳丝在微风中摇曳。天南与天北，此处影婆娑。不禁想，眼前这细细小小、低吟浅唱的万千丝柳，不正是人间平凡日常、琐碎思绪的写照吗？

惹将千万思，系在长短枝。遂将本随笔集定名为《风中丝柳》。

2020年6月1日于北京小舍东窗

第一辑

繁星缀国典

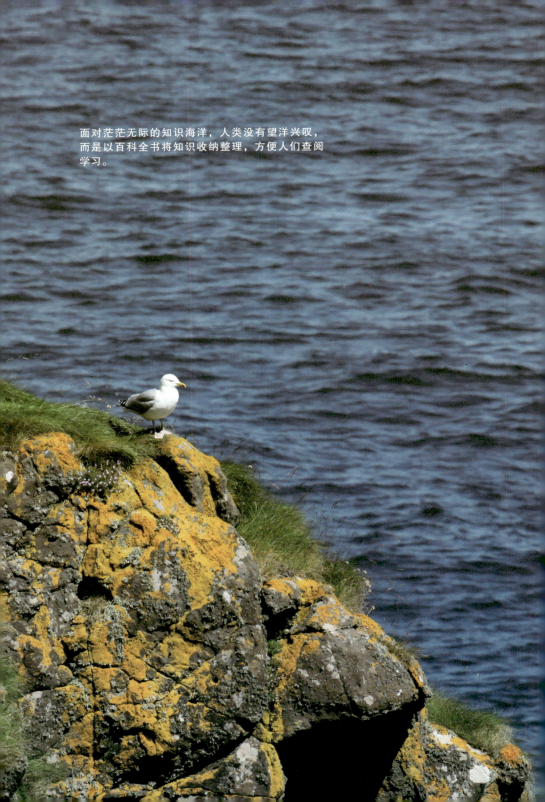

面对茫茫无际的知识海洋，人类没有望洋兴叹，而是以百科全书将知识收纳整理，方便人们查阅学习。

天堂应该是图书馆的模样

2014/
/09.21 ~ 09.22

昨日傍晚，我和几位编辑同事到达武汉。《中国大百科全书》第三版图书馆学、情报学第一次学科编委会会议，翌日在武汉大学信息学院举行。

阿根廷作家 J. L. 博尔赫斯曾说："如果这个世上真的有天堂，天堂应该是图书馆的模样。"1849年，经英国考古学家 A. H. 莱尔德发掘，在古文明遗址中至今发现建立最早、保存最完整、规模最宏大、书籍种类最齐全的图书馆——亚述巴尼拔图书馆重现于世。图书馆遗址的一块泥版上，刻有新亚述时期最后一位伟大君主的自述："我，亚述巴尼拔，受到纳布智慧神的启发，知晓有必要博览群书。我可以从它学到射、御以及治国平天下的本领。读书不但可以扩充知识和技艺，而且还可养成一种高贵的气度。"

即使是从亚述巴尼拔图书馆算起，至今图书馆也已经存世近2700年了，它是人类保存文化遗产、开发信息资源、参与社会教育、延续文化命脉的重要依托。图书馆学研究图书馆的发生发展、组织管理，以及图书馆的工作规律。情报即解决科研、生产中的具体问题所需要的特定知识和信息，情报学研究知识和信息的产生、获取、传输、处理、分类、识别、存储及利用，近年来也被称为信息学。情报学、档案学与图书馆学同源，许多理论来自图书馆学，过去图（图书馆）、情（情报）、档（档案）原是一家，后来，随着知识、信息及技术的突飞猛进，逐渐分离，各表一枝。

虽已入秋，三镇"火炉"威力不减。武汉人无辣不欢，饭桌上的菜肴没有不辣，只有更辣，食之汗流不止。饭毕。晚上在房间分头准备材料。编辑们负责体例、流程等，我则制作整理以"新时代、新百科"为题的PPT。

21日~22日，会议举行了两

天。来自全国25所高校及机构的50余名中国图书馆学和情报学专家学者参会。情报学主编马费成，教授、博导，武汉信息管理学院院长；图书馆学主编陈传夫，教授、博导，教育部长江学者特聘教授，武汉大学研究生院院长。两位主编分别作主题发言。专家们讨论了学科结构、范围、内容和边界，规划了两个学科总条目数；以多数通过的表决形式确定了学科分支设置；对选条标准达成共识；确定了下一步工作内容。

此次会议还就编纂网络版《中国大百科全书》征询了专家们的意见。专家们纷纷献计献策，贡献智慧，分享资源。比如：网络版要加强知识分析和信息分析功能，要将传统的阅读和检索变为知识提供，通过后台为特定用户推送知识内容。平台可以整合多元化的信息，比如版本和古籍的保护与呈现，版本用户心理分析与需求分析，将简单的条目加入多元化的知识服务，等等。

这是"三版"首个学科编委会成立暨工作会议，也被与会专家称为"图书馆学、情报学界的一件大事"。百科全书是知识的宝库，"三版"从图书馆学、情报学开始起步，虽说是机缘巧合，但内在的密切关联，以及拥有面向知识服务的同向探索，使这样的开局令人遐思。

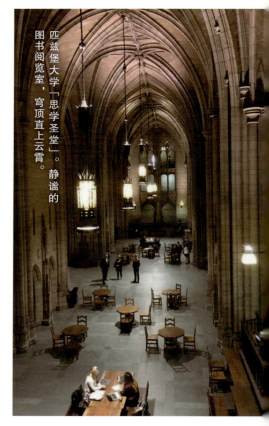

匹兹堡大学「思学圣堂」。静谧的图书阅览室，穹顶直上云霄。

图书馆学和情报学的科研，学界素来公认有南北两强，即北有北京大学，南有武汉大学。近年来，武大信息学院在此领域的研究实力、学术成果已成翘楚，这次成为"三版"本学科牵头单位顺理成章。

统一制服

2014 / 10.27

金秋十月，天高气爽。上午，北京德宝饭店328会议室，来自各地的语言学家济济一堂，举行《中国大百科全书》第三版语言文字学科编委会第一次会议。

语言是人类最重要的交际工具，是一种音义结合的符号系统；文字是记录语言的音、形、义统一的书写符号系统，文字在语言的基础上产生并发展起来。语言文字学是研究人类语言文字的历史、现状及其内在规律的一门学科，与人类文化的起源、发展和未来研究有着最为密切的关联。《全书》第一版、二版语言文字学科的主编都是季羡林先生。季先生曾于上个世纪末撰文，生动有趣地记述了姜椿芳是"百科迷"，自己也"迷"起来的情况。

"三版"语言文字学科主编

刘丹青,研究员、中国社会科学院语言所所长。他是江苏人,瘦、高鼻梁、眼睛大而明亮。他在会上的讲话别具一格,简要整理如下:百科全书对科技史、文明史都有重大意义,这是传统意义上的意义。而第三版是传统意义加上当代放大(加个乘号)的学术和社会效益,有很大的放大效应。以网络为主要媒介,首先是媒介放大,其次是受众成千上百倍放大,再有是频率放大,加起来就是功效许多倍放大。我们比前辈有更大成就感回报。同时,责任感也放大了。有更广泛的争鸣、挑战、商榷,要准备好面对、应对。三版以网络先导后,会带来编纂生态、生存生态的巨大变化。语言文字学科增条扩版,是本学科发展需要。现在,国内学者眼界更加开阔了,研究群体总量和知识总量增大了,认识的深度发展了,

中华人民共和国水准零点。1956年中国规定采用青岛验潮站求得的黄海平均海水面为"全国统一高程基准面。"

如黄先生主编的《中国语言》就收入了130多种语言。坚持中国特色，是中国走向世界的重要步骤，如中国的汉文字，加上少数民族文字，不同于印欧语系的汉语法特点等，中国声音要在《中国大百科全书》中反映。

中国社会科学院学部委员黄长著教授、教育部计算语言学专家冯志伟教授都是一、二版作者，再次受邀担任三版学科分支主编。他们深情回忆了一版时，王力、季羡林、许国璋、吕叔湘等名师工作时的趣闻轶事，工作的严谨与细致。这次得知，"孟德斯鸠"这一译名，就出自于知识面很广的许国璋先生的指导。

专家们争相发言，对百科全书的理解新颖，整理两则如下：

语言文字学科内容的选取，一版时侧重中国，二版时西方类加上中国类，三版应当引入更多维度，如：要素维度、时间维度、方言等地域维度（中国特色）、文字和语言、理论和应用、汉族和少数民族、知识性理论性等。

体例可理解为"制服"，如戴瓜皮帽、穿西服、打领带、穿长裙，还不如不穿。作为权威工具书，要摒弃论文式、笔试式、感想式，只有严格执行规定体例，穿上统一的制服，才可称之为百科全书。

美的东西人人都喜欢

2014/ /11.14

这次开会，才知道中国艺术研究院已经由早先的西城区恭王府，迁去了朝阳区惠新北里甲1号。上午，《中国大百科全书》第三版戏曲学科、摄影学科首次编委会在中国艺术研究院新址第五会议室联合召开。

戏曲是中国特有的以唱为主并综合多种艺术因素的戏剧种类，如京剧、昆剧、川剧、越剧、秦腔、河北梆子、湖南花鼓戏、粤剧、潮剧、闽剧梨园戏、壮剧、侗戏等等，是中国各民族各地方各时代的传统戏剧样式的通称和总称。戏曲是中国人民的创造，是世界戏剧宝库中具有特殊风采的极为重要的样式。进入21世纪，以青春版《牡丹亭》为先导，戏曲引发了更多年轻人的兴趣。美的东西人人都喜欢。

戏曲学科主编王文章，博导，中国艺术研究院院长，中国非物质文化遗产保护中心主任，曾任文化部副部长。10多年前，曾因家事有人转告过他的慰问，感觉是位亲民的领导。今天见面，是一位平和的学者模样，聊起来，他还曾经做过编辑，是我们的同行，更增添了几分亲切。会议开始，他简述了《中国大百科全书》第三版编撰的重要意义，追溯了从第一版至第三版的历史承继，期待三版更上一层楼。

在中国艺术研究院戏曲研究所所长贾志刚主持下，与会专家针对戏曲学科近年的研究发展情况，制定了学科整体框架，充实了原有学科知识体系。与会专家就各分支的编撰设想各抒己见，提出了编撰过程中的难点和疑问。

茶歇时，与摄影学科一位长者闲谈，方知他是北京电影学院教授、博导沙占祥，这可是大名鼎鼎的电影导演张艺谋的老师，让人肃然起敬！再仔细打量，他头戴红色贝雷帽，身上的黑色呢子外套敞开，里头是好多个兜的摄影马甲、花格毛衣和笔挺的衬衫领，随性又时尚。沙先生很健谈，聊起他那些颇有成就的学生们，得意、欣慰，溢于言表。

来艺术研究院开会，想起了晓路，心中怅然。前些日子，听美术学科的专家讲，他在一版时所写有关日本美术的条目，今天看水准仍属上乘，三版将继续采用。我想，这或许也是对一生勤奋、严谨治学的他，最大的告慰吧。

西班牙热情奔放的弗拉明戈舞。

水土气生人

2014 / 11.30

打出遭遇"首堵"的提前量，早早出发，准时到达中国科学院地理科学与资源研究所2204会议室。今天是全天会议。

地理学是一门古老而现代的科学。汉语中的"地理"一词最早见于《周易·系辞》：仰以观于天文，俯以察于地理，是故知幽明之故。英文中的geography一词源自希腊文geo（大地）和graphein（描述），即描述地球的学问。现代地理学中，"地"是指地球表层，"理"是指事理、规律、事物内在联系，地理学就是研究地理表层五大要素（水、土壤、大气、生物和人类活动，简称水土气生人），或者地理要素综合体（如一个生态系统、一个自然地带、一个城市、一个街区）的空间分布规律、时间演变过程和区域特征的

一门学科。地理学研究人地关系，具有综合性、交叉性和区域性特点。

主编郑度，自然地理学家、中国科学院院士、中国科学院地理研究所研究员、国家重点基础研究项目"青藏高原形成演化及其环境资源效应"首席科学家。中国自然地理学的主要学科带头人之一。先生广东人，可能是长期出入山地、青藏高原科考的缘故，他肤色黝黑，近80岁的人，身板硬朗，思维敏捷。郑院士曾参加过《全书》一、二版地理学编纂，对当年的情况介绍得非常清楚，并就三版网络版地理学科的知识体系、框架、内容和边界，选条原则，解决交叉、人员组织等，提出意见。专家们随即围绕主编意见展开讨论，最终达成共识。

地理学是一个庞大的知识体系，由三大板块构成：地理学、中国地理、世界地理。而仅仅在第一大板块中，就囊括了地理学总论、地理学史、区域地理学；自然地理学、地貌学、气候学、水文地理学、生物地理学、土壤地理学、医学地理学、环境地理学、

冰川学、冻土学、沙漠学、湿地学、湖泊学、海洋地理学、自然灾害地理学；人文地理学、经济地理学（含工业、交通、商业地理学等）、农业地理学、城市地理学、资源地理学、旅游地理学、社会文化地理学、人口地理学、人种与民族地理学、政治地理学、军事地理学、历史地理学、方志学、地名学等。而在中国地理、世界地理板块下，具体涉及的学科分支、知识内容就更多了。在《全书》第三版网络版总体设计中，地理学科的条目数达到18000条左右，是规模最大的学科之一。这符合学科特点及现实中的应用需要。世界上有的综合性百科全书，与地理有关的条目甚至占比达40%左右。可见，地理学科的研究对象和范围之广，地理学的探索、发展，它阐明的知识，与人类社会发展和人们的日常生活有着最为密切的关联。

人太多没照合影

2014/
/11.30

　　一早和同事们来到北京市朝阳区林萃路16号院，这里是中国科学院心理研究所，门牌旁的白底蓝纹图标显示该所创建于1929年，前身是中央研究院心理研究所。今天，《中国大百科全书》第三版心理学首次编委会在此召开。

　　心理学是研究人类心理活动和行为表现的一门科学。这一词汇的英文（psychology）来源于希腊文，原意是关于灵魂的学问。灵魂在希腊文中也有气体或呼吸的意思，古代原始人认为人的生命依赖于呼吸，呼吸停止，生命就完结了。随着科学的发展，心理学的对象由灵魂改为心灵，是对心灵的研究，又称心灵哲学。直到19世纪初叶，德国哲学家、教育学家J. F.赫尔巴特才首次提出心理学是一门科学。在中国，现代心理学开始于清代末年改革教育制度、创办新式学校之时，在当时的师范学校里首先开设了心理学课程。

真正令大多数国人认识到心理学的重要性，始于2008年，汶川突如其来的一场大地震，导致数万人痛失亲人、无家可归。国家宣布，除了派出军队、医生进行救援和物质上的支持，还派出心理学家组成的医疗队，帮助灾民进行震后心理重建。

这次全国各地94位心理学家参会，加上其他与会人员，队伍浩大，小礼堂座无虚席。主持会议者称，人太多又没有足够大的场地，无法安排全体合影，茶歇时或散会后，大家就自由组合拍照留念吧。

主编张侃，中科院院士、中国科学院心理研究所所长、国际科学理事会中国委员会副主席、中国关心下一代工作委员会专家委员会主任、中国心理学会理事长。先生前额宽阔，眼镜后面的目光炯炯有神。

会前填写了问卷，收集意见和建议。会议进行了分组讨论。专家们认为：过去的20年里，心理学是一个发展快速的学科，2005年研究人员对2000年以来全球7121份核心学术期刊上百万篇论文引用的2300万篇参考文献的引用关系做的分析结果表明：现代科学已经形成了7个主要领

波浪形屋墙衬以绿叶红花，宁静如画。对人们的心理安定有神奇作用。

域，即心理学、物理学、化学、数学、地球科学、社会科学和医学。这可能是心理学发展的一个最强有力证明，得到全世界学术界的认可。美国心理学会已经发展到54个分会，中国心理学会也发展到了19个分会和10个工作委员会。我国的心理学有了很大发展，心理学队伍显著壮大，这次《全书》心理学科框架及分支结构，应该反映学科的实际情况，继承一版、二版，符合发展，展示前沿，做得更好。心理所还就搭建心理学工作平台、资料共享等提供了解决方案。

这次会上还见到久闻大名的心理学前辈、奇女子张厚粲。她是目前唯一一位仍然健在的《中国大百科全书》第一版学科副主编，参加过1981年12月11日至15日在北京召开的心理学卷第一版的第一次会议。她应邀参加此次会议，并介绍了《中国大百科全书》第一版和第二版心理学科的工作经验。快90岁的人，耳不聋眼明亮，轻盈跑上讲台，不用讲稿，发言声音如银铃。张先生是晚清名臣、洋务派代表人物张之洞的孙女，记得第一版《中国大百科全书·经济学》的张之洞词条还是我编辑的呢。张先生和我社张遵修老师是宗亲，茶歇闲聊听她讲，最近张家修家谱她们见了面。我社的张老师也是才女，如今已90多高龄，思维清晰，语速很快，行动自如。看来，张家长寿、治学基因了得。

戏剧戏曲话剧都什么关系?

2014/
/12.20

一早起来,收拾停当,便直奔南锣鼓巷。南锣鼓巷南北走向,东西各有8条胡同呈"鱼骨状"整齐排列。这曾是元大都的市中心,明清时期则更是一处大富大贵之地,现是老北京风情街巷。各种形制的府邸多姿多彩,宅院厚重深邃。问路赶路顺带观景,终于在东边的东棉花胡同,找到了中央戏剧学院实验剧场。

今日全天,《中国大百科全书》第三版戏剧学科第一次编委会在实验剧场东厅举行。戏剧,是以语言、动作、舞蹈、音乐等形式达到叙事目的的舞台表演艺术的总称。《哈姆雷特》《罗密欧与朱丽叶》《仲夏夜之梦》《威尼斯商人》《玩偶之家》《推销员之死》等,都是其中脍炙人口的经典。

主编徐翔,教授、博导,中央戏剧学院院长。徐教授沈阳人,高个,漆黑浓眉,斯文的模样。会议开场,他从戏剧学科专业发展和戏剧知识惠及民众两个角度,讲述编纂中国大百科全书的意义,大百科应及时反映学科的发展,适时修订非常必要。

之后专家们就学科结构、框架范围、内容和边界等进行了讨论,对主编提供的方案各抒己见,畅所欲言。有几点值得一记:编纂者的立场问题必须先行确定,是保持客观原则,尽量保留历史的原貌,还是站在今天的角度,重新评价历史上的人物、事件?"戏剧理论"中的"理论"一词过于笼统,与其他如导演、表演、舞美等具体分支中的理论不易区分,易造成混乱。仍旧采用第一版使用的"戏剧概论"。"外国话剧"分支名称依国际通行改为"外国戏剧"。对于"中国话剧"中最为敏感的"在世者"问题,确定了甄选原则,即:在世者除非有特殊贡献,否则不予设条;以作品带人物。词条文字应客观平实,尽量避免"知名"等主观评价的语汇。

外行的我听着，觉得戏剧、话剧、戏曲这几者有点混，冠名虽不同，内容上却有些拎不清。茶歇时逮住机会请教徐教授，他将来龙去脉、学理等相当专业地讲了一通。我理解简单的结论就是：戏剧一词英文drama，是"舶来品"，在中国被称为了"话剧"，也就是说，汉语的戏剧、话剧，对应的英文词是一个即drama；而戏曲，是中国对自己传统戏剧的称谓。总之，戏剧倒像是一个大口袋，都能往里装；也如一个人有多个名字，在不同的场合使用。难怪，看看中央戏剧学院的专业设置，什么剧种，只要是现在好就业的、有传承价值的，差不多都涵盖了。

东汉击鼓说唱陶俑。击鼓说尽帝王事，笑口唱出百姓情。国家一级文物，中国国家博物馆藏。

教育是立国之本

2014/
/12.23

北京师范大学南大门主楼前广场西侧，灰白色麻面砖墙体、红色铝门、白色圆柱的英东教育楼引人注目。上午，《中国大百科全书》第三版教育学首次编委会会议在教育楼352室召开。

教育学是研究教育现象、揭示教育规律的知识体系。这一词汇的英语（pedagogy）、德语、法语、意大利语和西班牙语、俄语均源于希腊词"教仆"（pedgogue），古希腊把陪送奴隶主子弟来回于学校，并帮助他们携带学习材料的奴隶称为教仆。从语源看，教育学就是教管儿童的艺术或学问。后来发展为一门针对各年龄段人群的独立学科。20世纪初，中文"教育学"一词由日文转译而来。著名教育家陶行知的名言："教育是立国之

云南建水文庙。国人的教育往往从遍布各地的文庙开始。

本"，在中国家喻户晓。

主编王英杰，教授、博导，国务院学位委员会教育学科评审组召集人，曾任北京师范大学副校长兼汉语教育学院院长、澳门大学教育学院院长。王教授山东人，一头银发，面色红润，笑声爽朗。他做主题发言，嘱咐专家们做好两件事：一要设计好框架，选好条目；二要亲自做好审稿工作，把好关。他扶了扶鼻梁上的眼镜，接着说：参与"三版"大百科编纂工作的专家都是新生代的权威学者，接受了很多新的国内国外学术成果，理论上的创新很多，一方面要把这些创新成果反映进来，体现三版的不同，另一方面这些创新成果要经得起时间、历史的考验。

与会专家发言踊跃，解析学科知识体系，讨论学科内容及边界，一致同意以学科内在逻辑为主，以工作的、实践的、现实的逻辑为辅设置各个分支，建构科学的学科整体框架。专家们还具体确定了各分支在本学科的范围，核定各分支的核心内容和边缘内容，分支与分支的交叉部分并达成解决方案。

会后于楼前合影。天气晴好，冬日里的灿烂阳光，分外温暖。

生命的摇篮

2014/
/12.25

昨晚到达青岛。8点多了，满街灯火，和编辑们在街头小店"东海香"晚餐。海产新鲜又便宜，蒸上一大锅。当热气腾满小屋，餐桌剥空的贝壳已堆成小山时，再掀开屉笼，往沸滚的汤汁下面条、涮蔬菜，就着贴饼子吃起来，那叫一个香！

晨起，直奔中国海洋大学鱼山校区。鱼山校区是海大的老校区，校园树木参天，西洋风格建筑群耀目，远眺可见碧海银滩，被评为中国十大最美校园之一。今天，《中国大百科全书》第三版海洋学科编委会第一次会议在这里的学术交流中心召开。

海洋学是研究海洋的自然现象、性质及其变化规律，以及海洋开发利用的知识体系。全球的海洋约占地表总面积的71%，容积约占地球总水量的97%以上。如果地球的地壳是一个平坦光滑的球面，那么就会是一个表面被2600多米深的海水所覆盖的"水球"，因此地球又称为"水的行星"。海洋对于生命具有特别重要的意义。地球上的生命起源于海洋，海洋被称作"生命的摇篮"。海水中主要元素的含量和组成，与许多低等动物的体液几乎一致，而一些陆地高等动物，甚至人的血清所含的元素成分也与海水类似。浩瀚无垠的海洋，已发现有动物约16~20万种，植物一万多种，化学元素超出80种，总盐量若均匀铺于地球表面，可形成厚约40米的盐层，资源极其丰富。进入21世纪，随着全球人口的不断膨胀和耕地的逐渐减少，资源问题日益突出和紧迫，科学家们和各国政府都把解决这一问题的希望寄托于海洋。海洋学成为热门科学。

交流中心进门处，悬挂着海大吉祥物"海之子"，以水滴为基本元素，其创意于"汪洋大海由水滴汇聚而成"和成语"水滴石穿"。

中国海洋大学校长于志刚主持会议。主编管华诗院士，山东人，敦实的身材，声音洪亮，讲话不紧不慢。他说，百科全书在知识传播、人类文化传承上有不可替代的作用。各位专家能参与第三版的工作既是一种荣幸，也是一份责任。这次参与工作的专家都有很强的实力，在海洋学界也有过很好的合作，相信大家一定能携起手来把海洋学科做出个样子来。

中国海洋大学李永祺教授回顾了参与《中国大百科全书》第一版、第二版编纂工作的情况及体会，提出了编写好大百科的四点经验：选好条目是前提；确定编写的人选是关键；掌握国内外有关资料是基础；严谨的科学态度，多动脑子多商量多修改是质量保障的途径。

本学科编委会排出目前最豪华专家阵营，包括7位中科院院士：管华诗、袁业立、冯士筰、唐启升（水产学科主编）、胡敦欣、秦蕴珊、吴立新。院士们虽大多已届耄耋之年，但个个精神矍铄，思维敏捷，谈起学术问题唇枪舌剑、针尖对麦芒，没有半点含糊！

午餐小憩时，于校园转转，见路旁有曾经的德国军营、碉楼筒，还有闻一多故居。散会已近6点，园内沈从文故居、德总督府旧址等此次未得一见。

晚八点航班返京。夜色中青岛机场灯光璀璨，值机柜台堆放着圣诞饰品，候机大厅的圣诞树光亮闪闪。

飞机晚点了，凌晨快一点回到北京的家。

文化自信

2015/
01.09

昨天下午和安徽书店几位喝茶，叨嗑合作。那茶许是真货，闹得晚上半宿睡不着。眯瞪了一会儿，6点不到起床，收拾停当即出门。路途有点远，又恐遭遇"首堵"，早点儿赶路吧。看过去，月亮还在树梢上。长臂挖掘机还在百科编辑大楼前忙碌，最后的攻坚战围绕消防池打响！挖掘机昼伏夜出，人们下班它干活，人们上班它撤离。

9时，《中国大百科全书》第三版传播学科编委会在中国传媒大学举行。传播学是研究人类一切传播行为和传播过程发生、发展的规律，以及传播与人和社会的关系的学问。中国这些年，新闻传播业插上高新技术的翅膀飞速发展，直接从业人员已达500多万，开设该专业的高校超过700所。在"三版"中，传播学第一次作为独立学科设立，各位与会者欢欣鼓舞！

主编胡正荣，教授，中国传媒大学校长，中国视协第六届副主席。胡教授河南人，60后，是三版主编中的少壮派，会上说话轻言细语，待人平和。胡教授先做一番动员，随后进入讨论。

由于是首次设立，加之近年

泸定桥。川藏茶马古道上的重要枢纽和红军长征中飞夺泸定桥战役的核心地。

传播学在快速发展的同时也乱象丛生，议题自然主要集中于传播学自身知识体系、知识架构的构建上。专家们纷纷从学理、实践、国内、国外诸多方面阐述自家观点。搞传播的人本来就很活跃，善表达，人人争相发言，场面相当火爆。时间过得飞快，散会时间到了，大家还未能达成一致。胡教授笑道，说明大家较真了，这是好事，希望回去后各自提交一份框架设计意见，供编委会参考并确定最终方案。

散会了，去学校食堂就餐。与一学者同行，他高高瘦瘦，斯文书生模样，是清华大学的李彬教授。显然，他还沉浸在热烈讨论引发的思考中，一路上都在谈他的观点。我自觉受益匪浅。便请李教授写下来。

不久，学科编辑转来了李教授的"关于中国大百科全书传播学的一点意见"。如下：

"百科全书不仅代表了一个国家、一个时代的知识水平，而且更体现了一个国家、一个时代理解世界、把握世界的认识水平。也就是说，百科全书既是知识总汇，又是思想标高。因此，传播学卷在力求知识的权威性、系统性、普适性的同时，也应以高度的学术自觉着力展现中国特色、中国气派、中国风格，从而成为名副其实的中国大百科全书，而非不列颠百科全书或其他百科全书的'中国版'。

作为一门学科，传播学总体看来一方面在世界上（而非国际上，所谓国际以及国际化、国际社会等实为西方）还是一人一把号，各吹各的调，知识体系颇为庞杂，莫衷一是。一方面，改革开放以来作为舶来品引入中国的传播学，大抵属于一套以美国的社会政治、历史文化、传播实践、理论话语为基本蓝图的知识谱系，包括大众传播、人际传播、组织传播、政治传播、健康传播、跨文化传播等知识划分与知识叙述，以及信息、媒介、受众、效果等核心概念和专业范畴。

对中国社会与传播而言，这套知识谱系又有'横向不到边，纵向不到底'的局限。所谓横向不到边，是指这套舶来品即使适用，也大多针对东部地区，而在中西部广大地区则不免圆凿方枘，甚至格格不入。同样，纵向不到底乃指这套知识话语主要关注'北上广'发达状况，包括网民、中产阶级、消费主义、商业文化、个人价值与自由，甚至拜金主义、'普世价值'等意识形态迷思，而十数亿普通民众及其丰富多彩或错综复杂的社会生活与传播实践基本处于其理论盲区。

随着中国发展的历史进程，特别是两个一百年目标日渐显现以及相伴的文化自觉意识日渐凸显，如何在'中国'大百科全书传播学卷中体现中国人在传播理论与传播实践中的立场、观点与方法，改变传播研究亦步亦趋、唯马首是瞻的总体格局，是第三版编撰中需要格外留意的。事实上，中国数千年幽远的文化传统，从诸子百家的传播思想，到因人而异、因地制宜等传播习俗，特别是近百年来共产党领导人民走社会主义道路的历史性巨变，以及马克思主义的传播、新文化新思想的深入人心、无产阶级文化领导权的兴衰起落、党性人民性的现代传播意识等，都在广阔领域留下丰富厚重的遗产。对此，也应有相应的道路自信、制度自信、理论自信，从而有所体现以对世界的传播学作出中国的更大贡献。

总之，在马丁·布伯'我与你'的关系中才能形成真正的学术对话，亦即毛泽东对战略战术的概括——你打你的，我打我的（而非你打你的，我也打你的）。"

后记：因为要在此书刊出李教授的"一点意见"，我特意给他打电话，得到了他的许可。他还说："对你那天会上所讲'新时代、新百科'中的'守正出新'印象深刻。百科全书如此，学科建设也是同理啊。"

拉莫斯特

2015/
/11.04

北京晨，重度雾霾，铺满马路的车全都开足了灯，营造出奇异的迷蒙辉煌。

上午，"三版"天文学科编委会在中国科学院国家天文台A楼举行。《中国大百科全书》一版首卷启动和出版的即天文学卷，1979年中国百科创始人姜椿芳先生曾率人来这里联系合作洽谈。所以，专家们说今天是个历史性日子。

天文学是研究宇宙内所有天体和散布其中一切物质的起源、演化、组成和运动的科学。这是一门最古老的科学，人类文明之初，天文学就占有显著的地位。巴比伦的泥碑，埃及的金字塔，都是历史的见证。中国的甲骨文记载表明，在黄河流域，天文学的起源可以追溯到殷商以前更为古

远的世代。

主编王绶琯，中国科学院资深院士，也曾担任二版天文学主编。因身体缘故，此次没有到会，由副主编崔向群主持会议。崔先生是一位女士，中国科学院院士，第三世界科学院院士，中国科学院国家天文台研究员。她齐耳短发，利索、干练，普通话中隐约夹带重庆口音。

会议正式开始前，全体起立向刚辞世的陆埮先生致哀。陆先生是中国著名天文学家、物理学家、教育家。中国科学院院士。2012年，中国科学院国家天文台将91023号小行星正式命名为"陆埮星"。

会议集中讨论了第三版网络版天文学学科工作方案，并初步确定了各分支负责人选。

茶歇时听到崔院士是"拉莫斯特"项目总工程师。好奇，请教一番，简要整理如下：

拉莫斯特（LAMOST），地面大天区面积多目标光纤光谱天文望远镜。国家重大科学工程。投资2.35亿、研制16年，2009年建成于中国科学院国家天文台河北

兴隆观测基地，成为当时获取天体光谱能力世界最强的天文观测设备。天体光谱在现代天文学研究中作用至关重要。光谱有如识别天体身份的基因，通过光谱分析、研究，推演恒星、银河系乃至宇宙的结构和演化规律。"但是，人类研究宇宙，就像蚂蚁研究人类一样困难。"只有获取尽可能多的天体样本，才能得出更为准确、完整的科学认知，这就需要看得"深"（望远镜有足够大的口径），又看得"广"（望远镜有足够宽的视场）的光谱观测望远镜。受材料和制作工艺限制，大口径很难兼备大视场。上世纪90年代初，王绶琯院士、苏定强院士等提出LAMOST新概念和初步方案，后经LAMOST项目总工程师、"敢死队"队长崔向群等具体化并实施。巾帼不让须眉，令人肃然起敬！

人类在漫长的历史中观测到的天体总和已有10亿，但获得光谱的很少。LAMOST大视场兼备大口径，一次可观测4000个天体的光谱。它工作几年来所拍光谱已超过以往人类所拍总和。LAMOST建成后以中国古代天文学家郭守敬正式命名。

女学者挑大梁

2015 /
/ 11.08 ~ 11.09

　　北京的冬日,室外寒风凛冽,室内暖气充盈。友谊宾馆会议室,人们脱下厚厚的棉服和围巾,露出各色外套、毛衣,屋子里鲜亮起来。九时整,《中国大百科全书》第三版档案学科编委会第一次学术讨论会开始了。

　　远在五千多年前,当人类发明了文字,并用以记言记事时档案就出现了。从古老的石刻、泥板、纸草、甲骨等档案到纸质档案的产生,再到近现代照片、影片、录音、录像、机读等档案的出现,伴随社会的发展,构成了丰富多彩的档案财富。档案记录着人类历史的足迹,具有广泛的社会价值和长远的历史价值,是人类文献宝库中不可缺少的组成部分。作为一门学科,档案学则形成于 18 世纪末欧洲实行档案工作改革之后,是探索档案发展规律,研究档案信息资源管理、开发的理论、原则与方法的知识体系。

　　我向会场扫了一眼,发现从主编到成员,40多位参会者差不多都是女性。

　　主编冯慧玲,教授,博导,中国人民大学副校长。冯教授江苏人,知性、精干,不愧是档案学专家,演讲的PPT版面简洁、清新、条分缕析,给我留下了深刻印象。她说:编纂中国大百科全书档案学卷是一次大规模梳理学科知识的工作,这一次梳理可以看到学科的概貌和总体的生长过程,在编写的过程中,希望大家能够尽可能追求学科知识的概念化、体系化、精确化和科学化。这不仅是学科建设的国字号工程,同时也体现了国家对本学科的重视,所以,在这样一个历史时期,是我们一代学人有责任去做的一件事情。

　　接下来分学科片讨论,重点解决相近或相关分支之间的交叉重复问题。在随后的时间段和第二天上午,还围绕分支学科、条目的具体构成及在整个分支体系中的位置、如何撰写等进行详细的讨论。

　　晚上专家们也不休息，在过道老远就能听到房间里的讨论声。

渔业还是水产？

2015/
/01.20

　　昨天下午四点半CA1571北京飞青岛。紫色小飞机，外形萌酷如卡通机。六点多到达青岛，七点多入住黄海饭店。自助餐，取了几颗"煮蚕豆"，入口却不是蚕豆味，一打听才知是"小山药"，之前完全没见过！饭后八点半，和同事在附近转转，沿着蜿蜒向上的街道溜达，远处灯光散射，隐约可见路旁的梧桐，还有旧时的德式建筑。

　　今天，《中国大百科全书》三版水产（后改名渔业）学科第一次编委会在青岛黄海饭店会议厅举行。主编唐启升，中国工程院院士、全国科协副主席、山东省科协主席。各相关院所著名专家40余名参会，且和昨日的档案学会议形成鲜明对照，清一色男士！

　　唐院士气质儒雅、掌控会议

干脆利落。上午下午全天会，完成设定任务，精确、高效。他对本学科特点及有争议的名称等问题的讲话让我长了见识，简要整理如下：

与海洋学科相比，水产学科侧重点是渔业资源特征和产业特征两个方面知识体系的描述，包括渔业科学、技术、工程、经济和人文等方面。科学是指探索，技术是讲发现、发明，工程是集成，经济就是贸易。各个概念的侧重点不一样，因此，本学科的知识体系如果按照上面这个创新思维发展来看是比较完整的。再一个特点就和渔业产业结构变化大有关。我国20世纪50年代60年代甚至是70年代，是以捕捞业为主。50年代，我国的养殖产量不超过渔业总产量的10%；80年代中期养殖和捕捞产量比重就各

占一半了；现在养殖占了70%多。这个变化使得水产学科的发展有了不平衡的问题。因此，三版各分支的设计比重就和一版时的思考角度不一样。中国是世界渔业大国，渔业历史悠久、产量大。历史上范蠡养鱼距今已有好几千年了。我国渔业产量目前在世界占比将近40%，总产量上2014年我国是6000多万吨，世界大约是1.5亿吨。鉴于此，新时代渔百科的任务是彰显中国渔业知识体系，在引领渔业发展中发挥作用。

关于学科名使用"渔业"还是"水产"，在国外"水产"和"渔业"是同一个英文词。在内容使用上比较混乱，比如说联合国粮农组织（FAO），一开始设的是渔业部，该渔业部包括资源植物养殖处等等。但是在2000年之后，为了推动水产养殖的发展，FAO

印度洋上打鱼船。抵御风浪的平衡架使小船看起来像一只蜘蛛。

把渔业部改为渔业与水产部，这就跟我国的教育系统对应不起来。在欧美，一些渔业专著和刊物，比如说最著名的加拿大杂志《渔业与水生科学》，该杂志里面不收有关水产养殖的文章，这就等于把水产养殖从渔业里分出去了。唐院士表示按自己的理解，目前西方人把天然的这一部分认为是"渔业"；人类自己动手做的那一部分认为是"水产养殖"。另外，美国华盛顿大学是世界上第一个能够授予"渔业"博士学位的学院，该渔业学院里包含水产养殖系。在国内，《中国大百科全书》一版时学科名使用"水产"，模糊的是"渔业"。目前唐院士作为主编想将这一概念倒过来，并在本次会前征求了副主编和分支主编的意见，结果是一半赞成用"渔业"，一半赞成用"水产"；但是大家都不赞成使用"水产学"。经查《辞源》和《辞海》，"渔"甲骨文上就有，但"水产"从哪里来到现在也没弄明白。就机构而言，过去叫农业部水产司，后来改成农业部渔业局；各省的渔业主管部门几乎都改过来了。

因此，建议《中国大百科全书》第三版应该进行规范。就农业门类而言，"农业"没有争议，"林业"也没有争议，"畜牧业"等也都是用的"业"，所以本学科改为"渔业"是不是更规范一些？这个问题留待各位专家在边完成渔业百科的编撰工作中边思考。

社会学成了显学

2015 /
/ 01.24

　　"三版"周末工作已成常态。今天又是一个周末，《中国大百科全书》第三版社会学、民族学、外国文学、新闻学等学科首次编委会在中国社会科学院联合召开。各科领军专家都是大忙人，平时聚在一起实属不易，周末就只好用来充公了。

　　《中国大百科全书》与中国社科院颇有渊源。《全书》首届总编委会主任胡乔木是社科院首任院长，中国大百科全书出版社第二任总编辑梅益前职务是社科院党组书记。从《全书》一版编纂始，中国社会科学院是重要的支持机构，众多学界大家倾情投入。

　　社会学主编李培林，新闻学主编唐绪军，民族学主编郝时远，外国文学主编陈众议，都是社科院相关学科当家掌门。会议第一阶段为联合会议，由社科院科研局局长马援主持，社科院副院长李培林简要介绍了社科院参与《中国大百科全书》的相关工作情况，宣布社科院将从组织、考评、科研配套等方面全力支持。来自全国科研院所和高校的100余名专家学者与会。第二阶段分学科编委会会议。出版社人员散于各组，我参加社会学学科会议。

　　"社会学"在语源学上的意义是关于社会的学问，其英文sociology由拉丁文societas（社会）或socius（社会中的个人）和logos（词、学说、学问）两个部分组成。19世纪三四十年代后，社会学从社会哲学演化为一门现代学科，成为系统研究社会行为与人类群体的知识体系。"社会学"在19世纪末输入中国，当时称为"群学"、"人群学"。进入21世纪以来，随着经济社会的快速发展，在中国如今社会学成了热门的显学。

　　虽然已过去了30年，但对上世纪80年代初《中国大百科全书》一版时社会学卷的启动记忆犹新。十年内乱，中国学术严重荒芜，许多权威学者成为牛鬼蛇神，被打倒、靠边站，各学科溃不成军，更遑论国际间新学科、新进展的跟进与吸纳。1979年邓小平在理论工作务虚会议上的讲话就提到："政治学、法学、社会学以及世界政治的研究，我们过去多年忽视了，现在需要赶快补课。"《全书》一版开始编纂时，社会学主编第一人选是费孝通，但费老认为中国这方面学术基础太薄弱，编纂百科全书的条件尚不成熟。后来由雷洁琼先生出任，费老也给予了支持。雷先生带动学界，以编纂全书为契机，构建学科知识框架，组织科研攻关，不但书编成了，而且培养了一批社会学基本骨干。当时这支队伍中的小青年李培林，后来成了社会学专家，现在挑起了三版社会学主编重任。

吐火罗文

2015 / 01.26

前两天在外国文学编委会会议上，听专家们追忆《中国大百科全书》第一、二版外国文学、语言文字等学科主编季羡林先生，谈的最多的是先生的学问，其中提到吐火罗文。

茶歇时向专家们请教，得知：吐火罗文（Tocharian language）是古老的印欧语。19世纪末20世纪初，西方探险队在中国新疆发现大量吐火罗文文献（大约产生于6～8世纪），现大多数吐火罗文卷本被保存在柏林和巴黎。吐火罗文有东西两种方言，习称吐火罗A（焉耆语）、吐火罗B（龟兹语）。使用字母为中亚婆罗米斜体字母。形成时间约6世纪左右，融会了伊朗语、梵语，汉语元素。其文献内容包含佛教、商贸、医学和巫术等，是研究中亚古代民族社会的珍贵资料。季羡林学术成就中的其中一项，便是解读和研究吐火罗文。而引导他学习和研究的，是他在德国的一段偶然奇遇。

我记起自家书柜中有季先生的《留德十年》（1992），回家后特意找出翻阅，发现先生对学习吐火罗文有详细记述。吐火罗文残卷出自中国新疆，这种语言原来世界上没有人懂，柏林大学的西克教授和西克灵教授持续合作30多年，终于读通，并定名为吐火罗语。他们合作发表了许多震惊学术界的著作和论文。后来，又取得了比较语言学家舒尔兹的帮助，三人合作著成长达518页的

《吐火罗语语法》，成为这一门新学问的经典之作。1939年，在德国哥廷根大学留学的季羡林的导师瓦尔德施米特教授被征从军，吐火罗学的世界权威、已经80多岁的西克教授临时受命，负责指导季羡林的博士论文。老先生决意要教他一门绝活，这就是解读吐火罗文。当时"二战"战火愈演愈烈，"西克并不马虎。以他那耄耋之年，每周有几次从城东的家中穿过全城，走到高斯—韦伯楼来上课，精神矍铄，腰板挺直，不拿手杖，不戴眼镜，他本身简直就是一个奇迹"。在隆隆的轰炸声中，师徒二人每日面对斑驳的残卷，研读远古的语言。"我学习的兴趣日益

塔里木河。20世纪初，西方探险者在新疆塔里木河流域发现了公元6~8世纪的吐火罗文文献。

浓烈，每周两次上课，我不但不以为苦，有时候甚至有望穿秋水之感了。"1943年，季羡林在德国发表了论文《〈福力太子因缘经〉吐火罗语本诸异本》。

1981年，新疆博物馆找到在北大任教的季羡林，希望他破解44页残破的古代文书，这是1974年在一处佛教遗址发现的，上面的文字形状古怪，犹如天书。经过仔细解读，季羡林确认是用吐火罗文写的剧本《弥勒会见记》。从1983年起，季羡林对吐火罗文残卷的解读、翻译和研究文章陆续在国内外发表，阐释吐火罗语在汉文化与异域文化交流中的作用，找出吐火罗语中来自汉语的词汇的例证，说明文化交流中的双向现象。这是中国学者在该领域的重要贡献。

季先生于文中深情地写道："现在西克教授早已离开人世，我自己也年届耄耋，能工作的日子有限了。但是，一想我的老师西克先生，我的干劲就无限腾涌。"

现在，季先生也已仙逝，但先生的学生、先生学生的学生已挑起繁荣学问的重担。人类文化的传承，于说不清的机缘中、于无限的时空里发生着，生生不息。

特长条目主张

2015/
/03.17

北京中关村南三街8号，是大名鼎鼎的中国科学院物理研究所所在地。当年，吴有训、赵忠尧、严济慈、吴健雄、钱三强等著名科学家曾在此工作。《中国大百科全书》第三版上马后，研究所入选了物理学科编纂的牵头单位。今天，第一次编委会会议在研究所M楼238会议室举行。

物理学研究大至宇宙，小至基本粒子等一切物质最基本的运动形式和规律，因此成为其他各自然科学学科的研究基础。当代网络技术、量子通讯、医学革命、生态优化、星际宇航等对人类社会影响深远的科技发展，可以说基本上都是建立在物理学突破的基础之上。世界各国的科学家群体中，物理学家一定是最耀眼的组成，伽利略、牛顿、居里夫人、爱因斯坦、玻尔、费曼、薛定谔、杨振宁等名字如雷贯耳。

"三版"物理学科编委会成员拥有10位中国科学院院士。今天到会的院士8位：主编杨国桢院士，长于研究理论物理和光学物

位于芝加哥大学的人类第一座核反应堆（一号堆）纪念雕塑。一号堆是物理学的重大实验成果，成为人类原子能时代的开端。

理。还有沈保根院士，凝聚态、磁学专家；张焕乔院士，原子核物理专家；张肇西院士，粒子物理专家；于渌院士，凝聚态专家；朱邦芬院士，凝聚态专家；欧阳钟灿院士，软物质凝聚物理专家；夏建白院士，半导体物理专家。

主编杨院士是国家超导专家委员会第二首席专家兼国家超导中心主任，攀登计划高温超导项目首席专家，北京大学、复旦大学、中国科大兼职教授。先生略带湖南口音，面色红润、眼不花、腰板直、精神很好，完全看不出已年近80。他主持会议，引导专家们扣住主旨合议，在学科分支设置、分支负责人选定、确定选条原则、未来工作安排上，取得共识。杨先生强调学科负责人要老中青结合，注意多争取年轻专家参加，为长远发展考虑。

茶歇时，杨院士非常认真地同我们讨论编纂问题，他认为，三版应该考虑以特长条目为特色，比如，物理卷，设计条目不需多，几百个即可，特长条目可以更连贯、更系统地把学问讲清楚，而物理学本身就是系统性学问。

他的提议和当今主流呼声（碎片化）相比别具一格，但也不无道理，给我留下了深刻印象。

全院士阵营

2015/
/03.24

作为一项基础性、标志性、代表国家科学文化水平的文化工程，《中国大百科全书》1978年的第一版论证，1995年的第二版论证、2009年的第三版论证，都是由国家最高出版管理机构会同中国社会科学院、中国科学院共同进行，并联名报请国务院批准立项的。三版上马后，代表国家科研水准的中国科学院各主要研究所，顺理成章成为了相应学科的牵头编纂单位，并随即展开工作。今天，化学学科编委会在中国科学院化学研究所5号楼229会议室召开。

化学是一门历史悠久又富有活力的学科。世界是由物质组成的，化学就是研究物质的性质、组成、结构、变化和应用，创造新物质的知识体系。它的成就是人类社会文明的重要标志。原始人类从用火之时开始，同时也就开始了用化学方法认识和改造天然物质。掌握了火以后，人类开始熟食；逐步学会了制陶、冶铜、炼铁；以后，又懂得了酿造、染色等等。在生产实践的基础上，萌发了越来越多的化学知识。英文中化学一词(chemistry)的字根chem，即来源于中世纪的拉丁文炼金术(alchemia)。现代社会，各种人造物质无处不在，全人类都在享用丰富多彩、无所不能的化学成果。

主编白春礼院士，中国科学院院长，化学和纳米科学家。2月11日下午，我曾随编辑部同事去中国科学院拜访白院士，商议请他出任三版总编委会副主任、化学学科主编。白院士欣然签署同意。

副主编也全是院士：姚建林院士，物理化学科学家；周其凤院士，高分子化学科学家，前北京大学校长；汪尔康院士，分析化学科学家；柴之芳院士，核化学与放射化学科学家；张希院士，化学科学家；严纯华院士，无机化学科学家；丁奎岭院士，有机化学科学家；陈小明院士，无机化学科学家；周其林院士，有机化学科学家；韩布兴院士，物理化学科学家；张玉奎院士，分析化学科学家。和上一个编委会物理学一样，全院士阵营。

白院士在开场白中动员：《中国大百科全书》是体现当代科学文化水平，也是传承中华民族优秀文化的重大基础文化工程。从第一版、第二版，到现在的第三版，是文化知识的传承和创新。

大家一定要认真对待。

专家们踊跃发言，有几点值得一记：随着学科的发展，一些热点研究领域慢慢凸显出来。建议增加"环境化学""化学生物学"一级分支，同时"生物化学"通常是生物学的提法，在化学卷中称为"化学生物学"更为妥当。相对于纸质版，网络版更具有互动性，更加生动、活泼。但在网络形式下，对多媒体资源的使用要慎重。希望出版社严把质量关，对这些资料进行充分论证，严

富含多种矿物元素的地下水在化学作用下造成了黄石公园缤纷多彩的地质面貌。

肃的知识一定要细细磨出。针对"众筹"模式，认为对于提高全民的科学素质的知识平台，网络互动一定要慎重。

国奥赛领队

2015/
/03.24

化学学科编委会会后在餐厅自助餐时，白春礼院士示意我注意坐在对面的专家，说他是北京大学段连运教授，是我国国际奥赛领队、国际化学奥林匹克竞赛中国赛区总教练。

段教授满脸淡定慈祥，笑眯眯的，不经指点，真想不到他是叱咤国际赛场20余年的总教头。

国际奥林匹克化学赛大名鼎鼎，中国队每有斩获，金牌多多！怀着好奇请教段先生，获悉些前所不知。

奥化赛20世纪60年代由捷克斯洛伐克、波兰、匈牙利3国发起，然后东欧国家、西欧国家、亚洲国家、拉美国家陆续加入，现有80多个国家和地区成员，联合国教科文组织支持。每年一赛，在成员国之间轮流举办。

中国从20世纪80年代末参加，段教授从1991年开始带队至今。每次层层选拔选出4位选手。至2015年初中国已获92枚奖牌，9块铜、15块银，其余全金。至今中国选手中有5位女生。

参赛期间领队老师和学生完全隔离，各忙各的。到达比赛地点后，领队老师立即去试验室检查各项设备、材料，确保万无一失。然后就是和委员会讨论参赛题，晚上，还要翻译成本国文直至通宵。第二天又是讨论和通宵翻译理论科目试题，非常辛苦！考试结束后，领队老师还得将卷子译成英文，送交判卷人。有一次，某国参赛队曾在翻译时造假，被公之于众，出了大丑！

说到这里，段教授正色道：科学必须实事求是，怎么能做假呢！

我竖起大拇指，向这位驰骋国际赛场、培养后生、为国争光、智慧正直的科学家致敬！

科学家本色

2015/03.25

昨天的化学学科编委会，我又见到了中科院院士、前北大校长周其凤先生。不禁想起了一段往事。

2009年3月28日傍晚，我们从出版社出发，直奔北京大学化学与分子学院。晚上7点，将在那里的多功能厅举行《分子共和国》首发式暨北京大学第十一届化学节开幕式。前天，我收到了学院热情洋溢的邀请。

清华开车，一同前往的还有营销部策划室的罗鑫，他扛着摄像机和支架。车行一路畅通，提前二十分钟到了北京大学南门。据说化学院并不在北大校园内，是独立伸出的一块。路边一门，疑似，凑过去，两保安模样的人迎上来，说不是，在旁边，我们走过了。清华问车怎么过去，总不能逆行吧? 保安说,"还就是逆行,80%的车都是逆行。"噫! 这高校区的保安就是不一样,随便说话脱口而出就使用数字、比例之类,显出文化和斯文,当时我们很是感慨。

化学院果然很大,建筑都很新,一幢幢很规则地排列在通道旁。尽头就是多功能厅,是一所特别的建筑,墙体由大块几何形玻璃砌成,里面的灯光透出来,折射出晶莹的光芒。门口有位西装革履教师模样的年轻人等候,引领至签名处,在大红本首页签名,然后到了二楼会客室。

不一会儿,进来三四位男士,均西装领带,介绍是北大团委书记、化学院院长、书记等,我们互相感谢为《分子共和国》所做的工作。

谈笑中,进来一位中年人,个头不高,身板笔直,和蔼儒雅。北大众人纷纷起身,我立即明白这位应该就是时任校长的周其凤院士啦。

周校长过来握手,交换名片。看得出来周校长是一人来的,身后左右没有秘书之类跟班。

我夸赞周校长为《分子共和国》写了很好的序,他却说序是学院准备的稿,只有第一段和其中的一些话是自己写的。他的坦承立刻获得了我的好感。他是中科院院士,是一位在化学领域成绩卓著的科学家,虽身居官职,仍保持着科学家讲真话、实话的本色。

那校园,那儿的人,透着民主、平等、学术的气息。我喜欢。

眼前的周院士可能早已忘记数年前这桩往事。但是,我对科学家的敬意从未衰减。

叙利亚灯光行动

2015 / / 04.01

弘毅酒店位于武汉东湖之滨。清晨，被鸟儿清脆的啾啾声唤醒。早餐后，提早到会场博雅斋查看，各项会议准备已经就绪。上午九时，《中国大百科全书》第三版测绘学科编委会成立暨第一次工作会议准时开始。

测绘学是研究地理信息的获取、处理、描述、管理和利用的学科。包括测量和地图编制两项主要内容。测绘起源于古代水利和农业。古埃及尼罗河每年洪水泛滥，淹没了土地界线，水退以后需要重新划界，从而开始了测量工作。约公元前21世纪初，禹受命治理洪水时，已经"左准绳，右规矩，载四时，以开九州、通九道、陂九泽、度九山"，说明中国当时已会使用简单的测量工具。地图的出现可追溯到上古时代，考古

挖掘发现了公元前25世纪至前9世纪画在或刻在陶片、泥板或其他材料上的地图。20世纪50年代后，测绘仪器的电子化和自动化以及空间技术的应用，大大提升了测绘成果的质量。测绘学在经济规划、土地调查和利用、海洋开发、疆界划定、农林牧渔业发展、环境保护、灾害预测预防、国防建设和现代战争等各个方面有着极其广泛的应用。

主编李维森，国家测绘地理信息局副局长、中国测绘地理信息学会理事长（注：主编2018年换成宋超智）。到会者中有10位中国科学院、中国工程院院士：宁津生、陈俊勇、李德仁、王家耀、杨元喜、龚健雅、刘经南、许厚泽、郭仁忠、高俊。宁津生院士曾担任二版测绘学主编，他回顾了一、二版的编纂情况：第一版主编陈永龄及编委会成员，都是测绘学界真正的泰斗，每位老先生都带着助手，陈永龄先生带着顾旦生，王之卓先生带着郑肇葆，方俊先生带着许厚泽，纪增觉先生带着宁津生等，这样的工作体制使得年轻人可以参与到百科全

书的编纂,实现了知识的传承。

我的座位挨着李德仁院士。他是摄影测量与遥感学家,测绘遥感信息工程国家重点实验室主任。茶歇时,与他聊了一会儿,他给我看他写的诗,看12年前他对空间测绘的预言,以及获科技奖后《对话》栏目采访录中的再一次预言,还讲解轰动世界的“叙利亚灯光行动”。我立刻被他杰出的专业成就、广泛的兴趣、艺术修养、开朗的性格所吸引。互加了微信。他说你到我的相册中去看看吧,好玩的多着呢!

不过玩归玩,在接下来关于是否将测绘学科更名为测绘地理

换个角度看世界

信息学科的热议中，包括李院士在内的这些"80后"、"90后"院士们可是认真至极，各抒己见，毫不相让，逞一时口舌之快也是有的。呵呵，真可爱。

"叙利亚灯光行动"是测量学在当今的一个应用事例。听先生所讲整理如下：

简单来说，灯光数据记录了地球表面人造光源在夜间的强弱、分布和变化情况，可反映人口聚集程度、城市化程度、经济活跃程度等，继而反映一个国家的社会经济状况。一场持续经年的内战肢解了叙利亚，这一地区变成了全世界最严重的宗教和教派纷争战场，多数主要城市都乱成一团，有超过 20 万人丧生，超过半数的叙利亚居民被迫逃离家乡，使叙利亚遭受了难以估量的巨大损失。专家通过分析每月连续在叙利亚上空拍摄的卫星图，透过灯光强度的变化发现，这个国家在夜晚比战争之前黯淡了83%，成为"陷入黑暗的城市"。而叙利亚以外的区域基本处于夜间灯光增长的状态。所以，包括中国科学家在内的和平人士发出呼吁，停止战争，还叙利亚人民以宁静，国际各方伸出援手，重建叙利亚，让这里恢复发展、重现灯火璀璨！

数学家的宽宏大量

2015/
/04.02

看开会地点在海淀区中关村，担心堵车，提前吃过午餐就动身了。结果，交通出奇顺利，一路畅行，到了目的地中关村东路55号中科院数学与系统科学研究院，看下时间，早了足足40分钟！《中国大百科全书》第三版数学编委会成立暨第一次会议，下午两点在研究院南楼913室举行。

数学是研究现实世界中数和形的科学。其英文mathematics（缩写math），是来自希腊语máthēma，有学习、学问、科学之意。古希腊学者视其为哲学之起点，"学问的基础"。在中国古代称为算术、算学，后改称数学。数学起源于人类早期的生产活动，古巴比伦人从远古时代开始已经积累了一定的数学知识。现代数学已经拥有众多分支，它

是一切科学的基础，当今的自动化、信息化，人类的每一次重大进步都离不开数学强有力的支撑。《中国大百科全书》第一版数学主编由华罗庚、苏步青两位学界泰斗担纲。

三版数学主编王元，中国科学院院士，曾参加过《全书》一、二版编纂工作。他小个头，清瘦，和蔼亲切，衣着朴素，看似和邻家大爷并无二致。我在过道墙上展示板"历史回顾"中却赫然发现，他竟然是"哥德巴赫猜想"研究的主要成员，仅排陈景润之后。20世纪80年代初，徐迟的报告文学《哥德巴赫猜想》引起极大的轰动，激励了整整一代人，陈景润成为民族骄傲，被人们所熟知。今始知当年同样年轻、意气风发的王元等，亦有重大贡献。有这样的院士担纲数学主编，我顿时感觉底气十足。

在先生的主持下，会议就数学学科结构、框架、内容和边界、规模、分支设置及负责人遴选、目标分解及进度等讨论并达成共识。有两个观点印象深刻：首先，学科分类是个复杂的问题，

美国的《数学评论》中数学学科已包含60～70个分支,《普林斯顿数学指南》中有26个分支。但分类的方法有很多,而且,学科的分支划分也是有时代性的,是暂时的状态,现在所谓的一些分支,已经不适应世界数学发展的主流,要符合世界潮流,吸收一些国际数学家大会的思想,并在此基础上分工合作;同时中国有自己的国情,根据实际设计更合理。其次,针对三版读者对象考虑"非专业的专业人士",认为以"专业人士的工具书"定位未尝不可,比如自己是搞代数学研究的,可以通过阅读百科全书来了解其他数学分支的知识。

会议中发生了一个小插曲。刚开始讨论,便有位院士提出,维基百科上有大量的科学门类知识,比如数学部分,写得不错,且没有意识形态问题,直接用就好了。刹那间全场静默、鸦雀无声。我一时急火攻心,想若这样,三版还咋编,就慌不择言,冲口而出说了一句话:"如果这样想,那我国还要自己的数学所干啥,也可以撤销得啦!"我话声未落,专家们就笑了,包括前面讲话的那位专家也乐了。各位专家纷纷发言,会场活跃起来。他们说,中国在数学研究和应用方面对国家建设、对世界文明都做出了独特而重大的贡献,在我们自己编纂的百科全书中当然更不能缺席,对数学学科,尤其是中国的独特研究成果和应用成就,应予以充分展示。工作午餐时,那位专家恰好坐我旁边,同我谈起国产大飞机上的数学攻关,语气平和而亲切,想到自己的误解、莽撞,而他完全是大人不计小人过,还是那么祥和,这让我歉疚了好一阵子。

宗教学科的中国特色

早上出门，宽阔的街道旁，摩天大楼的玻璃墙映照着初升的旭日，发出耀眼的光芒。车流已经汹涌起来，好在还是准时赶到了目的地中国社会科学院世界宗教研究所。上午九点，《中国大百科全书》第三版宗教学科编委会成立暨第一次工作会议在研究所会议室举行。

早在古希腊时期，人们就开始观察宗教现象，公元前8世纪的赫西奥德整理出了希腊神谱。宗教认为，在现实世界之外，还有超自然的力量或实体(上帝、天神、鬼灵等)存在，这种超自然的力量能够影响人们的命运，因而产生敬畏和崇拜。宗教是人类历史上一种普遍的社会文化现象，目前世界各国、各民族都有宗教存在。据估计，全世界现有宗教徒，占全世界总人口的61%以上。有些国家或民族，绝大多数人都信仰宗教。宗教学是以宗教和宗教发展史为研究对象的学科，19世纪下半叶由西方学者所创立。

主编卓新平，中国社科院学部委员，中国宗教学会会长。湖南人，国字脸，鼻梁上架一幅无框眼镜，笑眯眯的和蔼可亲。他在开场白中说，《中国大百科全书》宗教卷的编撰为梳理宗教知识、传播中华文化提供了良好的基础。学科框架体系的设立要体现宗教学科的发展现状。

来自中国社会科学院、北京大学、中央民族大学、山东大学和四川大学的十余位宗教学界的专家、学者与会。专家们重点讨论了宗教学科框架体系，形成统一意见：第三版宗教学科分为宗教学、佛教、基督教、伊斯兰教、道教、中国少数民族宗教与民间宗教、其他宗教等分支。与第一版相比略有不同。总体来讲四大宗教条目数量较多，宗教学理论所占比例也较大，少数民族宗教和民间宗教进行合并，其他宗教比较零散，采取集中的原则进行合并,可以将历史上的一些宗教和当代的新兴宗教囊括进去,使以往照顾不到的宗教都可以收录进来。宗教学科要体现中国特色,需要对道教、中国少数民族宗教、民间宗教,以及宗教理论和其他宗教在中国的状况做充分介绍。

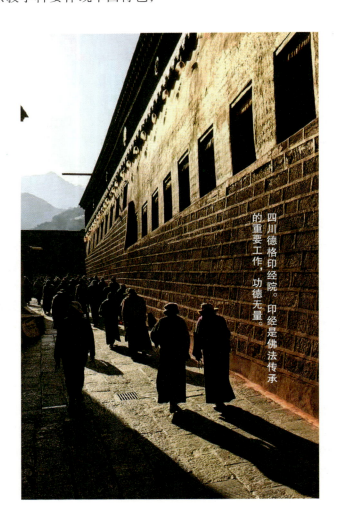

四川德格印经院。印经是佛法传承的重要工作,功德无量。

中国佛教

2015/
/04.01

上午开会，有专家讲起中国佛教。我茶歇时请教，简要整理如下：

大约公元前后，佛教开始传入中国内地，经过长期的经典传译、讲习、融化，以及与中国固有文化碰撞、冲突、融合，形成了具有中国特色的中国佛教。在中国佛教的形成和发展过程中，由于传入的时间、途径、地区和民族文化、社会历史背景的不同，又分别形成了汉地佛教（汉语系佛教）、藏传佛教（藏语系佛教）和云南地区上座部佛教（巴利语系佛教）。

汉地佛教。西汉元寿元年（公元前2年）伊存授经是为佛法传入中国之始。经长期传播发展，形成具有中国民族特色的各种学派和宗派。及至隋唐达到高峰。后逐渐传播到朝鲜、日本和越南等周边国家。宗派主要有：天台宗、三论宗、法相宗、律宗、净土宗、禅宗、华严宗和密宗。佛教传入汉地以后，与中土传统文化相结合，逐渐发展成为中国文化的一个重要组成部分。佛教文化涉及绘画、雕塑、文学、建筑、音乐、医药等多个方面。

藏传佛教。俗称喇嘛教。公元7世纪中叶佛教传入西藏，10世纪下半叶迅速发展。形成宁玛派、噶当派、萨迦派、噶举派、格鲁派等派别。实行活佛转世制度。

云南地区上座部佛教。云南傣族等少数民族佛教，属巴利语系，约于7世纪中由缅甸传入云南傣族地区，和汉传大乘佛教具有深厚错综关系。

一桩蹊跷事。佛教源于印度，后却在印消失。若干世纪后，佛教又经邻国斯里兰卡传回印度。但此时印度早已是印度教天下。印度教乃世界第三大宗教，信徒逾8亿。佛教则为第四大教，信徒逾4亿。

有一种观点认为，时至今日，

中国是世界上佛教部派最齐全的国家，建立了独具中国特色的佛教理论与传承体系，已成为世界佛教的中心。

燕南园海棠依旧

2015/
/04.19

对北京大学燕南园我早有耳闻，在冰心等众多名家的作品中，这个名字及其发生的种种故事，不经意中已经映入脑海。今天一早我来到了燕南园56号，参加《中国大百科全书》第三版艺术学理论学科编委会议。看到对面的57号，想起来那应该就是冯友兰先生与宗璞的"三松堂"。

燕南园，众多学界泰斗如冰心夫妇、周培源、朱光潜、马寅初、冯友兰与宗璞、陈岱孙、王力、季羡林、侯仁之等曾在此居住。学术积淀深厚，艺术氛围浓郁。56号早期是北大校长、力学泰斗周培源先生居所。园内曾遍种樱花。每年花盛时，周先生便会请众人观赏，史上有"周家花园"之称。现主人是叶朗先生。他在此设了个"艺术散步文化沙龙"。陈设、装潢尽显中国风,沉稳、大气、典雅、精致,是能直达人心灵的那种美。这里常举办高雅艺术讲座,谈笑有鸿儒,往来无白丁。

艺术学是系统研究艺术各种问题的知识体系。《中国大百科全书》第三版首次将艺术学理论列为独立学科编纂。

主编叶朗,北京大学资深教授、艺术学院名誉院长。叶先生浙江人,头发花白,性情率真。开会前,看到我们好奇地打量房子透明的穹形天棚,他立即拿起操控器操作起来,天棚一会儿徐徐打开,送进阵阵清风,一会儿又缓缓合上,锁住缕缕阳光。大家称赞叫好。他说,这可是清华设计名家的杰作呢。

会议开始,先生讲话。他说:《中国大百科全书》编纂对于艺术学理论学科建设来讲,是功在当代、利在千秋的事业:首先,将艺术学理论列为第三版独立学科,对于本学科的巩固与发展有着重要的意义;其次,当前各艺术门类发展现状中,存在着艺术理论视野薄弱而又不重视理论的问题,百科全书艺术学理论的编撰,对于促进各艺术门类发展也有着重要的意义;再次,文化艺术与民族灵魂是最为深刻地交融在一起的,百科全书艺术学理论学科的编撰,对于社会各界关注艺术学科,提升中国文化软实力、实现"中国梦"也有着重要意义。

茶歇时,有人闲谈起社会对

陡峭的布莫罗火山笔直耸立在辽阔的熔岩平原上。

北大的一些议论,这时叶先生接过话头说:我们应有精神追求,这样的人生才有意思。有人讲现在北大的人文传统不行了,我不这么看,支撑北大精神的是教师。我们坚持严谨的学术和教学,蔡元培的传统不会中断!北大还是灿烂星光照耀!

先生之德,让我肃然起敬!

孟实是朱光潜先生的字而非笔名

2015/04.19

在燕南园56号参加《中国大百科全书》第三版艺术学理论学科会议时,听到专家们谈到知识、事实要准确。并举例"朱光潜"条目。我觉得蛮有价值,简要整理如下:

"一版"时称朱光潜笔名孟实。其实,朱光潜字孟实。而这一变故,最初竟然来自朱先生自己晚年在其著作序中的表述。后来朱先生之子指出,这是当时父亲年事已高记混了。"二版"时,彭锋教授对此进行了订正。然而,目前社会上出版的有关朱光潜先生书籍,以及网络流传词条,仍将孟实记为笔名,包括中华书局出版的朱光潜文集。"三版"编写时应予注意。

正是各学科专家的求真求实、精益求精,才确保了《中国大百科全书》成为知识和学术的规范。

老骥伏枥

2015/
/04.30

　　今天天气晴好，北京化工研究院内草地绿茵、树木茂盛。上午，《中国大百科全书》第三版化工学科编委会成立暨第一次会议在此举行。

　　化工是化学工业、化学工程和化学工艺的简称，是包括三者的总的知识门类。凡运用化学方法改变物质组成、结构或合成新物质的技术，都属于化学工艺，所得产品被称为化工产品。生产发展中逐渐形成了一个特定的生产行业即化学工业。化学工程则研究化工产品生产过程的共性规律。化工生产和应用，代表着人类文明的一定历史阶段。比如合成树脂、合成纤维、合成橡胶，人们的现代生活，几乎随时随地都离不开化工产品，从衣、食、住、行等物质生活，到文化艺术、娱乐等精神生活，都需要化工产品为之服务。当今电子计算机和信息技术快速发展，也离不开化工的突破，例如超纯气体和纯水、电子工业用试剂、光刻胶、液晶以及腐蚀剂、掺杂剂、黏合剂等等。

突尼斯裂谷，干旱的北非沙漠裂隙里，顽强的椰枣树仍然绿意盎然。

主编闵恩泽，中国炼油催化应用科学奠基者，中国科学院、中国工程学院两院院士，2007年国家最高科学技术奖得主，同年获"2007年度感动中国人物"。经过全国学界专家推荐和出版社邀约，以91岁高龄欣然应允出任主编。担任相关分科主编的院士还有：金涌、李静海、袁晴棠、孙宝国、谭天伟、高金吉、段雪、塞锡高等。又一个全院士阵容！

针对学科交叉问题与会专家认为，一定有大量的交叉问题，且存在两方面的交叉。首先是化工学科各分支之间的交叉，其次是化工学科与化学、材料以及冶金、轻工、建材等泛化工学科的交叉。学科间的交叉问题需要出版社进行协调，而学科内部分支间的重复可采用参见条目的形式解决。关于分支设定，认为提交会议的学科分支设定符合现有工业应用行业标准，但为保证学科知识的完整性，减少分支间的交叉重复，也为了与其他专业性的百科全书区分开来，国务院学科分类方法也可以作为构建学科框架的参考。

闵恩泽先生最后讲话。他回忆了参与《中国大百科全书》第一版化工卷编撰的往事，高度赞扬《中国大百科全书》在科学文化普及传播中的重要作用，指出第三版编纂工作是一件利国利民的大事。他的发言思维开阔机敏，国际国内动态了如指掌。

会议紧凑有序，高效解决了所有上会议题。闵老先生精力过人，午餐时仍与其他院士讨论化工特色产品应用。

天才从不循规蹈矩

2015/05.10

这个周末，"三版"未入"新常态"（周末开编委会），外头下着大雨，难得清闲。沏杯安吉黑茶，读《六个字母的解法》。

刘禾，以学者的考究、侦探的狡黠、作家的演绎，拎出一大堆20世纪初牛津剑桥大牌科学家们彼此独立又相互交集的人生故事。再一次发起对人格、价值观、社会理想、思考智慧的追问。

在这份名人录里，有一个名字，吸引了我的目光。他就是英国科学家李约瑟。

对李约瑟有些特别的感觉。缘由一，他和中国的交集。据信当年剑桥最著名的裸泳人士，是大白天也可能出现在康河水中的、年轻的生物化学科学家李约瑟。天才从不循规蹈矩，李30出头即被选为皇家学会院士，成为世界顶尖科学家。后来，他与一位中国女子相爱结下奇缘，继而转向科学史研究，成为历史学家，巨著《中华科学文明史》改变了世界文明史的书写。缘由二，他和《中国大百科全书》的交集，有一段往事，值得一提。1981年，《全书》一版开山之作《天文学》出版，同年7月16日，李约瑟在国际名刊《自然》杂志，以"广博的内容，艰巨的功夫"点题撰文评论，赞"《中国大百科全书》用功之深，有如苍穹"。我入职后，曾在各种场合中引用此言，因为，我觉着它的贴切。也因此，我牢牢地记住了他的名字。回想此事，我突发好奇。1981年，已闭关多年的中国，刚刚开启和外界的联系，当时也没有互联网，已经81岁的李约瑟，怎么得到《天文学》出版的讯息，他见过真书吗？

我拿起电话，向百科全书编纂专家、当年《天文学》卷负责人常政求证，他说，《中国大百科全书》的出版，不但在国内，在世界也引起了极大的轰动。世界各国国会图书馆、著名大学图书馆都有采购。李约瑟应是亲自阅读后撰写的评论。他还告诉我，《百科知识》曾刊专文介绍李约瑟文章事。我转而联系王昕若，他是已知《百科知识》收藏最全的人。果然，听到电话那头叮里咣当一阵响后，昕若告知找到了，是刊发在1981年10期《百科知识》上，随后还发来了照片，还说这是他的手机拍摄首秀。

李约瑟、《中华科学文明史》、《中国大百科全书》，一个个文化坐标，闪耀在人类文明的星空！

我们的大局已定

一早，和同事们一道，接上袁行霈先生，直奔北京大学。《中国大百科全书》三版中国文学编委会成立暨第一次工作会议今天在北大中国文学院举行。

中国文学是中国各民族创造的、以汉语文学为主干的各族语文学的共同体。中国文学在有文字以前就已经产生了，以汉民族文学而言，如"女娲神话""羿神话""大禹传说"之类神话传说，足以同世界上最优秀的神话传说相媲美。从口传文学，到文字记载，到历代发展，中国文学以独特的语言载体、文化内涵、文体形式、文学观念和审美追求，构成世界文学中自成系统的类型。

主编袁行霈，北大资深教授、古典文学专家、北京大学中国传统文化研究中心主任、国学研究院院长、中央文史研究馆馆长。先生是江苏人，高高的个子，满头银发，衣着整洁、简朴。他主持了今天的会议。

专家们发言直奔要害。简要整理如下：当代文学是一个时代性强、相对敏感的学科，大量的新思潮、新作家、新作品不断涌现，对于当代文学条目的把控尤为重要，尤其是人物设条需要慎重，各学科需要平衡，在大百科三版的顶层设计上需要总体考虑。少数民族文学近年来新资料、新知识点不断出现，而这些内容的归纳、整理、研究尚有不够，学术性表达会存在困难；且少数民族涉及多种语言，有些撰稿人并不是以母语来写作，后期的文字加工工作会比较繁重。文学理论的跨学科交界点如何划分的问题，比如与美学、古代文学、外国文学等学科存在大量重复和交叉，需要学科间有个时间差，并建立相应的协商机制。西方条目和中国条目的尺度掌控，需要总体考虑和平衡。对于一版、二版已经达到很高学术水平的条目，尽量不改动，修订的重点在于30年来学术观念变化的反映，体现新史料、新研究。文学理论界30年的文学理论研究成果很丰富，但争议也很多，需正确处理争议和权威的关系；大百科一版、二版的文学理论条目偏重文学本体方面，略显单薄，应将文学与社会、文化、宗教等结合起来丰富内容。

袁先生对编委会的组成表示满意。他说，我们的大局已定，我们的阵容很强大，我们有信心编好权威的百科全书。并提出编写要求：多讲事实，慎作评价，资料可靠，观点可信，公正坦荡，体例规范，文字精练。先生说话声调不高，鼓励每位参会专家直抒己见，同时又不露声色地运筹帷幄，掌控全局。先生的力量是温润涵养又不失立场的。

先生绅士风度十足。进门出门必让女士先行；还特意介绍编辑和与会专家认识、交谈；散会后去勺园晚餐时，特意带领我们编辑们绕行未名湖，观赏美丽景色。

下午六点多散会，专家们余兴未了，晚餐桌上，又讨论开了。

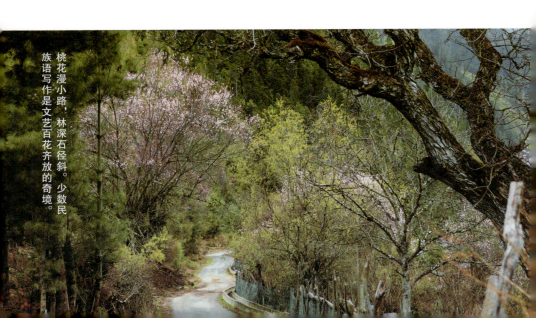

桃花漫小路，林深石径斜。少数民族语写作是文艺百花齐放的奇境。

开会啰！开会啰！

2015 / / 05.23

"Meeting! Meeting! 开会啰！开会啰！"茶歇后，张侃教授举着话筒、用英文中文满楼道叫唤喊人。

从上午九点至下午五点，中科院心理所和谐楼9层多功能会议室里，《中国大百科全书》三版心理学编委会第二次会议紧张有序地进行。

主编张侃先生身形高瘦，嗓音洪亮，精力充沛，事必躬亲。对每个分支的问题有求必应，有问必答。即便在会议现场，他也会时不时跑上讲台，为演讲ppt的人点击键盘打开图像。在他的统筹和督战下，心理学科进度呈现领跑之势。

这次会上听专家们讨论，我学了个心理学新词："choking"，可译"克金"。意指比赛紧张，发挥失常。比如射击比赛，某前世界冠军射击脱靶，把本应击中2号靶的子弹射向了3号靶。这就是典型的"克金"事件了。

即使是开会，也能看到心理学科的与众不同。举两例：

舟如空里泛，人似镜中行。清澈安静的心灵，是健康生活的基石。

照相。规定动作就有4个组合，全体与会人员、学科分支主编、学科主编、主编与服务人员。而别的学科一般都是一张大合影。

午餐。所谓多功能会场，午餐时就成了餐厅。40余人全用盒饭。主菜有牛肉、猪肉、虾仁、三文鱼、全素5款，任挑1款。我选款式是三文鱼，全套还有小白菜、芹菜花生、菜茎豆干，米饭，汤。一般别的学科盒饭菜式统一，顶多分出个清真来。

这两例，重细节，把人的心理需求琢磨得很透彻。

张侃先生在题词本留言："心理百科为了生活更加幸福。"

中科院心理所庭院，五月的鲜花姹紫嫣红。

为何谷歌知识图谱用 Graph 而不用 Map？

2015/
/05.28

昨天，国家重大工程数字复合出版技术总监孙卫先生来百科社为"三版"团队讲课，他顺便提了个问题：为什么谷歌知识图谱（Knowledge Graph）用 Graph 而不是用 Map？

昨晚结合孙先生课程，并搜寻资料学习。理解如下：

Graph，有名词和动词两词性。名词：图表、曲线图。动词：画（曲线图）、把……绘入图、用图解法表示。

Map，亦有名词和动词两词性。名词：图谱、图像、映射（数学术语）、地图、染色体图。动词：映射、计划、绘制地图、确定基因在染色体中的位置。

比较下，感觉 Map 的核心释义是"映射"。映射有照射、反射之意。做为数学术语，映射指两个元素的集之间元素相互对应的关系。这是一种点对点的关系。

而谷歌知识图谱，则是谷歌用它分布全球的40万台计算机"爬虫"，使用语义检索从多种来源收集信息，其语义网络已包含超过570亿个对象（每天还在增加），在这些不同对象间建立链接关系，用来理解搜索关键词的含义。它并非点对点的映射，而是通过智能化计算，把曲里拐弯、貌似八竿子也打不着的信息组织、关联起来，形成一个可以无限延展，巨大无边，同时路路相通、导航准确的知识信息网络（仓库）。如此看来，含有曲线绘图释义的Graph确实更合此意。

其实，寻找两词差异只是技术层面的了解，而学习谷歌的互联网创新思维并积极付诸行动，这才是最值得的收获。

谷歌近年推出的知识图谱是一项检索功能。与之前的浏览方式相比，免去了用户自己寻找、访问（多个）信息网站的过程，同时，检索词的准确率也提高了。

从用户的角度，谷歌知识图谱这一创新提供了更加快捷的搜索体验，只需指尖一键，所需信息尽在眼前。

知识图谱的出现，对信息和知识服务商的生存、发展带来了新的挑战，也引发了大数据、知识挖掘、语义搜索、智能计算等前沿技术竞争热潮，以及商业模式眼花缭乱的变革。

机器人化身罗丹的《思想者》。互联网思维创造新文明。

059

结论：得用户者得天下。用户体验至上，成为互联网时代制胜法宝。用户是产业的出发点、落脚点和归宿，是产业发展的原动力。

生命奥秘

2015/
/06.01

一早赶车，来到北京大学办公楼。办公楼建于1926年，原名施德楼、贝公楼，纪念燕京大学前身之一的汇文大学堂第二任校长贝施德。主楼屋顶为歇山顶，两翼配有副楼，坐落于高大的花岗岩台基上，红柱白墙，斗拱彩画，色调古朴高雅。楼前有麒麟、丹墀。周围植物繁茂、种类各异，生物多样性尽显。

上午九时，《中国大百科全书》第三版生物学编委会在办公楼召开。生物学是研究生物体及其生命过程的科学。20世纪特别是40年代以后，生物学吸收了数学、物理学和化学等的成就，逐渐发展成一门精确的、定量的、深入到分子层次的科学。现代生物学是一个有众多分支的庞大知识体系。

主编许智宏，生物学家，北京大学资深教授，中科院院士。曾任中国科学院副院长，北京大学校长。先生虽曾为官，但本质上是学者。他长期从事植物发育生物学、植物细胞培养及其遗传操作和植物生物工程的研究，成果卓著。

今见先生仍然帅气。年岁增长，愈显儒雅、亲和，气度不凡。他多年活跃于国际国内学界，讲得一口纯正流利的英式英语，但中文却乡音不改，还讲无锡话！

先生说，生物学是这些年发展最快、变化最大的学科，从动物学、植物学到微生物学，还有现在的纳米生物学、生物伦理学等，以及其他交叉、边缘学科，发现了生命科学许多新领域、新课题和新知识。编纂百科全书是启迪民众、促进教育和科学的大事，是学者的荣誉和责任。我们要通力合作，把科研成果融入编纂工作中。

先生主持会议的艺术也很是了得。自然科学的院士和学者

西藏雪山顶，美猴犹自闲。生物多样性在严酷环境中的顽强表现。

们讨论问题，往往开门见山，唰唰直接亮剑，有时尖锐对立、观点完全相左；有时某位发言引经据典引发参与者此起彼伏、话题越跑越远……许先生微笑、沉吟……然后有人又将话题拉回来，意见对立的双方也并不纠缠。专家们提及，三版生物学应包含新兴前沿学科，如影像学（医学和生物学），生物伦理学、定量生物学、计算生物学、生物信息学、合成生物学、化学生物学等。一、二版生物物理的内容已相当落后，建议第三版此部分内容做大幅度的修改。最后，轮到先生小结，他早已大局在握，直接点题，一二三四五，确认工作任务、时间、责任人。散会！

今到会的生物学领域中科院院士有9位，除许先生外，还有：方精云、赵国屏、武维华、金力、庄文颖、洪德元、康乐、周忠和。

中国工程院院士1位：沈倍奋。

许先生在题词本上留言："探索生命奥秘，普及生命科学知识，提高全民科学素质。"

散会后，返回时穿行校园，想起坊间的话：北大不大清华大，清华不华北大华。西校门、民主楼、外文楼、档案馆、俄文馆、南北阁、科学楼、静园六院、临湖轩、博雅塔……北大的华美，闪耀在那一个个历史建筑中。

3个条目所引发的

2015 / 06.12

下午，中国艺术研究院研究生楼贵宾室，窗外风和日丽，室内人声朗朗。《中国大百科全书》第三版舞蹈学科第一次编委会工作会议如期举行中。

舞蹈是最古老的艺术形式之一。上古时代，它就随着人类生产劳动而产生了。劳动中，人们手用以拍打，脚用以踩踏，在某种动作连续重复过程中，产生有规律的节奏，再伴以呼喊或击打石块和木棍，最原始的舞蹈就出现了。舞蹈也成为了人们交流思想和感情的工具。发展至今，舞蹈已成为一门以人的动作为介体，综合了音乐、诗歌、戏剧、绘画、杂技等的独立艺术。

主编欧建平，又一位湖南人！中国艺术研究院舞蹈研究所研究员、所长。欧所长身体棒，脑子活，说起话来哒哒哒，语速如扫机关枪，他面部表情生动、肢体语言丰富，一招一式艺术范儿十足！和人们通常认为学术大家的沉稳矜持不同，他算得上是另类了。然而，这性格似乎一点儿都没影响到他做学问。30余年耕耘，著述丰厚。

会上欧先生开场讲话，首先牵出一桩有趣往事。他讲，他的学术方向、学术生涯和成果，都源自30年前撰写《中国大百科全书》第一版的3个条目。那时，他还是一版《音乐·舞蹈》卷主编吴晓邦先生学生，恰巧其时有3个外国舞蹈家，如约翰.马丁（现代舞大师）等，国内无人研究、无人知晓。这3个条目的撰写任务阴差阳错落到他头上。于是找国外资料、翻译、研读，并成为最早走出国门的中国学者。一来二去，他弄出了兴趣，索性展开拳脚，圈定领域，著书立说，进行国际交流，一发不可收。一不留神，成了中外通晓的舞蹈学家。欧先生以"太戏剧性"、"偶然中的必然"作为这段往事的自我点评。

今日欧先生以学者责任和自身经

历,作为动员令,号召中青年专家识大体、顾大局,把百科事当作最重要事,"做到我们的最好"!

专家们的意见可圈可点:此次大百科网络版不应是2015年的网络版,而应该是15年之后的未来网络版,要有前瞻性;网络本身是快餐式的,但快餐式的检索更需要一个权威的知识标准,大百科网络版应具有权威性和知识话语权;条目与条目之间应具有相互参照、相互勾连和相互佐证的特点;重新梳理学科构架,要在学理上更加站得住脚,严格遵照逻辑学分类原则,各层级分类才会日趋清晰,有利于具体条目的编写,史与论为一级目录,再各自向第二级、第三级目录有序推进;舞剧词条不应仅是介绍剧情,更要将舞蹈创作的技法、结构、语言、风格等编入条目中,才更具有舞蹈学科的本体意义与价值。

晚八点半,与各位专家话别返程。蓝天白云夜空奇观一路相随。

学者型官员

2015/
／06.19

雨下了一晚还没停歇。7点半出发,直奔中国科学院化学研究所。《中国大百科全书》第三版化学学科编委会工作会议今在此举行。

主编白春礼,国家纳米委员会首席科学家。现任中国科学院院长,学部主席团执行主席,发展中国家科学院院长,中国科学院、发展中国家科学院、美国国家科学院、英国皇家学会等10余个国家科学院或工程院院士。

白先生是三版主编群中的少壮派,年富力强、儒雅沉稳。学者型官员。他主持会议。首先是精准:譬如,通知8:30开会,他8:25进电梯(我在此与他不期而遇),步入会议室,8:30宣布开会,分秒未差。有院士未到也只边开边等。又如,他主持的时段2小时，共有4项议程十几人次交流，然后主编小结。其时，有专家说开会拖了堂，白先生不吱声只微扬手臂亮出腕表，对方即心领神会拐弯回头。到他小结，5分钟。10点半准时打住。再如，别看他仅用5分钟，问题、解决方案、甚至文本中的标点符号，面面俱到，无一遗漏。

我惊叹，先生不愧是纳米科学家。纳米，又称毫微米，一根头发直径的5万分之一为一纳米。细微精准，在先生已是如此驾轻就熟、得心应手。其次是他有官员的全局观、大气度：在他的主持下，在最短时间内，由科学院拨出巨资600万元，配套支持30个由院士领衔的"三版"学科。他组织了全院士化学主编团队，并嘱托：编纂中国大百科全书是我们的荣誉和责任，要切实负起责来，我们的词条要经得起历史检验！先生话不多、音不高，但句句掷地有声。院士们说，白院长你说个时间吧，我们保证完成百科任务就是。

化学专业毕业不久的百科编辑晓玲，今天见到这么多久闻大名的科学家，并且还为他们主讲百科事项，别提有多兴奋啦，头一天她将讲稿默念了许多遍，今日果真讲得甚是流畅！

贝加尔湖。大湖深纳、波澜不兴。

听闻白院长书法功夫了得，会议间隙我遂向他替出版社求一字幅。他欣然应允，嘱编辑与之联系落实。

散会时，天已放晴，空气里流淌着草木舒展的芳香！

责任心更重要

2015 /
/ 06.25

下午召开的《中国大百科全书》第三版材料学学科工作会议，定在北京首体南路6号海南厅举行。地点离出版社不远，从社里出发，十几分钟就到了。

材料，人类可以利用的物质，通常指固体。材料学则是研究材料的制备或加工工艺、材料结构与材料性能三者之间的相互关系的学科，为材料设计、制造、工艺优化和合理使用提供科学依据。

第三版主编黄伯云，材料科学家，中国工程院院士，全国科协副主席，粉末冶金国家重点实验室主任。国家技术发明奖一等奖得主。黄先生中等个头，偏瘦，不寒暄，不张望，安静地坐在位置上。我按常例介绍完中国百科简史和三版总体设计后，先生张嘴说话了：刚才屈（出）版社盖（介）绍了大剥壳（百科）的情况……

哈，湖南人！我一下就听出来啦。想，最近好像在三版学者中碰到不少湖南人啊。又想，许多大学者大科学家，发明、创造、改变了世界事物的进程，但他们却改变不了自己的乡音。有些人，脱胎换骨，练得标准的字正腔圆，可学业科研又成绩平平。这里头又有什么联系吗？

先生讲话当然还是非常流畅的，起码我这个同乡全听懂了。他说，中国大百科全书中中国二字，即表明了是国家事，是国家水准；材料学科发展最快、应用最广，在座各位都是材料界有名的专家，我们应该越写越好，不能搞得一代不如一代。经费当然要有，但责任心更重要！

今天还有二事值得一记：

一是，专家们讨论后一致决定，将材料学科撰写人资质，从出版社提议的副高以上，提升到正高以上。这是已展开学科中的首例。他们说，我们材料界的教授、研究员多着呢！语气中满是自豪、自信。二是，从二版主编、国家863首席科学家石力开先生发言中，意外获知他保存有一版主编师昌绪先生的百科词条手稿。大喜，遂向石先生征集，意欲收入正在筹建的中国大百科全书博物馆。

彼得堡涅瓦河上的揽桩

管天管地管空气

2015/
/06.30

下了几天雨，中午出发去开会，天晴了。《中国大百科全书》第三版纺织科学与工程编委会成立暨工作会议，今下午在北京延静里中街3号举行。

本学科涵盖纺织工程、纺织材料与纺织品设计、纺织化学与染整工程等多个领域。主要研究各种功能要求的纺织品加工及性能评价。当今，与生物工程、环境保护工程、材料科学工程等学科的交叉和渗透越来越紧密，纺织科学与工程学科得到更快速的发展和更广泛的应用。

主编俞建勇，纺织学家，纺织科学与工程国家重点学科责任人。俞教授40多岁便当选中国工程院院士，是三版学科主编军团中的年轻人。他头发乌黑，面色红润，不见皱纹，声音洪亮。他对学术前沿、产业趋势，以及百科全书对社会、对纺织行业发展的相关性，抽丝剥茧梳理得清晰简明，对纺织学科总体设计、各分科任务和责任，亦行云流水安排得当。俞院士十分谦和，昨天即从外地赶来北京，做会前准备。今日会议，坚持请老院士、会长和社长在主席台就座，自己则在主席台侧列主持会议，不忘在每一位发言后大声说一个"谢谢"！他发言时，先说：感谢学界和出版社信任，本人一定全力以赴，不辱使命。

对于纺织业在我国的独特地位，温家宝总理曾表述：国民经济支柱产业，重要的民生产业，国际竞争优势明显产业。今天，中国纺织工业联合会会长王天凯表述：国民经济和社会发展的民生与支柱产业；推动文化创意、引领生活方式的时尚与消费产业；国际化发展、高新技术应用和商业创新的先导与技术产业。也可以说，就是上管天（宇航、火箭、导弹等），下管地（民用、医学、高速公路、地面沉降、核潜艇等），中间管空气（过滤PM2.5、病毒等）。

听专家们介绍，我们开了眼界。原来，导弹、火箭的控火筒由纤维编织，可耐3000度高温；中东地区战火不断，头盔、防弹衣并非金属材料，而是由特种纤维编织的，等等。我们平常人认知的柔软纤细的纤维，抗力竟然胜过了钢铁！

姚穆院士是一版纺织学科编委，会上他展示了珍藏近30年的一版《纺织》卷。

中国纺织界最顶尖的专家军团已集结到位。我惊讶地发现，几乎都是男性。印象中，纺织和女人关系最密切，美丽的丝绸、刺绣、色彩、服饰、设计、家用纺织……都是我们的最爱。嘿嘿，谢谢啦！

电磁找核潜艇

2015 / / 07.06

这一段时间天气总是时晴时雨，空气倒是清新了许多。

下午，《中国大百科全书》三版地球物理学编委会工作会议在北京华严里10号举行。地球物理学是研究地球的形成、演化，以及地球结构和物质组成的科学，与人类生存与生活密切相关。

主编陈运泰，地球物理学家，中国科学院院士，第三世界科学院院士。中国地震学会理事长。先生高高的个子，宽阔的前额，挺拔的鼻梁，身材魁梧，相貌堂堂。花白浓密的头发，从前额发际梳向后脑，整齐有序，一丝不苟。在他身旁，不由自主就会被感染，想学他的样子，挺直腰板硬硬朗朗站如松、坐如钟。先生德高望重，性情却质朴率真，待人平和，在场老小，都直呼他陈老师，并可随时打断他话头，同他理论、较量一番。先生十分健谈，从头至尾主持会议，穿针引线，珠串全场，不知不觉，规定的议程议题就完成了。

晚餐桌上，先生兴致不减，又向旁边的我讲解地球物理学的奇妙应用，如"地震探测找矿"，即在特定区域埋炸药或丢炸弹制造人为地震，再用特定技术探测震源、震波等的异数，分析此地可有矿脉、种类、储量等。"重力探测"则是基于各矿种密度不同而建立的探矿法。还有军事上的用途，如"电磁找核潜艇"，讲的是，以往用声呐等声学法发现敌人核潜艇，后来，核潜艇伪装技术越来越高级，噪声几乎等于零，声学技术已难施展身手，磁学这时就派上了大用。"因为，核潜艇任它多么先进，可说到底就是一大坨铁疙瘩，就会有磁场，我们就用大磁铁那么一吸，敌人他就原形毕露、无处遁身啦！"这里本人得说明一下，先生此处原本用的之前我闻所未闻的专业术语，但瞥见我露出愚呆神色，便把那词换成了"大磁铁那么一吸"，我儿时有用磁铁寻找落地绣花针的经验，于是，我便茅塞顿开、恍然大悟了。

先生说，看看，我们地球物理学是多么重要，是吧？

对面的学会理事长说，先生不但学识渊博，而且写得一手好文章，优美的文笔，在自然科学家中是少见的。这话勾起了我的好奇和兴趣，得空一定要找来读读。

开会前，地球物理学学科编

不惧冰封雪压，我自一往无前。

辑江湾悄声对我说："这就是我们的主编陈院士，帅！"满脸兴奋和自豪。会间休息时，她拿着记事本，向院士讨教框架、进度等，院士则耐心讲解自己的主张。一老一小，切磋融洽。我随手拍下这温馨一幕。院士一抬头，看见了围观的我，便把我也拉进了讨论。

给我一个支点

2015/
/07.07

一早到达中国科学院力学研究所主楼。离开会还有半个多小时，我在会议室外的过道流连。过道的墙面上贴满了老照片，有力学所创始人钱学森，还有钱伟长、郭永怀等众多院士，都是共和国两弹一星元勋，大名如雷贯耳。他们是我最敬仰的人！

上午9时，《中国大百科全书》三版力学编委会第一次工作会议开始。力是物质间的一种相互作用，物质机械运动状态的变化是由这种相互作用引起的。力学，就是研究力和物质机械运动的科学。

主编李家春，力学家，中国科学院院士，中国科学院力学研究所研究员、博导、学位委员会主任。先生慈眉善目，待人平和、民主。对主编工作亲力亲为。开会

布拉格天文钟，建于中世纪，至今走时准确。市民和游客经过钟楼，都会停下脚步，校对手表时间。

前一晚自拟力学学科框架，打印数份，今一早带入会场分发。他主持会议，独门招数是大放手。出版社介绍完情况，他便一声令下，专家们顷刻间自动分成五六拨，或交头接耳，或侃侃而谈，或叉腰争执……他呢，则游走其中，来不及过去，就隔着长桌躬身将意见喊过去……这场面，看着有趣，一群院士，专家，貌似在进行大学生辩论赛哩。

先生对编撰百科全书诠释精当，在此记下：百科全书通过条目形式将知识汇集起来，不光可普及知识，而且，人类必备知识越来越需要交叉，搞固体的要懂流体，搞流体的要懂固体，搞材料的要懂力学，不可能一本书一本书去看，百科全书是很好的切入点，从条目入手，可简便、准确，解决所需。

从专家们的谈论中了解到，力学是基础性学科，广泛应用于各领域，取得的成就不胜枚举。最突出的有：人类登月、建立空间站、航天飞机、超5倍声速军用飞机、超大型汽轮机组、海上采油平台、超大型运输船和可深潜潜艇、原子能反应堆、两弹引爆、高铁、地震多发区造高层建筑等。看起来，现代力学上天入地，无所不能。突然想起2000多年前力学

横跨科罗拉多大峡谷（平均宽度16千米，深约2千米）的高速公路大铁桥，力学理论指导下的建筑，拱形钢结构，中间无桥柱，蔚为壮观。

之父阿基米德,他那句名言是否要改成:给我一个支点,我就能撬起整个宇宙。

午餐,每人一个盒饭,从院士、长者到工作人员,都一样。

科学家、哲学家、杂家?

2015/
/07.09

近两月,已经是第二次来中国科学院数学与系统科学研究院了。《中国大百科全书》三版系统科学编委会第一次会议,今天在研究院会议室举行。

系统是由相互联系、相互作用的要素(部分)组成的具有一定结构和功能的有机整体。系统科学是考察各类系统的关系和属性,揭示其活动规律的科学,广泛应用于自然科学、工程技术和社会科学。

主编郭雷,控制科学家,中国科学院院士,第三世界科学院院士,瑞典皇家工程科学院院士,中科院数学与系统科学研究院院长。郭院士本就年轻,2002年即已当选院士,可见其聪慧、成就都非一般人可比。他生得眉眼精神,身段敦实稳健。系统科学的专家们似乎都特别活跃，无拘无束，会议一开始，专家们就开始窃窃私语，声浪一波一波荡漾开，有时竟淹没了主讲的声音。而郭院士主持会议，采取不干涉主义，"任凭风浪起，稳坐钓鱼船"。专家们自我讨论的声音忽高忽低，忽热烈忽柔和，他在那方照讲他的，还能兼顾大家的反应，可谓眼观六路，耳听八方，谁抛出的问题他都能准确无误辨识、接住、解答。末了，还总结说："大家议论到的问题是突出问题，但对我们来讲，都不是难题!"这功夫，散发着系统论的魅力，不由人不叹服!

感受最深的是，系统科学家看来也是哲学家。不信?看看我整理记下的郭院士今天讲的几句话:世界是由系统组成的，系统是事物的存在方式;系统科学的交叉性很强。物理、化学、数学等都有自己的研究对象，如数学，是数与形的科学，而我们关注的是"系统";系统论不是整体论，是还原论(如原始分工、分子、基因等)和整体论的辩证统一;系统几要素:整体、联系、发展、层次、涌现;理论-实践-再实践，所有学科是系统科学的实

践领域。

同时，系统科学家还是杂家。不信?看看前面郭院士讲所有学科都是(他们的)实践领域，再看我今天整理记下他的几则举例:"狼狈为奸"是典型的系统论。系统论的核心要义之一是$1+1>2$，而狼和狈个体看都有短处，狈更是不能独立生存，但它俩一同出去伤害牲畜，狼用前腿，狈用后腿，既跑得快，又能爬高，具有更大的危害。还有"城门失火，殃及池鱼"等，说的都是系统论的事儿。还有能量守恒定律(注:物理学定律)，还有亚当·斯密"看不见的手"(注:经济学定律，即市场价值规律)等，都是典型的反馈问题。而反馈，是系统科学的核心概念，正是通过反馈，系统不断纠错、调整、优化，维持正常秩序。

茶歇时，郭院士耐心给我讲解系统学概念"涌现""还原论"，在纸头写下时，习惯性附上英文，这细节透露了科学家严谨的治学风格。得知他还是中国书画家协会会员，感觉他真的是多才多艺，知识渊博。

这次由众专家讨论敲定:三

版系统科学框架依据钱学森先生的系统科学体系，同时融合其他国家系统科学观点而设置，既突出中国特色，也具有世界视野。

见贤思齐

2015/11.24

阳光灿烂，一座方鼎式赭红色建筑，幻如戈壁的千年蚀岩，色如渥丹、灿若明霞。正面上方是钱学森人物浮雕，他一如多年前所见，温文尔雅，神清气定，微笑着迎向走近的我们。

中浦校教学现场钱学森图书馆到了。

馆内门厅的造型，乃钱先生手稿意象，喻意升腾的智慧。

陈列完整而丰富。从头至尾，认真拜读，心生无限敬意。

幼年钱学森与父亲关系最为密切，他称："父亲是我人生第一个老师。"少年钱学森不仅品学兼优，而且兴趣广泛，担任上海交大管弦乐队次中音号手。旅美求学时，导师冯·卡门虚怀若谷的品质令钱学森十分钦佩，终生不忘。钱学森回国后一直强调在学术讨论中要发扬民主,并身体力行。学成后的钱学森,以一系列重大科研成果获得认可,在美获得许多重要职务及荣誉。1955年火箭专家钱学森历经艰难、突破阻碍返回中国,后来他再未到过美国,即便后来获得了"小罗克韦尔奖"(现代国际理工学界最高奖项)。钱学森回国后长期执掌国家火箭导弹和航天器研制,被誉为中国航天之父、中国导弹之父、中国自动化控制之父和火箭之王,由于钱学森回国效力,中国导弹、原子弹发射向前推进至少20年。晚年的钱学森坚持"七不":不题词、不写序、不参加任何科技成果评审会和鉴定会、不出席"应景"活动、不兼荣誉性职务、上年纪后不去外地开会、不出国访问。我钦佩先生!先生之风,山高水长!

在馆内流连,除了完成浦东学院课程,于我来说,还有另一番亲切心情。钱先生曾为《中国大百科全书》第一版撰写"导弹"条目,在《系统工程与自动控制》卷中,钱三强撰写"科学"条,钱伟长撰写"技术"条,钱学森对相关条目做重要修改,"三钱"在《中国大百科全书》同一卷中共同撰稿,成就了学界和出版界一段佳话。钱学森夫人蒋英,音乐家,美丽优雅,20世纪80年代起亦为《中国大百科全书》第一版音乐卷撰稿。"三版"上马后,系统科学学科的框架也是依据钱学森先生的系统科学体系来设置的,具有中国特色,同时又融合了其他国家的系统科学观点。先生一生喜书,与书为伴,至今,在他保留完好的书房的书柜上,整齐地排列着整套浅黄封面、甲精装《中国大百科全书》第一版。

如今,先生已经远行,但他的品格、才学、与百科全书的故事,都在我的眼前鲜活起来。

无罪推定

2015/
/07.10

京城的早晨，街道两旁树木葱郁，花团锦簇。一路畅行，来到北京海淀大钟寺东路9号。《中国大百科全书》三版法学学科第一次编委会今天上午在此举行。

"法学"的拉丁文Jurisprudentia在公元前3世纪末罗马共和国时代就已经出现，后来德文、法文、英文以及西班牙文等西语语种法学一词，都源自于此。在中国，法学思想最早源于春秋战国时期的法家哲学思想，法学，在中国先秦时代被称为"刑名之学"，从汉代开始称"律学"。现代意义上的汉语"法学"一词，"戊戌变法"运动前后由日本传入中国。法律作为社会的强制性规范，其直接目的在于维持社会秩序，并通过秩序的构建与维护，实现社会公正。法学是以法（律）、法的现象（立法、司法等），以及法的相关问题（经济、政治、文化等社会现象）作为研究对象的专门学问，其核心就在对于秩序与公正的研究。

主编陈光中，法学家，法学教育家。中国政法大学终身教授。新中国刑事诉讼法学的开拓者和重要奠基者。

陈教授早早来到会场，我迎上前去向他致谢。先生虽年事已高，然红光满面，神采奕奕，笑声爽朗，精气神儿不让青年。他的第一句话就是："我是三朝元老，第一版我就是编委，三版是我人生最后一件大事！"老英雄情怀豪迈，让人动容。作为总统领，先生气场十足，组建全明星编委会，享有盛名的法学家悉数就位，担纲14个分支首领。身为老牌法学家，光中先生的法律意识、逻辑严谨、滴水不漏，尽显霸气，他拿出书面的"编纂意见"讲解，首先即谈"三方合同"，着重强调"严禁抄袭，如抄袭，不如叫别人写好了"。在有些分支吵嚷着要求增加条目数量时，先生却很有主见很果断地说，还是要控制规模，以质量为前提，速度要跟上，一切服从规定时间保质保量完成任务。他语气凝重正色道："从我开始包括在座各位是实干班子，不是挂名的，所以我请来的都是学者或双肩挑的，没有一个纯官员，我们都要自己动手写辞条。"说到这，他顺便将"法学"概述条的修订指派给了现场一位专家。他的结束语是：会后就要有行动，行动起来，马上行动起来！

中国政法大学校长黄进主持会议。在政法大学发放的会议人员名单中，将出版社的三位女士排在最前面，在所有参会著名法学家的前面。这细节，让我感受到了法学家黄进校长的谦谦风度、温暖美好。

写到三版法学学科编纂，想起了一桩往事。20世纪80年代初，"文革"结束不久，《中国大百科全书》第一版法学卷设了"无罪推定"条目，1984年出版前夕，仍有人心有余悸，提出应当在条目里加些批判。法学卷主编张友渔和百科社总编辑姜椿芳等认为不必，应该遵循《全书》"客观态度、实事求是"的编辑方针，"无罪推定"意指"未经审判证明有罪确定前，推定被控告者无罪"，这是在启蒙运动中新兴的资产阶级提出的，以抨击封建社会残酷的刑讯逼供和有罪推定，在历史上具有进步作用，应当给予客观

雪峰圣洁经幡动，规法如山世间宁。

介绍。这一客观叙述的条目最终在1984年正式出版的法学卷中面世。而"无罪推定"这一原则，13年后被收入了1997年修订的《中华人民共和国刑事诉讼法》之中。

这里只有一位老先生

2015/07.16

走进清华大学清华园，眼前的建筑馆造型现代，四周草木葱郁。

《中国大百科全书》第三版人居环境学编委会成立暨工作会议，今天在清华园建筑馆举行。据闻清康熙编《古今图书集成》，地点就在今清华园。这难道只是历史的巧合？

人居环境学是研究人类聚落（区域、城镇、街巷，建筑等）及其环境的相互关系与发展规律的学科。三版规划中，本学科是在百科全书中的首次设立，将一、二版时的建筑学、城乡规划学，风景园林学并入其中。

主编吴良镛，建筑学家、教育学家。中国科学院和中国工程院两院资深院士。2011年国家最高科学技术奖得主。中国人居环境科学创建者,清华任教至今已69年。学界一致举荐,并征得他本人同意,先生披甲上阵,成为三版最高龄学科主编。

先生今年93岁,他鹤发童颜,慈眉善目;思维敏捷,精力过人。他喜欢站着和人说话。站着聊天时,手杖离脚一尺开外柱立,和身体组成直立三角,如经典老建筑,稳当而富有气势。站着演讲时,把手杖往讲台沿边一挂,自行操作笔记本电脑,播放PPT,侃侃而谈。讨论中有思想碰撞,灵光迸发,也必定起立表述,话筒紧握在手,眼睛闪射出机敏的光,俨然一位开疆拓土、威风凛凛的将士。会议从上午8点半开始直至中午12点半休会午餐(中间只有一刻钟合影、茶歇),自始至终不见先生有半点倦意。

先生这次报告的要点:编修百科全书是时代赋予的使命和重任。相对其他学科,人居环境科学与国民经济、政治、社会文化、人民生活关系更为密切,我们要好好考虑,把百科全书编纂事做周全,办稳当。不能以数量来"撑大",而是加强学术,以有力量的

知识内容做到"真大"。以年表方式,简明扼要梳理人居环境科学形成脉络、走向。充分估计三版难度。首先,必须在现有条件下,将旧有知识体系的贡献进行最大限度的保存,原有基础必须把握住。其次,人居环境总论逐步明确界定学科体系。概念要结合具体案例、实践及相关理论。要落地生根,才能根深叶茂,切忌流于空泛。逐步走向融会贯通,融会而创新。对当前学术界存在争议,妥当处理,逐步解决。力邀在学术方面确有贡献的贤达参加。基地设在清华,以求效率。校方鼎力支持,同时,任何时候有需要,一个电话,他便可快速到达现场。

先生报告最后一帧PPT抄录如下:九秩老翁,拙匠迈年,豪情未已,依靠大家。融会老成者的智慧,同时启迪新生力量的成长。

茶歇时,和吴先生聊了一会儿。他不但记得数年前我为二版事去他家拜访求教,还打听一版责任编辑刘永芳的情况,提起当年百科初创期刘将自家私房出

让，成为出版社最早的办公室和社址。那可是36年前的事了，先生记忆力惊人！我想，在那个特殊年代，为了共同的理想，学人和百科人有着多少感人肺腑的故事和情意，如今，这绵延回忆，已成为策马新途的动力！

会后合影环节。组织者说请吴良镛院士、邹德慈院士、孟兆祯院士几位老先生移步照相，这时，手腕上戴着大颗红珠手串外加金属手串的"80后"孟院士，瞟一眼"90后"吴先生，说，这里只有一位老先生。旁观者忍不住都乐了。

临别，先生送我一本他的著作《中国人居史》。我在返程的车上翻看，已然爱不释手。书中有一帧水彩画《青岛》，绿树红瓦、碧海连天。技法精致，画风清新明亮。作者栏标注吴良镛，1947年绘。久闻吴良镛先生是大才子，不但学问做得好，还写得好文章，画得妙丹青。此书便得印证。书是2014年新版，其时先生已92岁。扉页上印有明代顾炎武语：必有体国经野之心，而后可以登山临水；必有济世安民之识，而后可以

考古论今。这是先生以古训自励，而在我看来，这又何尝不是先生胸怀的写照呢！

政治和学术分属不同领域

2015
/07.19

穿过高楼林立的金融街，驶上车水马龙的西长安街。中国职工之家到了。《中国大百科全书》三版政治学编委会第一次会议，今天在B座五楼会议室举行。

政治学是研究人类社会政治行为、政治现象及其发展规律的专门学问。古希腊柏拉图的《理想国》和亚里士多德的《政治学》被认为是政治学的创始作。现代政治学注重研究政治主体和现实政治问题，如政治制度、国家法律、政治决策、政治合法性等。

主编李慎明，中国社会科学院研究员、博导，少将军衔。曾任中国人民解放军医学科学院副院长、中国社会科学院副院长。现中国政治学会会长。

先生中等个头，不胖不瘦，走路身形直正，目不斜视，步子大小划一，保持军人之风。他主持会议时，从包里掏出刚发行的《求是》杂志，向大家简要介绍杂志刊发的他的文章观点。他说：社会说到底由三部分组成，即经济（工农业等）、政治（国家、政党、监狱等）和文化（学术等），三者的关系是，经济基础居下、政治居中、文化居上的架构，经济基础和政治都是客观存在，而学术则是对客观存在的反映，经济、政治可以说都是学术认识的对象。在这种意义上讲，政治与学术分属于不同的领域，所以不能混为一谈。政治、学术关系紧密，政治离不开学术，政治需要学术为之服务；学术也离不开政治，学术需要政治保证方向。在学术研究中，政治标准与学术标准是分不开的，二者相互统一、共同存在、共同起作用。他谈做学者，就是要有强烈的历史责任感，站在广大人民根本立场上思考，立场观点分不开，同时，学者的科研成果，必须放入社会实践这一检验真理唯一标准的历史长河中评判。他说，历史是人民写的，也是参与者自己写的。我们要以严谨态度，勤奋工作，必须承担起实际责任，若有谁只挂名，现在就可以退下。先生集军人威严、学者冷峻和官员干练于一身，令人叹服！

会议还就《中国大百科全书》第三版政治学与法学、公共管理等相关学科在内容上的协调问题，以及若干分支领域的内容范围界定和名称等问题进行了探讨。

我来开会前，从家里找出一速写本，交给编辑部，并提了一个建议：请各学科主编、院士在本上提写一句话，概括本学科主旨，或心中的期望，以后收藏在百科全书博物馆。

今天，李主编在第一页写下："政治是经济的集中表现；正确的政治观点是文化上层建筑的灵魂。"

山崖上的叠影造就了神奇壮观的「宫殿」。

唐式蛙术

2015 / 07.24

昨晚到达山东烟台，一头扎进招待所，做各种会前准备。今天上午，《中国大百科全书》第三版渔业学科编委会工作会议如期召开。

还记得今年2月一天，青岛海洋大学，《中国大百科全书》三版海洋学科工作会聚集了众多海洋科学家，包括七八位院士。那天，我的座位恰巧在渔业学科主编唐启升院士（兼海洋学副主编）旁边。我曾听编辑嘀咕，说渔业学科还没有动静，遂向唐院士打听。他见我面露担忧，微微一笑，说："我是蛙式战术，先呆在后面，不吭声，观察地形，然后，噗！跳出来，噗噗！追上去，噗噗噗！就跑前头去啦！"那天唐院士给我的印象很深，高个，头发自来卷，着蓝灰冲锋衣，戴浅灰格围巾，

儒雅风趣，又透着隐约的威严。先生是水产科学家，但凡举例示证也不忘水中之物。

转眼5个月过去了，再次相见，"渔百科"（科学家们这么称呼"三版"渔业学科）着实让我讶异和惊喜。全国顶尖渔业科学家组成的编委会，已召开大大小小22场研讨，形成了富有创意、便于工作的分级框架条目总表，附加要素如外文、来源、规模、类型等，亦一清二楚，井然有序。还完成了厚厚一册试写条！会议PPT放映桌面图是水和鱼，尽显学科特色。

近50名学术领头人，密密挤坐，围成两圈，把一间不大的会议室塞得满满当当。准时开会，不用介绍嘉宾，没有领导讲话，开门见山直奔主题。唐院士主讲框架总表、副主编主讲各分支样条，听取出版社人员和专家意见。哈！科学家们提意见，没有客气，不留情面，稳、准、疾、狠，有时竟然数炮齐轰。被轰的那位则笑嘻嘻地说："大家讲的，记下了，谁能帮忙找到此概念准确的源头出处，我送他两斤海参！"那

位话一出口，立即引来好些位回应，揭示这概念的来龙去脉，言之凿凿，铁证如山。这时，主持人说话了："现在的问题是，两斤海参已经不够分了，还是转下一个议题吧！"会议尾声，唐院士提出序时进度、标准和责任人，众人唱和。今天由麦康森院士主持会议，点评犀利、妙语连珠；掌控全程、掐时精准。

渔百科已呈领跑之势。唐氏蛙术，实实了得！

晚餐，山东风。中国蛤蜊汤、海菜包子、土豆手擀面、四大缸（咸鱼、虾酱、面酱、咸菜）就面饼。

第一次来烟台，此地是何模样？晚餐后与同事们步行一小时到了海边。夜色中远处的蓬莱阁金光璀璨，犹如出海蛟龙，昂首腾空；又似海市蜃楼，在一方水域上缥缈。相传那里就是八仙过海的地方，当年白云仙长于蓬莱仙岛牡丹盛开时，邀请八仙及五圣共襄盛举，回程时铁拐李建议都不搭船而各想办法，成就了一段美丽的传

福建霞浦内海蚝场。大海馈赠的礼物，人类以智慧和勤劳拾取。

说，诞生了一个脍炙人口的典故。

我想，各显神通，各凭本事，用自己特别的能力去创造奇迹，这不也是时下中国大百科全书各学科主编们的写照吗?

一定要去多伦看看

2015/
/07.31

一早到了北京香山饭店。由国际著名美籍华裔建筑设计师贝聿铭先生主持设计的这座建筑，融中国古典建筑艺术、园林艺术和环境艺术为一体，白墙灰瓦，景色宜人。进入园林式大厅，阳光从玻璃屋顶洒落，绿树茵茵，水清气新。

《中国大百科全书》林业科学编委会第一次全体会议，今天全天在楼上的蕴香厅举行。林业是培育、保护和开发利用森林资源的产业。林业科学研究森林的多种效益和持续经营，以促进人口、经济、社会、环境和资源协调发展。

主编张守攻，中国林业科学研究院院长，院首席科学家，博导。会议开始时，并未见到张院长。听说他之前去了内蒙古多伦治沙基地，为了这次会议，昨日专程返京，车至河北、离京百余公里处遭遇骤雨，山洪暴发，把前面一座桥拦腰斩断，交通陷入瘫痪。听到这，我的心惊了一下，好险！幸亏他们的车没到桥上。风雨交加中等抢险部队赶来施工架桥，恢复交通，待他赶回北京已近凌晨。不料一早又被召唤去听领导讲话。领导任职不久，召集了3次会议，先生已请假两次，这次再不去，无论如何也说不过去。先生遂委托助手向百科会议人员做说明、表道歉，说去去就来。

10时左右，先是见有人往我左侧加放一把椅子，然后一男士悄然而至、悄然落座。专家们正在热烈讨论，争相发言，谁也没注意他的到来。张院长您好！我侧头低声和他打招呼，他报以友善温和的笑容。先生身形单薄，气质不凡，从容、淡定、举手投足温文尔雅。到他讲话时，音量不大，却字字清晰，内力深厚。他说："编纂中国大百科全书是一件伟大的事，我们是普通人，伟大的事不一定都是伟人干的，普通人干伟大的事，有许多例证。百科这件事必须我们来做，让我们的老师再来爬格子，我们不忍心，让学生做，似乎又有些不负责任。我们要全力以赴，合力做一个历史印迹！"

午餐自助，我碰巧与荒漠化

绝壁高城，全仗攀天路；久旱荒漠，等待引水人。

研究所所长卢琦同桌。见他名片上的图案：巨橡曼舞的色彩下，稀稀落落挺立着几株树，树冠平展于风中婆娑。我好奇，遂请教。他说这是荒漠化研究所的所标。他在餐巾纸上写下SAVANA，指点说是这树名，引意热带稀树草原，是荒漠化非洲普遍的景象。联合国有三大环境公约，即气候多样性、生物多样性、防治荒漠化，其中防治荒漠化公约请法国设计师设计会标，由于savana的荒漠化习性、特征，以及其形象具有很高的辨识度而入选。中国荒漠化研究所所标，则经联合国授权、由联合国荒漠化公约标识变形而来。我当即上网查看，联合国的图案是由英文SAVANA、沙化的土地、地平线上半个大太阳组成。而中国荒漠化所的这个，SAVANA上方飞扬的色彩，优美的弧形把天空舞成了缤纷的黄绿蓝。治理荒漠、还人间绿洲蓝天，这是林业科学家们做出的努力。

比如多伦。多伦县位于内蒙古锡林郭勒盟的南端阴山北麓东端。20年前荒漠化极其严重，卢所长形容说沙土堆积得连房门都打不开。林科院荒漠所在此建了治理基地，朱镕基总理去开了现场会，从此打响了人沙大战！20年过去了，卢所长说，"如今的多伦，得跑出去20里地外，才找得到沙子！"说到这，他打开手机让我看了段多伦的风景视频，真的美不胜收！

神奇的治沙基地，那里还有多少不为人知的故事？我想，以后得空，一定要去多伦看看！

毛毛雨

2015/
/07.31

德胜门外祁家豁子华严里40号，是中国科学院大气物理研究所所在地。今天下午，《中国大百科全书》大气科学编委会第一次工作会议在研究所会议室举行。

昨晚看资料，见该所起源于1928年由著名气象学家竺可桢先生创立的国立中央研究院气象研究所。想起40多年前，偶然得看一本手抄本禁书《第二次握手》，就是那一次，我第一次读到了竺可桢先生的名字。

大气科学是研究大气运动和变化规律，以及与人类活动相互作用的一门科学。大气，就是厚厚包围地球的一圈空气。而天气，绝大部分是大气中水分变化的结果。像鱼类生活在水中一样，人类生活在地球大气的底部，一刻也离不开大气，大气的状态和变化，直接影响地球生命的生存和繁衍。

主编吕达仁，大气物理学家，大气物理研究所研究员、中国科学院院士。先生肤色抢眼，是健康的古铜色。70多岁的他，脑子机敏、思维跳跃、语速极快，在座几位年轻人直呼跟不上。先生性情率真。会议开场他即兴发表言辞："和大气科学打交道已59年，资格还算比较老，既然答应了主编这桩事，就全力以赴，不留罪名。中国大百科全书在国家科学、文化传承上作用不可替代，其重要原因是，参与编写的专家不但有一流学术水平，而且态度认真严谨，确保高品质。在座各位，既已允诺，就要干好。"说到这，先生提高了嗓门：谁不听纪律就不用谁，这一点我说了算！

专家们一致同意第三版新增气候变化、中高层大气物理学、数值天气（气候）模式（名称待定）、大气边界层物理学、中小尺度气象学、大气遥感分支等。

会间休息，听吕先生自称"最有中国特色的中国人"。我不解，先生笑曰："就是在这儿生活了许多年的中国人"。这时，有工作人员端进几盘切片西瓜。先生解释："现在讲政治规矩把茶歇也取消了，这瓜是我自己掏钱买的，大家放心吃，管够！"瓜，熟透的红，分外诱人，咬一口，瓤沙汁甜。先生且吃且说："我们写的百科条目，要像这瓜一样，甜，还没有漏洞！"一会儿，又听先生向众人面授机宜：任务多，会议还多，那就一边开会一边写，反正主持人也看不见你写什么，我们好多事不就是这么干出来的嘛，我不禁会心一笑，好像对"有中国特色的中国人"有些懂了。

题词本上，先生挥笔写下："大气科学是地球奥秘的一个最活跃的领域，又是人类生存发展的基础环境条件。编好百科全书，传承人类文明。"

望着窗外飘着的丝丝细雨，我向先生请教了一个问题：同一个事儿，在我们老百姓和科学家眼中有什么不同，比如"毛毛雨"。先生说，把一大片毛毛雨聚集起来还没有一滴水的体量，但

林芝八一镇。位居西域高原，独得气候眷顾，温润祥和。

量小面大，量小效应大，会改变当地环境和气象。我边听边想，拨开迷雾看本质，理论思维、科学思维，是科学家特有的"重武器"。

搭建祖先和现代的桥梁

2015/ /08.18

　　王府井大街，与22号鼎鼎大名的北京人民艺术剧院毗邻的，是同样声名远播的27号中国社会科学院考古研究所。一早，我和同事们在所门口会合。考古所进门左侧，巨大的老银项圈镜框，几乎占据了整面墙。

　　上午，《中国大百科全书》第三版考古·文物学科第一次编委扩大会在所里举行（注：后文物析出，学科名称改为考古学）。考古学的主要任务是，通过田野调查，发掘古代人类活动留下的遗迹、文物，以研究人类古代社会历史。文物是重要的历史文化遗产，是历史的见证。中国文物家底丰厚，近年来，文物保护力度持续加大，中国世界文化遗产申报屡获佳绩，至2015年中国世界遗产总数已位居世界第二。

主编王巍,考古学家、博导,中国社会科学院考古研究所所长,美洲考古学会终身外籍院士。先生吉林人,身材魁梧,相貌敦厚,是第一位获得日本九州大学文学博士、中国社会科学院历史学博士两个博士学位的中国考古学家。他的讲话也富有文学的浪漫和历史的凝重。他说:遗迹、文物反映的文明是祖先的,和别的学科不同,考古学搭建了祖先和现代之间的桥梁。我们从事这项工作,就是要把考古、文物知识讲清楚。三版实现网络化,可随时随地为民众服务,更亲民,让象牙塔的知识走向民众。个人不可能再包打天下,我们必须发挥群体的力量,集中大家的智慧。大百科全书和民族复兴有关,没有文化的民族是没有希望的。为了民族的事业,拜托大家!

会后,先生即兴挥毫,在题词本上写下:"考古学对于回答'我是谁,我从哪里来,将到哪里去?'这一人类最关心的问题具有得天独厚的优势。"

今天集结了考古界各领域造诣深厚、年富力强的学科带头人。在核心研讨环节——知识体系设计中,他们展示的缜密思维和广博视野令人信服,然而,最让我敬佩的是,哪怕是对立的辩词,也绝对只围绕学术,而且,面相绝不狰狞,语气始终平和。

"学科的变化是方法的改变;社会的变化是工具的改变。"

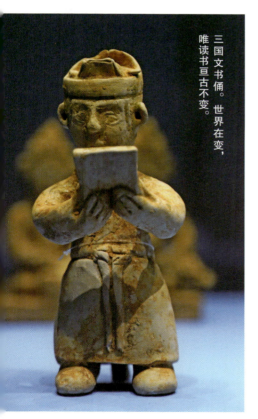

三国文书俑。世界在变,唯读书亘古不变。

这话是坐在对面的专家辩论时讲的。在理,言简意赅,在此一并记下。

青史留名

一早赶往位于西长安街的全国总工会"职工之家"。《中国大百科全书》第三版经济学第一次编委会工作会议,上午在职工之家B座举行。

经济学是研究财富的生产、分配和消费的专门学问。经济一词,在西方源于希腊文 oikonomia,原意是家计管理。经济学成为一门独立学科,始自1776年A.斯密发表的《国民财富的性质和原因的研究》。在中国古汉语中,早有"经邦""济民""经国"和"济世"等。20世纪初以后,中国学者逐渐采用了"经济学"这一学科名称。

主编李扬,经济学家,中国社会科学院副院长、学部委员。前段时间,讨论学科主编名单,看见有李扬,遂打听是不是原来财贸所那位李扬，果真是同一人！20世纪九十年代初，《中国大百科全书》第一版增设《财政金融物价税收》卷，也是第一版收官之卷，我是编辑部联系人，而李扬是分支学科负责人。印象中那时的他，年轻、健壮、英气勃勃。转眼二十几年过去了，如今他已成为三版经济学的掌门。现在他什么模样？互相还认得吗？

今早赶往会场，在电梯间不期而遇，我们都笑了，是的，我们立即认出了对方。他除了头发白了些，似乎没什么大的变化，身板笔直，精气神十足。我们互致问候，提起往昔编事。进入会议室，见张卓元先生在，跑过去打招呼。张先生德高望重，是一版二版经济学编委、副主编，三版顾问。他亦追忆当年，言20世纪八十年代一版印象最深，干得认真仔细，热火朝天，陈岱孙、巫宝三等老先生都自己动手写辞条，张培刚来京，在经济所一呆几个月天天扎在百科稿堆里，苏星文字特别好，百科要求精炼，便由他一个字一个字改、浓缩。他说，那时在经济所经常碰到你，还是个小姑娘。漫漫百科编纂路，有幸与专家们同行；岁月匆匆，带不走难忘的记忆。

李主编主持会议，风格恰如其人。冷静、明快、高效。从涉及领域、行业，以及已有分支规制看，经济学可能是三版最大的学科。今天到会的都是名头颇大的资深经济学家，公说公理婆说婆理，相当热闹。他先听，各人说意见，讨论，李主编在纸上写写划划，然后，他陈述整体方案，这时，大家发现，所纠结的问题都已迎刃而解。最后，他总结：典，是典范，修典，是光荣的。提起修典，过去好像是纪晓岚的事。而现在，各位被选入国家大典大百科工作，是光荣的事，是要载入史册，青史留名的，大家要切实负起责任，不留虚名！

各学科会议，参加了不少，今天这个，心情最是不同。30多年前，大学毕业的我，入职第一份工作，便是大百科一版经济学卷，见到众多经济学大家，工作相处，于我的专业长进、品格修养都受益良多。如今，许多先生已经作古，而他们杰出的学术成就，星光闪耀，与世长存。

有专家提及，各学科卷特色，是百科全书风格+主编风格，比如经济学，是百科全书风格+李扬风格。想想颇有道理，一并记下。

记忆没有远去

2015/
/08.29

今天参加经济学编委会，让我想起了30多年前的往事。

1982年我大学毕业后入职百科社，分配在经济学组工作。

记得初到编辑组，最惊奇最兴奋的事，是一下子见到了那么多大名鼎鼎的经济学家！只说这编委会名单上的就有，主任许涤新，副主任陈岱孙、刘国光，委员朱剑农、刘诗白、关梦觉、孙尚清、苏星、苏辛涛、李成瑞、巫宝山、吴承明、宋涛、宋则行、项启源、胡岱光、胡寄窗、陶大镛、葛家澍、董辅礽、蒋学模、曾启贤、蔡馥生、滕维藻、戴世光、高鸿业、樊亢，顾问马洪、王学文、薛暮桥，一个个大名了得。

这些学术大家没有架子，从不摆谱，对普通的年轻的我十分和气、关照。

至今，我手头还保存着多封他们给我的亲笔信。字迹或楷或草，或豪放或娟秀。内容虽说都是围绕编纂事务，但字里行间满是平等、尊重和鼓励。比如"小龚同志，我同意你的意见""交卷晚了，对不住""以上意见，你看如何？""9月22日信并附条目均收到，因为找某某同志所写条目中的图，去北大图书馆，请求索还有关书籍，耽误了时间，今天才得复信，为歉""P5上的图见于鲍莫尔所著《动态经济学》一书英文版第5页，你若在北图找不到，北大图书馆有，书号为330.1,B327""希望《经济学》卷早日定稿脱手，你为这一卷倾注了大量的心血，你是有功之臣呀！""祝各方面一切顺利，致敬！"等等。

宋则行先生8月12日的信写道："龚莉你好！想你已经回到北京。这次会议很有成效。这和你组织安排得好，分不开的。资料卡片，我存九三学社中央的刘绍梅同志处，你随时可以去取。"信尾处，宋先生手绘一幅地图，方方正正，清清楚楚，标出东西南北、马路、街口、店铺、地标，直至九三中央委员会大门。宋先生是我国著名的西方经济学权威，1948年取得剑桥大学经济学博士学位，长期任辽宁大学教授，兼任副校长，全国人大常委会委员。《经济学》卷他是编委，也是外国经济史学科主编。诸多工作，十分繁忙。但他知我新来乍到，不厌其烦给予指点，细心至此，令人感动。宋先生还在另一给我的信中写道："关于'活人上书'的第一批名单绝大多数是合适的，但把我列入觉得欠妥，我想还是不列入为好，我想可以增列一些中年的经济学者，如经济所的刘国光、董辅礽，在老一辈中，可以增列钱俊瑞。"这么大的学术名家，如此谦虚，律己，为中青年学者鼓与呼。

许多专家的人生经历和性情，也让我十分之敬佩。篇幅有限，就说说岱老吧。主持全组工作后，接触的专家多起来。一位大家称之为岱老的长者引起了我更多的注意。岱老名陈岱孙，20世纪20年代于哈佛大学先后获文学硕士和哲学博士学位，1928年起任清华大学经济系教授和系主任，抗日战争期间历任西南联合大学经济系教授、系主任、商学系主任，1953年以后任北京大学教授、经济系主任等职。桃李满天下。

一开始印象深的是他的形象和守时。先生个子很高，绅士派头，时间观念很强。参加会议，从不迟到；主持会议，准点开始准点结束；交稿，约定好时间不用催促。后来读任继愈先生写的《我钦敬的陈岱孙先生》一文，提及陈岱孙先生在西南联大讲课时情景，条理清晰，时间掌握准确，分秒不差，为全校第一。上课前一两分钟陈先生已站在黑板前，上课钟响，他开始讲课。讲完最后一句话，下课钟同时响起。有一次，讲完课，钟未响，众人诧异，一问原来钟敲晚了。

岱老名气很大，著作却很少。我曾聆听他在会议的发言，条理清晰、观点独到，如认识和把握我国经济生活的现状和规律，确定改革和发展的总体取向；主张对于经济现象的研究要注意定性分析和定量分析两个方面，批评忽视数量分析的倾向；强调对西方经济学的盲目崇拜是危险的，

现代西方经济学若干具体经济问题的分析方面，确有值得参考、借鉴之处，但作为一个完整的体系，不能成为中国国民经济发展的指导理论，等等。中华人民共和国成立后，全国上下一面倒地学习苏联，认为西方经济学一无是处，避之唯恐不及，"文革"结束，拨乱反正，西方各种思想流派大量涌来。学界、社会上又刮起唯西是从的风，陈老的观点在当时可谓振聋发聩。那段时间，他还经常写信给我，就他负责的学科、条目陈述意见。近日，我再次翻阅了保存的书信，发现仅"亚当·斯密"一个辞条，岱老给我的信就有三四封之多，审改意见从学术渊源、重要任职，到讲稿、著作、论点、学说、相关史料等。按说，以他毕生的精力、深邃的学识，深刻的洞察力，加上多年学术积累，著作多多才符合我们的想象。

后来和专家们接触多起来，知道了些原委。究其原因，是他在学术上的严格自律。在极"左"思潮时期，学术问题不能讲透，政治棍子动辄到处飞舞，有些

"识时务者"，随风篷转，罔顾事实，有的甚至落井下石，以谋取个人富贵。陈先生屹立不摇，保持数十年沉默。他说他这辈子只做了一件事，教书。讲义一遍又一遍地给学生讲，边讲边改，即使讲了好多年都还不甚满意，就是不同意拿出来出版。他最著名的作品当属《从古典学派到马克思》，而它原本也只是一份在学生手里流传的讲义而已。确实，岱老学识渊博，却更能恪守科学的严肃性，更能严格律己。他曾在1985年7月8日写给我的信中特别提到："古希腊一节中的希腊文人名，请编辑组逐一查对，因为我不懂得希腊文，只是照猫画虎。"这么大一个学者，却如此朴实、坦诚。我明白了，岱老发表论见、写著作和不发表论见、不写著作，都显示出一介良知书生的人格风范。

岱老终身未娶，独善其身，后来听人讲起原委，我对他又更多了些敬重。有一次，《经济学》卷编委会在昆明召开会议，会后下午得半日休整，我们随专家们到

日照南迦巴马峰。此峰终年积雪，云雾缭绕，难得一见。

石林参观。就在大家都兴冲冲、急匆匆询问阿诗玛（一形肖阿诗玛的石壁）位置、奔阿诗玛而去时，我看见岱老，坐在路旁石墩上，很笃定的样子，注视着来来往往熙熙攘攘的人流。我以为他累了，跑过去问，大家都去找阿诗玛啦，歇会儿我陪您也去吧。他笑了，说了一句话：不了，几十年前我就没有找到阿诗玛，现在就不去找啦。后来，我到达了。但见金色阳光穿透云层，如一朵巨大的烟花，端端照耀在那座著名的石壁上。太像了！美丽传说中的阿诗玛，身着撒尼族装束，肩背背篓，仰首向前，唱着山歌，娓娓述说。也就是在石壁前，我第一次听人讲述了岱老的情感故事。后来又听到不同版本。其实，无论哪个版本故事，都折射了岱老的人生观，他一生淡泊，孤独，洁身自爱，操守坚贞，将全部精力投入教书育人之中，对他而言，教书是他全部生命的诠解方式，是一种几近宗教式的虔诚和投入。

近距离接触使我不仅见识了老一辈经济学大家学术、知识的高度，更难能可贵的是领略到他们待人处世的气度，他们的人格自律，以及历经劫难仍旧率真、明澈如清流的性情。耳濡目染经年，这些教益都慢慢渗进我人生的基色中，在我后来的人生路上，自觉不自觉地成为思考、参照的坐标。

志愿者精神

2015/
/08.30

夏末的早晨，空气清新，迎面吹来凉爽的风。与同事们来到北京航空航天大学，参加上午在这举行的《中国大百科全书》第三版计算机科学与技术学科预备会议。

计算机的主要发明者是美籍匈牙利数学家J.冯·诺依曼。作为20世纪40年代人类的伟大创造，计算机对人类的生产活动和社会活动产生了极其重要的影响，并以强大的生命力飞速发展。它的应用领域从最初的军事科研应用扩展到社会的各个领域，带动了全球范围的技术进步，并引发了深刻的社会变革。计算机科学与技术学科研究计算机的设计、制造，以及利用计算机进行信息获取、表示、储存、处理、控制等的理论、原则、方法和技术。

周日学术忙碌，会议特别多，会议室紧俏，编辑只弄到了间特别小的，九把椅子一张小型椭圆桌，占据了全部空间；坐下来，伸手就够着了对面的人。专家们并未介意，说这才叫济济一堂、圆桌会议嘛！

主编李未，中国科学家，中国科学院院士，北京航空航天大学原校长。软件开发环境国家重点实验室主任。李院士主持今天的会议。先生文气、温和，表面看山不显水不露。会上所有人声音比他大，说话比他多，但他总能在恰当的时刻，轻言细语一点拨，便云散雾开，柳暗花明。

参加预备会的院士还有梅宏、吕建，以及王怀民、胡事民、徐志伟几位学术领军人物。集中讨论了编委会的组建、分支架构及领衔人提名、任务目标、时间节点等。在组建团队沙场点兵时，几位科学家提出"三不用三用"，即：游离主业的不用，干活不认真的不用，知识面窄的不用；严谨治学靠谱的用，长期在一线的用，有志愿者精神的用。所有专家，概莫能外。说起志愿者，几位科学家认为，志愿者是计算机世界最受欢迎最受崇敬的人，他们设计了许多程序，开放源代码，免费提供使用，使更多人参与，更多人受益。

志愿者精神就是不计个人名利、创新、开放、奉献，这正是百科编纂需要的。

日饮一瓢水，幽香与万家。

结缘百科

2015 / 08.31

海淀区北四环西路11号,是中国科学院工程热物理研究所所在地。上午,《中国大百科全书》第三版工程热物理及动力工程第一次编委会在所会议室召开。

工程热物理及动力工程学科属于工学门类,是以能源的高效洁净开发、生产、转换和利用为应用背景和最终目的,研究能量以热的形式转化的规律及其应用的技术,旨在提高能源利用率,减少能源消耗和污染物质排放。

主编徐建中,工程热物理科学家,中国科学院院士,国家能源风电叶片研发(实验)中心主任。副主编:岳光溪、苏万华、金红光、李应红、陈勇,均为著名科学家。又一个全院士阵容。

徐院士70多岁,花白头发,面相憨厚,为人谦和。会议正式开始前,参会者依次做自我介绍,坐在他旁边那位刚自我介绍完,他便腾地起身一站,"我是徐建中"。一个中外闻名的老科学家,好似一个新人,说劳烦大家多多关照。

先生主持会议,开头便讲了一段他和百科全书结缘的往事,整理如下:我接触百科全书从很早时候就开始了,学生时代读《大英百科全书》,文革后做第一篇论文,关于"铝"的,即参考了德国人编的英文版百科全书,一些内容看了多遍,起了很大作用,这个领域现在还在做。那时在心目中,百科全书是权威的工具书。现在看,百科全书的权威性,代表了国家的科学文化水平;专家撰写保证了准确性,如果当年看到百科全书的"铝"有错,可能误导学术方向,误导一生。撰写百科,既要用科学语言,也要通俗表达,我们要好好体会尽快掌握。

能源动力是21世纪科技攻关前沿领域之一。当今,随着常规能源的日渐短缺,以及人类对环境保护的意识增强,节能、提高能效、发展可再生和其他新能源已成为本学科三大主要任务。这一学科理论和技术的梳理、研究和突破，是社会生产活动、科研活动和文化活动的必要保证。

工程热物理及动力工程，在《中国大百科全书》第三版中第一次作为独立学科设立，是对这一学科于当今重要地位的呼应。

徐院士在题词本上留言："这次增加动力工程与工程热物理卷，很有意义，与国家的重大需求吻合，也与学科发展适应，希望通过我们的工作，圆满地完成任务，为后人留下一笔历史的记录。"

多去现场走访

2015／
／09.15

第一次来到位于京城北四环的辽宁大厦。它毗邻北大清华，距誉有"中国硅谷"之称的中关村信步可至。今天，《中国大百科全书》第三版机械工程学科第一次编委会扩大会议在大厦会议室举行。

机械工程学科是研究和解决在开发、设计、制造、安装、运用和修理各种机械中的全部理论和实际问题的一门应用学科。任何现代产业和工程领域都需要应用机械，机械工业是国民经济的技术装备部门，它的发展速度、规模和制造水平直接制约着国民经济的发展速度和现代化程度。机械工程是国家昌盛的基础支撑技术之一。

主编雒建斌，摩擦学科学家，中国科学院院士，摩擦学国家重点实验室主任，国际摩擦学理事会副主席。

出版社人员到会场较早，接着陆续有专家到来、落座。一会儿，听有人叫雒老师，寻声望去，见到一高个男士，和数人击掌、拍肩、点头。他50出头，身板结实，头发花白，着短袖衬衫，背上一个大大的黑色双肩包。他在主编位落座。目光扫视全场一周，宣布会议开始。今到会的机械工程专家60余人，来自全国各地，其中院士还有谭建荣、朱荻、丁汉、闻邦椿、林忠钦、蒋庄德。

雒院士主持会议。他说普通话，兼夹陕西乡音，语速沉稳平缓，憨厚的面相，很有定力的样子。他讲：我们编的中国大百科全书，是要受国内外监督的，国内同行要认可，国际上也要能接受，任务重、标准高，现在咱们抓紧进入正题吧！

就这样，没什么铺陈，会议便即刻转入议程。专家们围绕学科体系构建、热点（如虚拟制造、智能制造、绿色制造、产品设计方法）、领域边界、范例等，展开陈述和论辩。就会议上讲，理工科界专家似有共同特点：嘴里蹦出的专业术语一个个、一串串，听得人头大，但言词必定紧扣议题，不蔓不枝，条理清楚，简洁明了。会议也颇有工程管理之风，准备、目标、任务、组织、分工、时间节点，清清楚楚，讲求实效。一个会议，尽可能多解决问题。此会达成全部计划议程，还对内容规制提出聚合近义同义等思考。

会上有专家提出：机械工程编写人员大多来自高校，工艺部门的人太少，而且工艺部门的人积极性不高，写产品部分的人要尽量想办法把工业人才吸引进来，这20年的新的机械产品都要写进去，这块任务艰巨。这时，雒院士表态了："写产品部分的老师一定要吸收工厂的人参与，多去现场走访，绝对不能copy网上的东西！"

和土壤相亲

2015 / 09.21

昨天是周末，下午乘G141南下，抵达南京。餐毕，时针已指向晚9点。进房间刚放下行囊，电话来了，告知中国科学院南京分院周健民院长已到，来看望大家，请移步大厅。

见签到处五六人围站，相谈甚欢。我正打量，暗忖谁是周院长，这时，当中一位中等个、着蓝格衫的中年人向我打招呼，问我们是不是出版社的同志。我们就这样认识了。周先生是大忙人，日程排得满当，这两天中科院中期考核，还有国际学术会议，他推掉，来主持百科编事。我们几人找一角落的桌椅坐下，一壶清茶，说起话来。先生张口先表扬面前的百科年青编辑小张，说小姑娘工作盯得紧（小张脸通红，高兴得合不拢嘴），然后谈起学科现状、编委会筹备、团队组建、会议议程，并问出版社"还有什么指示"。先生的气度不凡，干练、平易近人，给我们留下了深刻印象。

今日，在中国科学院南京土壤研究所惠联楼第二报告厅，举行《中国大百科全书》第三版农业资源与环境第一次编委会。本学科的研究范围包含土壤学、植物营养学、农业环境保护、土地资源利用和农业气象等。土壤所一楼大厅的墙面上，娟秀的字体写着中英文：万物土中生（中国古谚）；关爱土壤就是关爱人民（新西兰格言）；与草木为友，和土壤相亲（林语堂）。我想，这是对本学科的存在意义最贴切的诠释吧。

主编周健民，土壤保护科学家，国家973项目首席科学家，中国土壤学会理事长。会上周先生首先讲话。他说："这次编百科全书，纯粹是公益性，名利都不谈，尽科学家的责任。平时说谁有知识，就说他像百科全书。百科全书是权威的、严谨的，教师和学生有问题便查百科全书。我们每个人都要认识到，《中国大百科全书》代表国家科学文化水平，能否达到，看大家的努力和水平。既然已答应，就要尽心尽力做好。做好并不易，各位水平都有，知名度高，但能付出多少时间去做，是关键。几方面工作，马上动起来，即学科体系、知识板块，以及编委会分工；条目表，是'根'，学科知识内容从这慢慢生长出来；（听到这，我想，瞧，这种比喻多有学科特色！）撰写，是基础，撰稿人很重要，要找知识面广、文笔好、负责任、肯花时间的人；审稿，关口在我们编委会。"

专家们讨论中关于土壤和学科的认知，整理如下：土壤对人类的生存发展至关重要，不仅仅关系到粮食安全，整个生态环境也都与土壤密切相关。联合国推出"世界土壤日"和"国际土壤年"，就是希望唤起全世界对土壤保护的关注。目前我国土壤污染的加剧除了自然因素外，更

哥本哈根吉菲昂喷泉雕塑。女神吉菲昂将自己四个儿子变为力大无穷的神牛，开疆拓土。土地、粮食，是人类赖以生存发展的宝贵资源。

多是不科学的发展方式导致。所以，本学科工作任重道远。

会议由土壤所所长沈仁芳主持。沈所长风趣幽默，其他专家亦庄亦谐，有时话茬接起来如群口相声，引得笑声阵阵，但并未跑题，句句扣在点儿上。这是一群治学严谨，却保持纯真天性的科学家，我想，这是不是因为他们长期和土壤、和大自然打交道的缘故呢。

午休时跟随陈馆长参观土壤所标本博物馆，据介绍全国样本此馆最全。他挥手指向展厅，说南方红土壤酸性，适种水稻、柑橘、茶树……北方黑土地适种大豆、玉米、苹果、枣……这时，我想起焦裕禄在兰考时治理盐碱地，便问这样的土壤怎么办？馆长说，可以改造。人们发现，盐碱地下200米深处有淡水，于是，掘井提水灌入盐碱地，盐碱一部分被水冲走，一部分沉积到地下深处，土壤质量便得以改善了。当然，他说，实践中不是这么简单的，要长期作战，还需多种因素、多管齐下。现在的兰考早已变成良田连片啦！

参会的谢建昌先生，今年86岁，湖南岳阳人，曾任一版土壤学科副主编，他特意带来了一版《农业》卷，30多年前出版的，已是珍贵的收藏了。

谁催谁重要

清晨从乌鲁木齐出发，落地首都机场已中午一点，驱车直奔中国农业科学院植物保护研究所国家农业生物安全科学中心，到达已经两点一刻。到门口买个面包下肚解决中餐，就急匆匆奔进会场。会议室已座无虚席，《中国大百科全书》第三版植物保护第一次编委会会议，开始了。

据联合国粮农组织统计，全世界每年因鼠害造成的粮食损失至少可养活2亿人，因草害造成的粮食损失价值在200亿美元以上。植物保护学科研究控制有害生物在植物生长和产品贮藏期间为害的措施。

主编吴孔明，副主编陈剑平、康乐、钱旭红和朱有勇，全院士阵营。吴孔明，植物保护科学家，中国科学院院士，植物病虫害生物学国家重点实验室主任。他50来岁，三版主编中的少壮派。不胖不瘦，衣着整洁新派，黑色腕表抢眼。河南口音，在一个"学"字上表现得尤为浓郁。

吴院士主持会议，带领专家们，按照议程从头至尾捋了一遍。先将学科勾连成九大板块，再逐个圈定内涵、厘清边界；板块中构建层级；学科规模、条目数量配置；领衔专家复议；时间节点确认。提到框架条目的层级，周雪平老师说："就是亲友关系吧。"比喻甚为形象。会议还确定增加了入侵生物学、农业转基因生物安全学等新兴学科内容。专家们非常活跃，不但个个争先恐后发言、抢答，还有人时而跑向演示屏幕，挥动手臂锁定目标、指点迷津。我不禁想，这难道是植保专家的特点吗，阔天旷野中植物自然生长，相伴的人也多是率真自由、活泼好动的吧。

会议尾声，吴院士扭头问："出版社还有什么要布置的吗？"又说，"出版社就是要催，你们的编辑天天给我发短信，谁催谁重要，都忙，要催！"他这一番话，把大家说乐了。最后他讲："会议到此结束，下面照相，出版社要求的，每一次列入证据。"大家又笑了，嘻嘻哈哈走出会议室，在门前台阶上咔嚓咔嚓拍了好多张。"多照几张，总能选出张好的。"他们说。

吴院士在题词本上留言："植物病虫害防治事关国家粮食安全和生态安全，植物保护百科全书传承农业科技文明意义重大。"

会后在植保所的食堂就餐。植保专家们平时怎么吃？怎么知道哪些是环保食材？转基因食品安全吗？我们有太多好

云南螺蛳田。
先民在大山里耕耘的智慧。

奇,一边就餐一边向身旁的专家问个不休。相信这个学科编纂完成后,许多疑问就真相大白啦!

百姓健康最重要

2015/09.28

金秋九月,天高气爽。《中国大百科全书》第三版医学学科工作会议,今天上午在北京友谊宾馆举行。

医学,是研究保持身体健康以及预防、缓解、诊断、治疗和康复疾病的科学。当今,人们的健康意识普遍增强,与此同时,生活方式、生存环境的变化,又给人类健康带来了大量困扰,甚至伤害。医学,比任何时候都受到更为广泛的关注。

主编韩启德,教授,中国科学院院士,第十二届全国政协副主席,九三学社中央主席,中国科学技术协会主席,北京大学医学部主任。今年8月,曾和同事们去政协向韩院士汇报三版医学工作。先生瘦瘦高高的个子,气质儒雅,行事严谨,科学家、学者模样。谈起工作来，先生强烈的社会责任感、高远的大局观，令我们十分钦佩。

这次工作会议，由先生主持，有多位医学权威出席。专家们集中讨论了相关问题：百科全书医学卷的特点是什么？是要充分保障权威性，要一查就准，是可以相信的。成不成功在队伍，高水平的编委会和作者团队至关重要。组织一支能干事的队伍，摆脱浮躁，潜心研究。志同道合干学术的事，是快乐的。老百姓的健康最重要。三版医学要多结合当今实际需要。比如，以前的年代，急性胃扩张多（吃得多），而现在

广西灵渠引出的水街。两岸泉眼堆玉珠，一街清水醉旅人。

这类疾病不多了，现在是肝病、传染病多。医学有许多工作要做，预防医学、分子医学，还有和医学结合的如医学信息等，亟待加强。

先生在题词本中写下："现代医学发展需要科学技术，也有赖于社会进步，更须臾不能离开人文关怀。"他的书法非常文气，很有看头。

参会专家中有一位长者，面色红润，机智风趣，知识渊博，言辞犀利，格外引人注意。他就是秦伯益先生，中国工程院资深院士，曾任军事医学科学院院长。他特别提醒我们，百科全书要准确，就要注意把握好中文的一些特点。比如说词义，英语是一义一词，夫人即wife；而中文呢，可能是一义多词，如贱内、孩子他妈、媳妇、夫人、老婆、妻子，还有陕西人叫婆姨，湖南人叫堂客，等等，都是一个意思。中文的丰富性、复杂性，有时会出难题，需要特别注意。

会后向秦老讨教、索书，秦老赠送散文集两册、文章两篇。散文集厚厚的，图文并茂，全是他退休后自费旅游全国时所摄所写，神思妙想，文采飞扬。文章《夕阳无限好，老人宜自珍》，其中内容多年来已被网络、网友以各种形式转发，点击率逾亿，今始知乃出自眼前的秦老之手！

鸟儿鸣花儿放

2015 / 09.28

这段时间，《中国大百科全书》第三版多个学科开工，会议一个接着一个。今上午医学学科会议刚结束，下午，生态学编委会第一次会议开始。好在会场都在北京友谊宾馆友谊宫。午餐后，就直接去2号会议室了。

"生态学"（ecology）一词是德国生物学家E.海克尔1869年提出的；eco-源自希腊字oaks，意思是"家"或"生活场所"，-logy源自λóros，意思是"学问"。任何生物的生存都不是孤立的：同种个体间有互助有竞争；植物、动物、微生物之间也存在复杂的相生相克关系。人类出于自身需要，不断改造环境，环境反过来又影响人类。生物与生物、生物与环境之间的相互关系就是生态学的研究内容。

主编方精云，生态科学家，中国科学院院士，第三世界科学院院士，中国科学院植物所所长。曾参加我国首次北极科学考察，研究高纬度地区生物、冻土、冰雪和大气。

极寒北极科考，想必除有高深学问外，还得有强健体魄。今见方院士，并非高大壮汉，是略有几分质朴、几分书卷气的文人模样。他主持会议，首先让参会者自我介绍，规定只讲三要素：姓名、单位、专业。他起头：方精云、植物所、植被生态学。接下来各位依次自报家门，许多专家鼎鼎大名，来自名校名所，专业则吹响了生态学集结号：分子与进化生态、生理生态、种群生态、群落生态、陆地生态、海洋生态、城市生态、生物多样、入侵生态、污染生态、毒理生态、生态文明……最后，轮到出版社的人了，我报上名字和单位，然后说：今天生态学会，我们的专业也可叫百科全书编纂生态学。这时，就听到扑哧的笑声传过来。

自我介绍完毕后，切入正题，讨论上会提案。对于各位副主编提名，方主编说，出版社要求高，最好是院士，我们这里几位，现在还不是院士，但以后都会是院士（此处有笑声）。他还提出，"合适的人写合适的条目"，还可加上"合适的条目放入合适的学科"，以解决三版可能面临的大量交叉重复问题。讨论异常活跃，谢平老师金句不断，众专家一度出现争夺话筒、争取发言权的热闹景象。方院士还火上浇油，说，再增加点热闹度，热闹、碰撞，产生新东西。

当然，热闹归热闹，他始终牢牢引导、掌控着会议的主线，必要时断然掐掉斜出的枝丫，那口气和作派，坚决、干脆、不容置疑，颇有几分军人气度。框架、内涵、边界、队伍、节点……下午六点，议题全部搞定。

方院士在题词本上留言："编好生态百科，为促进生态学科发展，提高公众生态意识作出贡献。"

半个多世纪前，一部《寂静的春天》影响了整个世界，它是美国生物学家R.卡逊创作的科普读物，以寓言开头描绘了一个美丽村

漂浮在北冰洋上的冰山，隐约如巨鲸。北极浮冰生态学研究在全球范围得到广泛重视。

庄的突变，人们因过度使用化学药品和肥料而导致环境污染、生态破坏，最终给人类带来不堪重负的灭顶之灾。它促成了第一个农业环境组织的成立，确立了杀虫剂的检验和注册制度，引发了美国乃至世界环保事业的开端。今天，为了春天不要走向万般寂寥，为了鸟儿鸣花儿放，人类还需要更多自省和努力。

历史预测未来

2015/09.29

人类文明从哪里来，又将往哪里去？人们不停地问，探索亦永无止歇。作为研究人类历史演变规律和趋向的历史学，一直以来就拥有最为广泛的关注度，在《中国大百科全书》的总体设计中，史学占据了应有的篇幅。

三版外国历史学科编委会第一次会议，9月29日下午在北京职工之家举行。主编武寅，研究员，博导，曾任中国社会科学院副院长、研究生院院长、世界历史所所长。武寅名字似男，一见面实际是位白净端庄、素雅裙装的女学者。女主编在三版主编方阵中稀有，目前只有两位，另一位是档案学冯惠玲教授。武主编长得斯文，性格却是泼辣、果敢，加上一口地地道道、抑扬顿挫的东北话，整场会议，她都牢牢主导着气氛、节奏、走势，充分民主，适时集中，处置得当，效率很高，提前完成全部议程。看着她，我不禁想起《花木兰》那句著名的唱词：谁说女子不如男！

会议集中讨论了框架、分工，节点控制等。有两个问题值得一记：

分支框架，针对是以地区为标准还是以时间为标准设置，主编武寅经过衡量各方面因素，最终决定采用以地区为标准设置分支框架的方案，并就此向与会专家做出说明：便于检索，有利于读者获得知识的便捷性；因时间紧、任务重，选择此方案可以最大限度地利用好一、二版的基础，大大降低任务量；从编委会成员和作者本身的学术研究特点看，一般来说限制在某一地区范围内，按照地区划分容易找作者。

关于学科卷名称使用外国历史还是世界历史，专家们各抒己见。赞成前者的认为：有中国史就得有外国史，不能有中国史还有世界史。赞成后者的比较多，

希腊雅典卫城遗址。始建于公元前580年。奥林匹斯山的女神头顶神殿，坚持数千年不懈。

观点归纳：作为国家的一级学科，名称已定为世界历史。当年在学科名称审查时也争论了很长时间，最后定名有充分理由：世界史涵盖面比较大，概念上比较准确。过去讲外国史，是相对中国史而言，服务于教学体系。世界史着重研究角度。世界史包括了很多学科新的发展，如全球史等，这其实代表了一种新的史学动向。而外国史基本是国别史，推敲起来确实有问题，比如欧洲史这部分，"欧洲史"这个词条就超出了外国史的范畴。亚洲史等也是如此，都超越了国度的界限。而世界史并非国别史的罗列组合，如拜占庭，罗马帝国、两河流域等跨国、跨洲文明；国际关系史、文明史、华人华侨史等都为题中之义。二版编撰结束时，大家曾发现问题，华人、华侨史作为很重要的一部分当时没有人写。若叫外国历史，这一部分就不好写了。另外，三版应该注意，目前世界史的缺点是实际上把中国单独分出来了。现代中国已经深深地融入到这个世界，读者查一个条目，更愿意看到中国与世界的互动。新增加的条目应该考虑这方面因素，体例上有所改进，概述条和总论部分要有所交待。

会后，武主编在题词本上留言："人类要想科学地预测这个世界的未来，首先要了解世界历史。"

承诺书

2015/
/09.30

今天一早,我们在友谊宾馆友谊宫再次迎来了计算机科学家们。

九时整,《中国大百科全书》第三版计算机科学与技术学科第一次编委会如期举行。计算机是20世纪人类的伟大创造,它改变了当今整个世界、重构了人类的生产关系和生活方式。它还将持续引领世界和人类,走向未来时速、未来之路。

我曾在8月的预备会上见过主编李未院士。再次相见,先生依旧是温和、不露声色。他主持会议时,专家们个个比他说得多,比他腔高音大,而他,只安静地听着,不打断,也不插嘴。而一到下结论拍板时,众人便将目光齐刷刷投向他,他呢,就慢条斯理地说上几句。这事就定了。

话是不多,先生却另有高招。

只见他从包里抽出一张纸片,举起来晃晃,说,大家看看。

大家就看了起来。是一份编委工作守则承诺书。我看着新鲜,是三版首例,特抄录如下:

此次《中国大百科全书》三版计算机科学与技术编纂工作内容涉及学术价值评价,本人承诺遵守以下工作守则:本着尊重历史、科学严谨、实事求是的原则,严肃认真地开展学术编纂工作,遵守科学道德和国家对学术诚信的规定;编委以独立专家身份参加此次编纂工作,不代表本单位和任何学术团体利益;积极探索发挥"互联网+"优势,动员一切积极因素,充分调研并广泛听取意见,采用群体化方法,撰写和修改辞条内容;重大决定由编委会集体投票决定,得票半数以上方可通过;编委会内部讨论内容未经授权,不得向媒体和一切与编纂工作无关的人员泄露;电子文档及纸质载体在正式发布前均为内部资料,按内部资料管理使用,严防丢失和外泄。如发生内部信息外泄问题,本人愿意根据有关规定承担相应责任。

专家们，包括院士们纷纷挥笔，在承诺书上签名，神色庄重。而这时，李院士悄悄对我说："大飞机"中长期规划论证时就是这么弄的。

更快、更高、更强

2015/
/09.18

结束项目恳谈后，急匆匆赶往北京体育大学。在校会议室举行的《中国大百科全书》第三版体育学第一次编委会，两小时前已经开始了。

体育是人们锻炼身体、增强体质、延长生命的重要方法；是与德育、智育、美育等相配合的整个教育的组成部分；它以竞技的形式，成为人们文化生活的内容和各国人民之间加强联系的纽带。体育运动有着悠久的历史。公元前11世纪到前8世纪，中国西周盛行射、御，与礼、乐、书、数合为"六艺"，构成教育的内容。公元前8世纪以前，在古希腊就盛行着拳击、角力、赛跑、射箭、投标枪、掷铁饼和赛战车等竞技活动。公元前776年至公元393年在希腊举行的古代奥林匹克运动会，是近代奥林匹克运动会的雏形。当今，体育事业发展的规模和水平已是衡量一个国家、社会发展进步的一项重要标志，也成为国家间外交及文化交流的重要手段。

进入室内，只见圆桌会议区坐满了人，大家都冲着一个方向，那儿有人正在发言，那人正是体育学科主编杨桦教授。他曾任北京体育大学校长，现任国家体育总局教练员学院院长。见我进来，他打住刚才的话头，说大家先互相认识一下，然后自己挨着个介绍到会专家。学术领军人物悉数到场！每个人的名字、专长、研究领域，杨教授报得准确无误、清清楚楚。看得出来，他对集合了顶尖专家的工作团队充满自豪和信心。简短的交流后，杨教授总结，对工作任务等交待周详。他是个细致的人。散会起身，发现他个子很高、瘦。他身旁的校长池建个子很高、壮。一问，都是篮球玩家。说起来，方知杨教授也曾在2000年中央党校中青班

广西九龙瀑布。水量丰沛，瀑声惊天动地。好比体育竞赛，枪声一响，步伐齐飞。

学习。15年后此地同学相认，甚觉有趣。

参加体育学科会议，想起了一桩往事。1978年，《中国大百科全书》第一版立项，各学科卷上马。体育卷进行总体设计、编制条目时，有人提出庄则栋的问题。庄则栋是中国乒乓球运动员，打球以进攻、速度、气势著称，比赛时有猛虎下山之势，因此号称"小老虎"，曾蝉联第26、27、28届世界乒乓球锦标赛的男子单打冠军，同时还是我国男团"三连冠"的主力队员。1971年，第31届世界乒乓球锦标赛在日本名古屋举行。美国运动员科恩误上了中国队班车，庄则栋冒着政治风险，主动上前向科恩打招呼，并且赠送了礼物，这一事件后来成为启动"乒乓外交"、中美关系成功破冰的契机。毛主席曾表扬说："小球转动了大球。"但是，1974年底庄则栋升任国家体委主任，随后卷进了政治浩劫。"文革"结束后，庄则栋接受审查达数年之久，《全书》体育卷展开编纂工作时，他还在等候审查结论。百科社总编辑姜椿芳和体育卷编委会主任

荣高棠认为，庄则栋曾经多次获世界冠军，为祖国赢得荣誉，知名度很高，读者想了解他，百科全书应客观地介绍他的情况，应设专门的人物条目予以介绍。也许，现在的人可能觉得这没有什么了不起，可是，如果放在当时的历史背景下看，当时"文革""左倾"流毒尚无处不在，实事求是是需要极大勇气的。

茶歇时，杨教授带领我们观看并讲解走廊墙上的镜框，是毛主席、周总理、贺龙等中央领导当年视察北京体育大学的历史照片。再见这些熟悉的面容，倍感亲切。

会后，去学校食堂就餐。食堂入口处是人脸识别机，以前没见过，够先进的。进入自助餐厅，首次领略国家运动员的餐食，不免好奇，问东问西。据介绍这里最大特点是食材考究，产地、成份，检验很严格，不能和兴奋剂之类有任何瓜葛。闻此，特意盛了块红烧新西兰牛肉，吃之味道香，可肉质粗，要费些气力咀嚼。这牛肉全是纤维，旁边有人说。

去门口乘车，穿行校园。植物

亚丁密林中融雪孕育的蘑菇，小
精灵般鲜嫩活泼。

繁茂、建筑现代，这校园真漂亮，在我见过的高校中绝对能排上前几名。机缘巧合撞入田径训练馆，墙上的大字：更快、更高、更强，映入眼帘。

歌功颂德还是实事求是

2015/
10.09

下午，8位科学院院士和10余位教授、研究员齐聚朝阳区北土城西路19号中国科学院地质与地球物理所，举行《中国大百科全书》第三版地质学/地质资源与地质工程编委会第一次会议。

地质学是关于地球的物质组成、内部构造、外部特征、各圈层间的相互作用和演变历史的知识体系。地球自形成以来，至今经历了约46亿年的演化。人类对地球及其演化规律的认识，同样经历了漫长的过程。由地质学所指导的地质矿产资源勘探是人类社会生存与发展的重要基础。进入21世纪以来，人类活动对地球的影响越来越大，地质环境对人类生产和生活的制约也越来越明显。合理有效地利用地球资源、维护人类的生存环境，已成为当今世界所共同关注的问题。

主编翟明国，地质学家，中国科学院院士。大陆动力学国家重点实验室主任、中国科学院矿产资源重点实验室学术委员会主任。先生有着长期野外勘探的经历，如今身板敦实、性情开朗、行事果断。他主持会议，开头讲一句：盛世修史修典，百科全书相当重要。然后即转入工作部署：介绍、任命学科副主编、各分支主编及分工；与三版相关学科的协同（他对其他学科情况很了解，应该是认真做了功课）；确定每个分支学术秘书，找能干的年轻人担任；写稿人资质要求；框架初稿宣讲、讨论等。

我看了下编委会名单，11个分支主编全院士阵容，地质学顶尖专家齐集于此！专家们的讨论围绕主题，单刀直入，速战速决。与一版比较，三版地质学框架的设立进行了较大的整合，第四纪单独成立分支，新增加了地质资源与地质工程学科，其中一版地质学中的分支部分进入地质资源

云南元谋土林，千奇百怪的地质样貌让人浮想联翩

与地质工程，并增加了地球探测与信息技术等内容。

有些话题耐人寻味。甲专家说：涉及人物是歌功颂德还是实事求是？乙专家应声而答：当然实事求是啰！丙专家说：好，那有人过去地位很高，但其实理论错误那么多。丁专家立即发声：讲点唯物主义、有点时间观好不好，某个时期的理论，从当时的认识水平就那样，而学科发展到今天，研究拓展、深化，理论也发生了变化，这很正常嘛！

对于这一类辩论，翟院士微笑观阵。末了，他做小结，然后看着各位。这时，就听彭院士笑着大声说：前几天阅兵式上已向您表态，当好助手，全力以赴！

会后，先生在题词本上挥笔写下："人类生存在地球上，没有比普及地球科学知识更重要的事情！"

管理的艺术

2015/
10.11

早餐后，和同事们去合肥工业大学会议室布置会场，会议室的编号是1111，挺好记。窗户外，校园沐浴在温暖的阳光里，湖水清澈，桂花飘香。

今全天，《中国大百科全书》第三版管理科学与工程学科第一次编委会在校会议室举行。管理活动是人类最基本的社会实践活动之一，管理无处不在，无时不有。管理科学与工程是综合运用系统科学、管理科学、数学、经济和行为科学及工程方法，结合信息技术研究解决社会、经济、工程等方面的管理问题的一门学科。是当今国内外研究的热点领域。

主编杨善林教授，中国工程院院士，"智能决策与信息系统"国家地方联合工程研究中心主任。昨晚我们到达合肥工大招待所后，杨先生即来看望，并邀我们去办公室讨论会议议程及相关问题。先生安徽口音，中等个头，身板结实，脸膛黝黑，走路快，语速也快。他主张：科学研究不是不需要论文，但更重要的是与现实结合。科学研究应以问题为导向，接地气。他在专家题词本上留言："管理科学如同文学艺术，一部好的文艺作品一定是源于生活，高于生活；同样，具有重要科学价值的管理理论应该是源于实践、高于实践。"

先生将管理学运用于三版编纂，在本学科推进及今天的会议

一花一世界，一叶一菩提。

中尽显功效。会前，他进行学科顶层设计、组建汇聚顶尖专家的工作团队、明确分工，各分支草拟内容。他认为，会前打实基础，会议讨论时有利于集中、深入，开会也要考虑成本。今天的会，在他主持下，对知识体系及其架构、内涵及边界等核心问题展开长时间的深入辩论，最终形成共识。他的会议结语是："编纂中国大百科全书这项工作光荣、严肃、艰巨，我们共同努力，一定可以保证本学科的高水准、高质量。"全体专家报以热烈掌声，表明同样的心迹。我再次看向墙上那幅校训横匾，刚进会场时它就吸引了我的眼球，上面写着古朴的篆字："我们拥有共同的事业。"

会议服务亦体现管理艺术。全体合影时，两位干练的女摄影师，一个端着相机，一个手执喇叭，喇叭先喊话：拍一次要16秒，大家注意了！然后，她就开始用抒情悦耳的女中音朗诵起散文来：秋天来了，层林尽染……正在大家于这美妙声音描绘的美丽景色中露出欢快神色时，咔嚓咔嚓咔嚓，相机一通连拍。16秒到了，朗诵和拍摄戛然而止。据说，这16秒散文，将多彩秋景和会议主题巧妙结合，是杨院士的创意。

智慧的学问

一般人认为,众多学科中,哲学似乎是最为普用、但又最难以说明白的。所以,在《中国大百科全书》三版网络版立项后,哲学学科的上马就成为我们的特别期待。今天,哲学学科第一次编委会在北京友谊饭店友谊宫举行,学科编纂工作拉开序幕。

哲学(philosophy)一词来源于古希腊哲学,原意为"爱智慧",即对智慧的研究、追求,转意为智慧,成为学问、理论、思想等词的同义语。哲学是一门古老而年轻的学科。然而关于哲学是什么,现在仍众说纷纭,莫衷一是。有人说,它是关于世界观、宇宙观的学问;有人说,它是教人智慧、使人聪明的学问;也有人说,它是诡辩,是无用的学问。在我看来,古往今来中外所有伟大的思想

家、科学家,首先都是哲学家;人类取得的一个又一个文明成果,无不渗透着精妙的哲学思维,例证举不胜举。

主编汝信,研究员,博士生导师,中国社会科学院学部主席团成员,兼任中华美学学会会长,曾任中国社会科学院副院长。先生80多岁,身板结实,腰杆笔直,精神矍铄,思维敏捷。他主持会议,开场白平实恳切:百科全书在传播知识、传承文明上有着不可替代的作用,反映国家科学文化发展水平,是功在当代,利在千秋的大事。三版编纂工程特别浩大,尤其是哲学,最难,下面分支很多,没有哪一个人能全通全懂,我个人赤手空拳,一无所有,依靠在座各位,各位都是大专家,请各位共同参与。

会议集中讨论了团队组建及框架设计。专家们认为:"三版"中哲学的新面貌要体现出来,新的成果要进去,但要稳定。东方哲学、科技哲学、领域哲学等进入总体规划。科技发展(如大数据、芯片)甚至推翻了原有的哲学概念,科技发展对哲学影响非

常大。而部门哲学是世界发展趋势。中国在20世纪90年代后，系统梳理了哲学学科史，哲学实现从体系到问题的转换，领域哲学崛起，如法哲学、经济哲学等。而对一些目前争论大、分歧多、敏感棘手的问题，有些可以借用哲学概念"悬搁"，按原有方式先把工作做起来；有些可以通过限定、迂回等方式巧妙规避。

波兰华沙哥白尼塑像。

一人的发现胜似万千人的盲从。

我看整场讨论,专家们无论是观点交锋,还是最终达成共识、形成处置方案,恰恰是哲学思维、思辨能力的大展现,只不过,哲学家们运用起来更自觉、更娴熟,在他们,哲学已成为驾轻就熟的艺术。

"我非常乐意回归学术"

2015 / 10.19

上午,我和几位编辑应约来到中国工程院,进入112会议室。室内窗明几净,陈设简洁,正面摆放两把圈椅,两侧椅子若干。

一会儿,一位长者快步入内。以前虽未曾谋面,但我一眼便认出是徐匡迪先生。他曾任第十届全国政协副主席,中国工程院院长,上海市市长,出镜率很高。他与我们一一握手后,走向左侧圈椅,并示意我在右侧圈椅落座,以方便交谈。先生中等个,身板敦实,天庭饱满,眼镜片后面的目光温和、从容,儒雅学者模样。先生是国际知名学者,钢铁冶金专家,中国工程院院士,瑞典、英、美、俄等国工程院外籍院士。

我首先向他汇报了三版的由来、总体设计、特点,以及相关学科编纂情况,编辑则就矿业工程和冶金工程学科的合并、学科架构，以及学科编委会及第一次编委会会议时间等进行咨询请教。

对于矿业工程和冶金工程是否可以合并问题，先生认为矿业工程和冶金工程紧密联系，采矿、选矿为冶金提供原料，在生产系统中属于上下游关系，合为一个编委会进行组织，知识系统性强；在《中国大百科全书》第一版中矿业与冶金就为同一编委会，有编撰的基础；在人员上，冶金和矿业中采矿、选矿的专家也比较熟悉，易于组织，所以矿业工程和冶金工程学科可以合并为矿冶工程学科进行执行。在学科范围方面，先生指出，矿冶工程学科主要是金属类矿产和金属类冶金技术知识，不包括煤、石油、天然气和建筑材料等领域。在具体条目中如果有涉及到共性术语可收录一部分，但不宜过多。

先生说话语音响亮，条理清晰，思维敏捷，对全国矿冶学科布局、对世界矿冶科研最新进展一清二楚，哪里看得出已是年近80的老人。末了，先生说："中国历来有盛世修典的传统，国家重视并积极推动'三版'工作，意义重大。近年来，在冶金领域，技术、装备发展日新月异，急需要通过编撰《中国大百科全书》这样的巨著进行展现和传播，这是非常光荣的一项责任和任务。我非常乐意回归学术，承担起主持这一学科的工作。"

告别时我们获知，先生还担任着京津冀协同发展专家咨询委员会组长（注：后才知忙的是"雄安新区"的事儿），工作甚是辛劳，这段身体不适，正住院，此时是躲过医生监管偷偷溜出来和我们会谈的。我们闻言更为感动。

后记：2017年6月4日，《中国大百科全书》第三版矿冶工程学科在北京会议中心召开了学科编委会扩大会议。主编徐匡迪宣布矿冶工程学科已完成全部撰稿和专家审稿工作。这是"三版"首个完稿的学科。

"炼金术"之今见

2015 /
/ 10.26

早餐后,车行半小时,来到北京市海淀区中关村东路55号。大门处,中国科学院自然科学史研究所的标识引人注目:方形的绿色大地,一艘帆船在鲜艳的红日中航行,下方的文字写着,"究天人之际,观古今之变"。《中国大百科全书》第三版科学技术史学科第一次编委会会议,上午在所会议室举行。

科学技术史是关于科学技术的产生、发展及其规律的学科,既研究科学技术内在的逻辑联系和发展规律,又探讨科学技术与整个社会中各种因素的相互联系和相互制约的辩证关系。在各文明圈内不同自然条件和文化背景下产生和发展的科学技术,通过传播和交流推动着整个人类文明的进步。科技史是破解人类文明发展的密钥。

主编张柏春,教授、博导,中国科学院自然科学史研究所所长,多项国内外课题首席科学家。张教授吉林人,正当盛年,脑聪体健,一口标准普通话,待人谦和又不失原则。会议开始,他先讲话:"我曾经是中国大百科全书的读者,现在我们要来承担编纂工作。我们要兼顾普及性学术

建在山峰之巅的欧洲修道院。中世纪,修道院往往也是炼金术研习和实践之地。

性，高标准但不可太学究；立场上求真，成熟稳定；学术打假，知识产权方面不能出事。"然后，教授打开笔记本电脑，切入主题。嗨，他的准备可真充分！近年来国内外相关工具书、论著情况，二级学科设置，28类条目界定等，展示清单，一一道来。

随后，围绕本会主题展开切磋。专家们提出：应重视学科史的位置，历史上有些事现在看是否定的，但是是科技发展的重要准备，如"炼金术"；中国四大发明，如指南针，发明时间、地点，应拿出一个国家的说法；要避免"国粹主义"，同样要客观、实事求是。还有教授建议，现代人造像，往往历史知识不够，且有政治背景，严肃的百科全书不宜采用。

午餐时，端着盒饭跑到提起"炼金术"的教授身旁求教，边吃边听他的科普课。大意整理如下："炼金术"试图将一些矿物和金属转变为黄金，制造万灵药。现代科学否定了"炼金术"，没有炼出金，行不通，而且，"炼金术"弥漫着大量的迷信、神秘主义。但这种方法曾存世2000余年，行于古埃及、古希腊、古罗马、中国、阿拉伯、欧洲，包括牛顿在内的一些著名科学家都曾进行过尝试（听到这，我脑海中闪过《巴黎圣母院》中的教室，白天上课，晚上窗帘一拉，炼金。还有《哈利·波特》、"玫瑰十字会"里那些神秘的炼金术士身影），中国的"炼丹术"，在寻求"长生不老药"过程中还发明了黑色火药。在这一漫长过程中，人类认识了铝、汞等多种金属性状，发明了量杯等多种实验器具，积累了操作经验。所以，"炼金术"是化学的雏形，是近现代化学的基础。

中间休息时，与姜振寰教授聊天，原来他曾参加过一版工作，和百科社创始人姜椿芳总编辑、前辈梅益总编辑、常瀛生等熟悉，还曾有书信往来。我即向他介绍在建的百科全书博物馆，并邀约征集他的珍贵历史信件，教授欣然应允。

在《中国大百科全书》编纂中，科技史首次作为学科单独设立。

中国名片

2015/
/10.26

　　周末出行路况畅通，提前20分钟我到达了冰窖口胡同2号——中国工程院。今天，《中国大百科全书》第三版土木工程学科第一次编委会在院部会议室举行。

　　土木工程是建造各类工程设施的科学技术的统称。人类出现以来，从原始的构木为巢、掘土为穴开始，到今天能建造摩天大厦、万米长桥，以至移山填海。土木工程学围绕材料、施工、理论等的演变而不断发展。《中国大百科全书》土木工程一版主编茅以升，二版主编李国豪，三版主编钱七虎，都是鼎鼎大名。钱七虎是防护工程专家、军事工程专家、中国工程院院士（注：2018年钱院士获得国家最高科学技术奖）。

　　会场的桌上摆放着桌签，12位院士的名字映入眼帘。早到的专家，三五成群，聚在一起，谈兴正浓。过道的墙角，停放着数只拉杆行李箱，一打听，是工程院评选院士大会刚散会，外地的院士们带着行李转战百科会议，准备会后直奔归程。知道持续数月的院士评选终于一锤定音、落下帷幕，我也松了口气。想到又有一批"三版"专家获得了院士称号，祝贺！高兴！虽说上个月刚获得诺贝尔奖的屠呦呦并非院士，一时间曾引发一些网民对院士头衔的调侃戏谑，但毋庸置疑，作为学术权威的标杆、杰出的贡献者，院士是科学家中的佼佼者，让人钦佩！

　　一会儿，一位身着蓝灰夹克便装，满头银发的长者快步走进会场，在主编席坐下，他就是钱七虎院士。他清清嗓子，宣布会议开始。他从包中掏出文字密布的一摞稿纸（看来事先已做充分准备），称有5个问题，即编写定位及要求、学科框架体系确定原则、编委会组成过程、规模和时间表，要先谈谈自己的思考。关于学科框架，先生介绍是在一版18个分支基础上注入新分支，形成26个分支，以体现学科的新发展、新知识。先生讲述，环环相扣，行云流水、声音洪亮、中气十足。我则惊叹他对百科全书编纂精要的把握。先生先声夺人，锁定会议主旨。接下来他开启民主程序，说还是要多听听在座各位的意见。

众专家踊跃发言，观点亦可圈可点。如在内容界定上：社会发展需两个"轮子"，科技和管理，出了那么多事，是管理问题。当今学科发展，呈现高度综合、高度分化的特点，分支设立应从有利学科建设上把握。中国土木工程成果领先世界，已成为中国领导人出访、会谈的"中国名片"，要充分反映、写好。

茶歇时，我向钱先生讨教我国土木工程成果已成"中国名片"之意。先生举几例如下：高铁，规模是世界最大；京沪高速铁路桥，长度是世界第一。核电站，是全球最多。高原冻土铁路，青藏铁路难度、长度世界之最。岩石工程，三峡大坝，还有"锦屏地下实验室"，建于地下2500米，进行暗能量、暗物质研究，地处世界最深，希望最大。

看看先生的桌签，我又问了他一个问题，您为什么叫"七虎"？先生笑言："有次元旦会，

唯有牡丹真国色，花开时节动京城。

与主席同桌，他问了同样的问题。简单，爹妈取的，我排行老七，名七虎。"我又问："这么多孩子啊，有女孩吗，不能都叫虎吧？""8个呢，男孩名虎，女孩名英。一虎一英，交替出生，到八英打住。"钱先生回答。我当即由衷感叹："您的母亲真了不起！"

钱院士在题词本上留言："愿大百科全书成为时代总结和前进阶梯！"

玉米效应

2015/11.16

一早飞往广州。11月中旬的花城，雨唰唰地下着，又潮又热。

《中国大百科全书》第三版农业工程学科编委会第一次会议，下午在广州燕岭大厦举行。农业工程是用工程技术的理论和方法为农业生产和农村生活服务的综合性学科。随农村经济和科学技术的发展，农业工程的内容、范围也在不断变化和扩大，以提高生产率、抗御自然灾害、保护自然资源，保证农业生产的良性循环和可持续发展。

主编罗锡文，中国工程院院士，农业机械化工程专家，华南农业大学教授，南方农业机械与装备关键技术教育部重点实验室主任，中国农业机械学会理事长。

我提前进入会场，见主编席

已有人落座。他偏瘦，白衬衫，黑夹克外套，发式整齐，和颜悦色，正同人谈笑风生。我在旁边坐下，听到他说"农扩（科）院明天开四北（百）人大飞（会）……"我想：哈！又遇到了老乡。我问，"先生湖南人吧"？"株洲人"！他答。我不无骄傲地说，"咱们湖南了不起，出了两位农业科学家，一位您，还有位种水稻的叫——"他接得快："袁隆平！我也是搞水稻的，搞水稻机械的。"说着话，他变戏法似的手中突然出现一支烟，然后起身走开，闪入对面吸烟区房间去了。

　　会议由罗院士主持。他的开场

藏乡青稞已黄熟。农业工程造福于民。

白简洁明了:"中国自古有盛世修书。百科全书要我干,责任重大,胡说八道,无脸见前人,无脸见后人,想了又想,找了各位,在座都是学术带头人,争取高水平完成工作。有专家提出,农业工程学科应在创新引领下,围绕5大理念和转型需求进行顶层设计。创新点往往在学科跨界融合处,如工程和生物结合的'玉米效应',增产30%靠育种,70%靠农机。要以'问题导向'推动学科发展。"然后,众专家围绕学科定位、框架、交叉、边界、团队、节点、热点等议题展开讨论。

会后,想起讨论时听有专家讲"有机农业不都是健康的",遂请教。专家言,国际上对有机农业、农产品安全有严格定义、标准和等级划分。有机农业不使用人工合成肥料、农药、饲料添加剂,但环境污染已无孔不入、无处不在,饮水污染,甲烷排放,人、畜食物非标等等,有机肥、有机饲料亦已携带重金属等污染。今日之有机农业,在食物安全上已很难完全如愿。

罗院士在题词本上写下:"让大百科全书,成为人类最好的良师益友。"

晚餐的餐桌上,家常菜可口。主食给我留下了深刻印象,那是一个大如南瓜的蒸馒头!破成二十来瓣,食之劲道、香甜,一瓣就饱了。想不到这南方人创新面食,气象盖过了北方。

舒适地工作与生活

2015/
/11.23

进入清华大学，就真正体会了坊间那句话：北大不大清华大，清华不华北大华。清华校内，园区巨大，你走了半天，可能还没走出校园一个角；各楼间距大，让人眼馋，想这中间还可以盖多少楼；单体建筑大，就比如这清华大学美术学院，横亘在前，如一艘巨型航母，镀满阳光的银灰色钢梁结构，光芒熠熠。踏进美院大厅，我心里想，《中国大百科全书》第三版设计学编委会第一次会议在此召开，很有象征意味。

设计学是一门理、工、文科相结合，融机电工程、艺术学、人机工效学和计算机辅助设计于一体的科技与艺术相融合的新型交叉学科，以创新和引导人类健康、舒适地工作与生活方式为目的，在充分满足产品使用功能和人的个体审美需求的前提下，实现人—机—环境的和谐统一。

主编鲁晓波，教授，博导，清华大学美术学院院长，中国美术家协会副主席。他较早关注信息生态视野中的艺术设计，20世纪初，曾出任美国微软研究院掌上电脑界面设计客座研究员。鲁教授衣装朴实，头发花白、中分、偏长，眼神睿智而温和，在我看来，不太像"领导"，而是诲人不倦、春风化雨的教师模样。副主编中，看到了一个熟悉的名字杭间。记得我20世纪80年代初刚来北京时，偶然见到《装饰》，便喜欢上了这本杂志，后来很多年都有阅读，因此也记下了杂志主编杭间的大名。今日编委会还确定将《全书》三版设计学编纂的办事机构设于《装饰》杂志社，由杂志社建立专门收稿邮箱、微信交流平台，负责日常接收、协调稿件工作。这真是一个意想不到的巧合。

专家们讨论形成共识：在《中国大百科全书》中，第三版首次将设计学作为独立学科编纂，设计学的百科全书编撰工作是中

第一辑 繁星缀国典 · 舒适地工作与生活

华文化及国家学术文化建设的一部分，是梳理设计学学科建设的一项基础性工程，对设计学学科及整个艺术学学科门类建设都具有重要的意义，应当认真做好。会议就学科体系、框架设置、选条原则、分支主持人、时间进度等进行了规划。参会专家还共同签订了《编委工作守则承诺书》。

在听专家们讨论的过程中，我对设计学的核心要义似乎也有了大概的理解：日本Suica检票机的自动感应器为什么要倾斜13.5度？"苹果"之父乔布斯为何不喜欢梯形的外观？手机钱包的电子结算声和警告声如何进行人性化设计？会呼吸的办公椅如何实现呼吸？对特殊人群进行个性化设计比如运动型下肢假肢设计需要注意什么？作为系统与人之间联系媒介的用户界面如何体现人性化和情感化？设计的前提是要有对用户敏锐的观察力和理解力，更重要的是将人文关怀和科技元素相结合，使用能让客户信服的表达方式实现精准创意。

冰岛船屋。恬静如画，绮丽如诗。

会后，鲁教授于题词本留言："设计创新，强国利民"，笔迹遒劲、颇有画面感，设计之美立现。

只标职称不见职务

2015 / 11.25

上午，中国科技会堂B206 会议室群贤毕至，座无虚席。《中国大百科全书》第三版现代医学编委会第一次会议如期举行。当今，生活方式、生存环境的变化，给人类带来了重重困扰。防治疾病，保障健康的医学，比任何时候都受到更为广泛的关注。

早上到会场后，听同事讲今天参会人员规格了得，有两位国家领导人（韩启德、桑国卫）、多名院士，以及数所医学院所首领。落座后打开名单，一看共50多位，却都只标职称，不见职务，从头至尾，无一例外。学术氛围立见，顿时肃然起敬！

会议开始，主编韩启德院士讲话：中国大百科全书是国家工程，咱们这一代人还是有家国情怀，为了国家承担下来，一定把事情办好。根本一条，把队伍组织好。选人原则，一

142

是学识上要高，不在于名气有多大；二是做事认真，踏踏实实做人。今天会议人到得齐，说明大百科全书在大家心目中是重要的。希望办好这件事，在学风浮躁当下，形成一支认真办事、风气正的队伍，带动风气调整。

现代医学是一个大门类，包含40多个学科，是目前三版中最大学科群组。到会专家展开论证，从基础医学、临床医学、预防医学、药学等多个维度，确定工作方案在学理上的自治性、操作上的可行性。

韩院士主持会议，他温文尔雅、熟谙专业、学者风范，又全局在握、指挥若定、将军气度。自始至终，他牢牢引导、掌控主线走向，适时发起讨论，集思广益并迅速形成解决方案。他语气温和，节奏、决断却果敢利落，从分支设置、领衔人员、时间节点、答疑解惑，议程全数走完，不到12点，提前10分钟散会！我夸赞先生主持会议效率高，他说："不打无把握之仗，我会前做了充分准备呢！"

先生待人亲切友善，没有"架子"。会议结尾时，他拜托专家们说：邝楠（出版社负责医学的年轻编辑）病了，她辛苦，我们要把工作做好点，还可组织些志愿者来帮忙。几句话，说得编辑们心里热乎乎的。

将门虎子

2015/
/11.30

正在办公室看财务报表，一位编辑跑过来，说专家们快到了，咱们该去楼下迎候啦。今天上午，《中国大百科全书》第三版控制科学与工程学科第一次编委会在百科社10楼会议室召开。

出版社编辑大楼全面改建和装修刚刚竣工。陆续抵达的专家，兴致勃勃地观看了大楼一层的新面貌：一面巨大的石头文化墙，由北到南，从室外延伸至室内，形成中厅背景墙。文化墙由石块砌筑，厚重的体块和粗硬的质感表达出百科全书作为国之重器的地位，亦表达对众多名家学者为百科全书倾注心力的记忆和致敬。墙上以中文、英文、法文、俄文、阿拉伯文、西班牙文、计算机语言镌刻百科全书和各学科字样。中厅三层楼通高、顶天立

地的书架前，是侯一民先生的作品、巨型陶浮雕壁画《上下五千年》。大堂是百科全书博物馆，北侧有具备同传翻译、符合国际标准的百科学术报告厅。专家们还听编辑介绍了办公区改建、计算机和网络全楼覆盖、功能强大等情况，他们高兴地说：有这样的条件保障，我们的信心更足了！

会议由中国科学院系统科学所所长张纪峰先生主持。来自中国科学院、北京航空航天大学、清华大学等高等院校的23位专家出席了今天的会议。控制科学与工程学科是研究控制的理论、方法、技术及其工程应用的知识体系，以控制论、系统论、信息论为基础，对各应用领域的控制目标，建立系统模型，分析内部与环境关联，制订控制与决策行为。它是20世纪人类最重要的科学理论和成就之一，其应用已经遍及工业、农业、交通、环境、军事、生物、医学、经济、金融、人口和社会各个领域，进入21世纪后在信息领域中的发展成效尤为突出，于智能控制、人工神经网络、模糊控制、非线性系统及其

控制、生物信息学等研究领域都有广泛的应用。

主编陈翰馥，自动控制理论专家，中国科学院院士、第三世界科学院院士、中科院系统控制开放实验室首任主任。他中等个，不胖不瘦，一头银发，普通话里可辨浙江口音。他认为中国大百科全书编纂对社会需要和学科建设都具有重要意义，编纂工作任务繁重，需要有时间和精力，以及有责任心的人来参与此项工作。与会专家就学科框架完整、知识内容全面，以及交叉问题解决等，展开讨论。

听坐在我旁边的专家讲起，方知陈翰馥主编的父亲就是享有国际声誉的函数论学派（陈苏学派）的创立者、首批中科院院士陈建功先生。父子同为院士，都为中国的科学事业做出了杰出贡献，让人由衷钦佩！

程序与原则

2015/12.14

一早赶到海淀区清华东路甲35号，从北门进入，中国科学院半导体研究所主楼到了。大厅高悬的研究所所徽十分抢眼，核心是汉字"半导"组合的图案，整体以喻意严谨、科学的蓝色为主色调。

参会人员陆续进入研究所3号楼320会议室入座。上午九时，主持人宣布，《中国大百科全书》第三版电子科学与技术编委会第一次会议开始。电子科学与技术是关于各种电子材料、元器件、集成电路、电子系统、光电子系统的设计、制造、科技开发，以及科学研究的工学学科门类，涉及广播、电视、电路、视频、音乐、图像、雷达、新媒体、微电子、人工智能等众多高科技领域。电子学在20世纪取得了辉煌成就，在

21世纪仍然是最活跃的带头学科之一。

主编李树深，半导体器件物理专家，中国科学院院士、发展中国家科学院院士，半导体超晶格国家重点实验室主任，中国科学院副院长、中国科学院大学校长。李院士是三版学科主编中的少壮派，50多岁，河北口音，一头浓密的乌发，衣着整洁，平易近人。听他讲话，显然对整体工作已作深入思考，成竹在胸，对学科知识框架、条目总表及层级、编委成员及分支主编、样条、时间节点等具体事项一一提出安排。

专家们在讨论中，有关条目修订和撰写，以及交叉条目处置程序和原则的意见，对《全书》各学科和整体编纂具有普遍意义，特此记下：

条目修订和撰写原则：一版、二版原有条目的作者若还健在，应先询问原作者的意见，是否需修订和更新；新撰条目依靠专家，确定由最合适的人写最合适

山穷水复疑无路，柳暗花明又一村。

的条目。

排查交叉重复条目的标准程序：首先确定各分支内条目没有重复；其次在电子学科的范围内保证全部分支之间的条目无重复条；最后是和其他学科进行排查交叉重复条目。

交叉重复条目的处理原则：交叉的非本学科核心研究范畴的条目，应让给传统大学科如数理化；本学科内的重复条目，新发展的分支尽量让给老的成熟的分支；建立电子科学与技术卷编委会的微信群，便于沟通交流、及时处理。

总的感觉，理工科的专家们，行事风格严谨，编起书来，标准、程序、原则、进度、节点，同搞科研和工程一样，制订得清清楚楚，执行下来没有含糊。

和营利无关

2015/12.19

北京继12月7日启动历史上首个空气重污染红色预警后，昨日再启红色预警：19日7时至22日24时，机动车单双号行驶，中小学幼儿园停课，企事业单位实行弹性工作制。今早出门，室外没有想象的那样混沌，甚至可见天空一抹浅蓝。街上车辆稀少，畅行无阻。

《中国大百科全书》第三版公共管理学编委会第一次会议，上午在北京友谊宾馆友谊宫举行。公共管理学是运用管理学、政治学、经济学等多学科理论与方法专门研究公共组织，尤其是政府组织的管理活动及其规律的学科群体系。与经济管理、企业管理主要研究成本控制、利润最大化等不同，公共管理研究的内容和营利无关。《全书》三版首次将公共管理学独立设置。

二楼2号会议室，各位专家悉数到场，本市的、外地的，互相问候、打趣，说外地专家的到来，把北京的雾霾都驱散了，但这同时，也给北京市政府提出了一个公共政策难题，为什么发布红色预警？瞧，搞公共管理的，说笑也不离本行！

会议由主编薛澜主持。他是清华大学公共管理学院院长、教授，卡内基—梅隆大学博士。薛教授刚从乌镇互联网大会回来，衬衫外套着毛线背心，似乎还是南方当季穿着，头发花白、浓密、自来卷，身形瘦削，言语温和，书生气质。他讲：公共管理学在中国历史不长，小康社会一个重要目标，就是要推进国家治理体系的现代化。目前全社会对公共管理重要性的理解，还远远未上升到如对经济学、金融学的认识。背后原因之一，与学科研究现状有关。这次大百科首次将公共管理作为独立学科编纂，是学科建设的重要机会，有利于学界将学科的边界梳理清楚，将长期混淆的概念澄清，把公共管理的政策

奥地利萨尔斯堡。即使在暗夜，这里也飘扬着音乐之声。

工具以及理念在全社会普及、深入下去。

会议围绕团队人选、分支定位及边界、分工协作、知识产权、时间节点等展开讨论。专家有的好开玩笑，有的严谨，交锋、包容，亦庄亦谐，气氛活跃。中午十二点自助餐，一点接着续会讨论，薛教授督阵，说一天拿下，晚上外地专家还要赶回去。

我瞧见会议室的一角，放着若干只行李箱。忙百科不仅占用周末，且午休全无，还要星夜返程，这可都是知名的大牌专家，让人感动！

散会，出了会议室，外面一片混沌，不知是暮色降临，还是较劲的雾霾，它真的又来了。

钥匙与宝库

2016/01.22

出发前，接到广西大厦会务人员打来的电话，告知行车路线，说到了东三环东南路后，见一主体建筑状似桂林象鼻山、裙楼状似壮乡吊脚屋的大高楼，就到了。这样的提示，引起了我的兴趣。到达后，仔细端详一番，叹服设计师的奇思妙想。

《中国大百科全书》第三版中医药学编委会第一次会议，今天在大厦二楼会议室举行。中医药学，是中国的传统医学，是中华民族在长期医疗实践中逐渐形成的具有独特理论风格和诊疗特点的医学体系，以维护人体健康长寿、预防和治疗疾病、调节心身为研究对象。3000多年前的殷商甲骨文中，已经有关于医疗卫生以及10多种疾病的记载。周代，医学已经分为疾医、疡医、食医、兽医四科；已经使用望、闻、问、切等客观的诊病方法和药物、针灸、手术等治疗方法；王室已建立了一整套医务人员分级和医事考核制度。历经数千年延绵承续，中医药不断发扬光大，勃发出各个学说、学派，形成了今日的学科体系。如今，中医药学既是中国的国粹，也是世界医药宝库中的瑰宝。

　　主编张伯礼，中国工程院院士、中国中医科学院院长、国家科学技术进步奖一等奖获得者。先生60多岁，浓密的头发、乌黑的眉

毛，面色红润，身板硬朗，说起话来中气十足。

　　会议开始，张院士讲话：《中国大百科全书》是由国务院批准启动、代表国家学术水平的百科全书，是基础性、标志性的文化工程。目前，中医药学科迎来了最好的发展时机，毛泽东主席曾指出中医药学是一个伟大宝库，习近平主席几次提到中医药学是打开中华文明宝库的钥匙，希望与会专家用"钥匙"努力将"宝库"挖掘出来，将老祖宗留下的中医药精华传承好、发扬好、利用好，为健康中

草药。不知乃草，识者为宝。

国和中国梦谱写新的篇章。

接下来的讨论,专家学者们就中医药学科的整体结构、框架范围、内容和边界进行了充分讨论,初步达成以下共识:学科框架一定要全面展示当今中医药学科体系。从学科分支设置上看,一版设有10个分支,第三版分支增加到14个,由于学科的不断发展,民族医药由一二版的几个条目变为一个分支,针灸推拿由一版的一个分支变为单独设立的两个分支,气功养生由一版的一个分支变为单独设立的两个分支。从各分支所占比例上看,第一版启动时,整个中医药的研究还不够,因此基础理论与针灸内容相对较多,中药内容较少,但目前中医的临床各科发展很快,中药也经过了现代发展,其所占比例要有所增加和突出。

会后,张院士在题词本上写下一首打油诗:"大百科,修三版,国医学,中医卷。五千条,长中短,标准事,精准阐。重在用,普及言,聚精英,努力干!"读来朗朗上口、铿锵有力。

科学研究的先行官

2016 / 03.20

今天是周日,位于中关村高科技园区的京仪大酒店第三会议室,围成U形的条桌座无虚席,庄松林院士、李天初院士、尤政院士等20多位仪器学界顶尖专家齐聚一堂,举行《中国大百科全书》第三版仪器科学与技术第一次编委会。

著名科学家门捷列夫曾说:"科学是从测量开始的。"测量和测试技术集中体现的仪器科学与技术学科,在当今我国国民经济和科学技术发展中的作用日益明显,仪器仪表是工业生产的"倍增器"、科学研究的"先行官"、军事上的"战斗力"、国民活动中的"物化法官",仪器科学与技术的发展水平决定了人类探索未知的广度和深度。

主编庄松林,光学专家,中国

151

工程院院士，国际光学工程学会资深会员，中国仪器仪表协会理事长。庄院士来自上海，大忙人，周末也连轴参加重要科学论证会议，百科是这周末第三个会议，仍然精神抖擞。他个头不高，偏瘦，腰板笔直，镜片后面的眼神沉稳平和，外套黑色细条绒西装，内着蓝竖条纹衬衫，袖口露出外套几分，灰色西裤笔挺，黑色皮鞋锃亮，浑身透着精干利索。他主持会议简洁明快，出版社宣讲完后，即单刀直入，扣住议题组织讨论，确定学科整体框架、内容和边界、各分支设置、各分支核心内容和边缘内容、交叉与重叠的处置等。

专家们非常活跃，除以上议题，还踊跃建言，认为科技界最新进展应充分观照，天文宇宙、测量、核这三个领域由仪器的发展而酝酿着重大突破，如近期引力波的发现得益于灵敏度提高了10倍的激光LIGO测量仪。另外，就编撰中可能的疑难杂症问题与出版社进行了交流、讨论。

庄院士用清朗舒展的字体在题词本上写下："仪器仪表是信息感知、信息传输及信息处理的重要手段之一，仪器科学作为大百科全书的撰写内容之一，必将对科技进步和普及作出重要贡献。"

本学科在中国大百科全书编纂中首次亮相，单独列出，期待它的精彩奉献！

雅鲁藏布江大峡谷藏木特大铁路桥工地，工作人员勘测正忙。

深衣

2016/
/03.22

可能是因为全国总工会的"职工之家"地处西长安街，交通方便，加之它是政府采购单位，价格比较公道，反正，选在这儿开会的还真不少。这不，前不久，《中国大百科全书》第三版的一个学科会议刚在这儿开过，今天，中国历史先秦和秦汉第一次编委会，又在此举行。

中国历史悠久，最晚在百余万年以前，中国先民就已在东亚大陆栖息繁衍。大约到公元前21世纪，出现了有阶级和国家组织的夏朝。从夏朝算起至今也有近4100年。先秦是指秦朝建立之前的历史时代，经历了夏、商、西周，以及春秋、战国等历史阶段。在这段长达1800多年的历史中，中国的祖先创造了光辉灿烂的历史文明，夏商时期的甲骨文、殷商的青铜器，都是人类文明的历史标志。这一时期的大思想家孔子和其他诸子百家，开创了中国历史上第一次文化学术的繁荣。秦汉是中国历史上秦汉两朝大一统时期的合称，也是统一多民族国家的奠基时期。这一时期形成的国家治理体系，不仅深刻影响着中国的历史进程，也决定了以后中国文化的基本格局。

先秦主编朱凤瀚，北京大学博雅讲席教授，博士生导师，曾任中国历史博物馆馆长。秦汉主编王子今，中国人民大学国学院教授，北京大学历史学系兼职教授，博士生导师。两位主编学识渊博、著述丰厚。到会的其他专家，也都是先秦、秦汉研究领域的权威人士。我观察，无一人西装革履，均着寻常便衣布衫，有人挽起的袖子一个高一个低，有人坐姿也不大讲究，然而，他们看上去温文尔雅、礼让有加，发起言来先后有序，不打断不插嘴不呛人。一个学科的学者一个样，中国历史学家们，可谓夫子本儒雅，名士自风流。

中国历史在《中国大百科全书》一版、二版中都是重头戏，占有相当比例的篇幅。作为一个在本国研究时间最长、研究人员最多、课程开设最普遍的学科，一般认为它在一、二版的内容已比较成熟、稳定，三版主要是传承即可。然后，今日讨论环节此言一出，一石激起千层浪！多位专家提出，新知识多着呢，整个架构都得有新突破。

就比如说这古代社会生活吧，太值得好好挖掘、客观研究，在三版中多多展示。专家讲到这，追忆了一段往事。

1987年，《西游记》电视剧导演杨洁找到社科院，就筹拍《司马迁》一剧求教，咨询汉代衣食住行一应规制、礼仪、详情细节，以便真实再现于荧屏。然而，当时老中青专家都未能作答，因为，过去的研究主要是政治史什么

汉代张骞（公元前164～前114）通西域，中原文明通过「丝绸之路」向四周传播。敦煌莫高窟唐初壁画。

的，哪有关注社会生活呢。这一次尴尬引起的刺激可想而知。所以，历史所后来组织了《中国古代社会生活》的课题研究，按朝代研究，整理、出版了若干专著，这才使得后来绵延不断的古装历史剧有了些像样的依据，包括盛极一时的《康熙王朝》、《甄嬛传》和《芈月传》等。

研究古代史，专家们强调其作用主要有两点。其一，以前通常所说，总结历史，预知未来。其二，也是现在看特别重要的，即了解古代人怎么生活（如汉代休假制度、结婚年龄等），基本生存状态（包括自然生态、经济环境、政治制度影响）、习俗、祭祀、礼仪等。礼仪和法律是古代两个同等重要规范人行为的体系，礼仪规范的作用甚至更广更深，渗透衣食住行的方方面面。比如"shenyi"。

我旁边一位专家在纸头写出"深衣"二字，并配以讲解：这是古代传统汉服，具有"被体深邃"的礼仪规范和审美意味，作为一种服饰制度，深衣在礼法慎重的中国传统社会产生了广泛而持久的影响。目前，学界的相关研究还存在许多不同意见。三版有必要设"深衣"条目。

火药

2016/
/04.09

四月的昆明，气候宜人，桃花艳，牡丹俏，花团锦簇，绿树掩映。

《中国大百科全书》第三版安全科学与工程学第一次编委会，今天在昆明理工大学举行。安全科学与工程学涉及一切生产领域，研究危及人类生命的各类伤害及其防范。本学科在《全书》三版中首次单独设立。

主编冯长根，北京理工大学教授，博导，中国科学技术协会副主席。此次与冯教授初次见面，他看起来相当年轻、质朴，大众发型，蓝色夹克衫已经泛白，普通的眼镜，但镜片后是机敏的眼神。他讲起话来故事多多，笑点频出，风趣、率性、豪放、智慧，还有一点点狡黠，真性情一览无遗。听到旁边有人讲起他在人大会议期间与记者斗智的故事，觉得眼前的冯教授更有趣了。

我早早到达会场，匆匆浏览会议专家名单，他们来自火炸药、石油、矿业、兵器、机电、电气、环境、火灾、疾病控制、公共安全、应急管理等，专业众多，体现了综合性学科的特点。专家们集中讨论了学科整体框架结构及分支设置；学科及分支核心内容、边缘内容；确定了工作时间表、流程、节点等。专家们认为，在3种可供参考的安全科学与工程学科框架中，国务院学位办一级学科框架最为可取，但应当在此基础上进行修订，可参考另外2个即国家标准化委员会、国家自然科学基金会的框架体系。二版安全科学条目内容偏重以地震灾害为主的自然灾害，兼顾人为灾害（工业灾害）。在三版安全科学与工程学科框架设置中，这些可能成为其中一个分支，或者某个分支的一部分内容。冯教授说，会议很有必要，解决了这些重要问题，我们才能鼓足风帆往前跑。

会议间隙，我向兵器专家请教问题，简要整理如下：

问：火药是中国发明的吧？（我知道自己问得很幼稚，小学课本不是都写了，四大发明是中国对世界文明的巨大贡献吗。）

答：公元800年左右，中国最早发明。配方：1硝2硫3木炭。主要是"硝"，发现比外国早许多年。国际上存在争议，有观点认为，有的国家也出现了火药，是不同的文明各自独立完成的。

问：火药和炸药不是一回事吗？有啥不同？

答：一个化学大类中的两个不同系别。火药发明在前，炸药在后；两者配方不同；火药相当于药引，主要用作发射助剂及其他驱动装置的能源，而炸药性能稳定，必须依靠引爆装置起爆；炸

欧洲古堡炮台。中国发明的火药可用于炮弹发射，而后来国外发明的炸药用在炮弹爆炸上。

药能量、威力远大于火药，引爆后迅速释放出大量热能并产生高温高压气体及固体碎片，对目标造成严重杀伤、打击。

问：既然中国先发明了火药，为什么没接着发明炸药？

答：中国发明火药后，虽也曾用于军事等，但主要用于娱乐，如鞭炮、烟花、焰火等；缺乏对火药成份的精细计量、分析和进一步提炼；加上长期封闭，所以……西方国家较早进行工业化生产，如大规模矿业采掘等；研究上更注重科学性、实验性，以及开放交流，炸药的诞生和发展就不足为奇了，如诺贝尔就是炸药大王。

会议结束后，冯教授提笔在题词本上写下："尊重知识，尊重科学，尊重专家，尊重专业，提高全民科学文化素质。"

在全球学术圈发出中国声音

2016/
  /04.19

在出版社食堂午餐后，出发前往中国人民公安大学木樨地校区。沿途但见，一树一树的叶绿了、花开了，柳絮在阳光中如小舟轻摇。想起了林徽因的《你是人间的四月天》。

《中国大百科全书》第三版公安学科第一次编委会会议，下午在公安大学举行。公安学研究关系到国家安全与社会治安秩序，是社会科学与自然科学相交叉的综合性学科。在《全书》编纂中，"三版"首次将公安学作为单独学科设立。

进入会议室，见到了主编李健（2017年换为汪勇），以及副主编汪勇（汪勇同时出任公安技术学科主编），两位分别都是中国人民公安大学副校长、教授、博士研究生导师。今天与他们是第一次见面。他们身着警服，显得特别精神、干练、威风。汪教授比李教授还要年轻几岁，利索、机敏。会前聊了几句，发现素昧平生的汪教授，对我的基本情况，比如多大了、是哪的人、在哪上的学、学的什么专业等，了如指掌。我提醒自己，眼前这位可是警官的老师和校长，能不厉害吗，不管是谁的情况，只要他想，没有他弄不清楚的。

来前看过两位主编的简历，李教授主持了国家软科学课题《国外反恐怖预警机制研究》，汪教授则是《当前我国反恐形势及对策研究》首席专家。看看他

南非好望角，太平洋和大西洋在此交汇。急浪冲刷馋崖，犹如各种文化思想的冲撞，迸发无穷的想象力。

们的研究课题名称，就充满了神秘感和紧迫性，不由生出许多好奇，以及由衷的敬意。

李教授主持会议，他介绍了本学科的筹备及工作进展，组织与会专家展开相关讨论。重点是《中国大百科全书》第三版公安学科的知识架构，分支设置及边界，避免重复和遗漏等；组织架构，学科编委会成员及各分支主编，以及协调人员和机制等。

汪教授的小结值得一记：《中国大百科全书》第三版将呈现中国的知识体系，是一个可以在全球学术圈发出中国声音的平台。同时公安学是在2011年3月8日新成立的一级学科，此时借助百科全书的编纂对本学科的知识架构进行梳理，对公安教育的意义十分重大。他希望分支主编从写条目的角度找撰稿人，而不应单纯考虑个人的级别和名声。

最后，汪教授宣布，本次会议精神与准绳将以会议录像向各分支编写组成员传达。

以录像传达，这做法新鲜，是我参加过所有学科会议的第一回。一行有一行的职业特点，公安干起事情来，考虑现场、证物（比如影像）、效率，都是自然而然、得心应手的。

题词本

2016/
/04.25

2014年的某一天，编辑部的同事催促我动身去参加一个编委会会议，忽然我脑子里灵光一现，蹦出一个念头，随即，我将这一念头告知编辑部，立即得到响应。这就是：在各学科召开编委会时，请每一位主编、院士在题词本上留下他们的墨宝，用一句话，或概括他们主持的学科的特点、要旨，或阐释《中国大百科全书》的编纂意义，或寄语未来的读者。然后签上他们的大名。

要说起来，这个"小创意"的起因源自多年前的一件憾事。

2009年8月26日，历经14年编纂问世的《中国大百科全书》第二版出版总结表彰大会在人民大会堂举行，受邀参会、接受党和国家领导人接见、表彰的专家500余人，他们是各学科的学术带头人，学术界的精英翘楚。这次表彰会既是对中国学术的一次全面大检阅，也是一次中国各学科杰出名家大相聚的盛会。机会难得，出版社提前准备了厚厚的签名簿，26号一早，在人民大会堂入口处，由总编室专人负责值守，请入场的专家们签下各自大名。这一过程很顺利，最后一名专家落笔后，签名就完美结束了。

接下来是全体参会人员与接见的党和国家领导人合影。人多，一排排站上梯子，等待领导出场，摄影师再来回指挥站位微调、调动情绪，如此一番后，快门按下，照相结束。然后，就该去礼堂开会了。这时，就见总编室的同事跑过来，满脸惊恐地说：签名簿不见了！我心里一惊，问：不是有专人管的吗？具体什么情况？对方说，刚都去照相，将东西放在柱子旁边了，照完相回头再过来，发现别的东西都在，唯独没有了签字簿。

这当然让人气恼，但马上要开会了，这会儿会场是绝对的主场。我立即与社办公室主任（兼保卫处处长）碰了个头，请他牵头全权负责追查。然后就进入了会场。

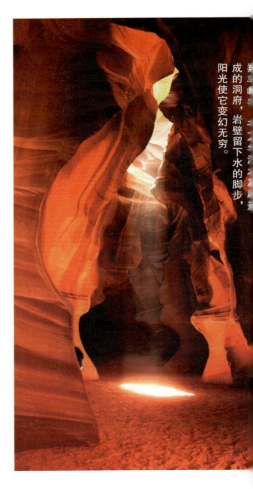

散会后，再了解的情况是，主任和有关同事立即找了人民大会堂的工作人员，据对方说，可能是保洁人员当垃圾清理走了，我方要求告知清理垃圾堆放地，以及保洁人员联系方式，或者调看现场录像，对方又以现场有中央领导不方便告知、不能调看为由拒绝了。

就这样，签名簿在人民大会堂不翼而飞，还无从追查，成了一桩奇特的无头公案。一想起这事，我心里就万分惋惜，总想着，它去了哪里呢？会不会有一天，或许突然在哪个拍卖会上，它就出现了呢？毕竟，那么多各学科名家，有的年纪还挺大了，亲笔签字于同一时刻同一簿册，这是多么难得、珍贵！

现在，"三版"开始编纂了，如果我们早些筹备、设计，兴许可以弥补这一遗憾，而且可以做得更好。

马上要开会了，来不及去买本子，我就从家里取了孩子的速写本，找了最大最漂亮的一本，交给了编辑部。后来，每于学科编委会召开之时，编辑部的同事们就会带上册本，请主编们在上面留下他们的字迹。

我想，待三版编成之日，载满了专家们金句的题词本，应该陈放在百科全书博物馆，留作永远的纪念。

羚羊峡谷：百万年流水冲刷而成的洞府，岩壁留下水的脚步，阳光使它变幻无穷。

第二辑

问道求学真

青藏高原。雪舞银蛇，雨润芳草，
开阔八方，气吞天地。

兴隆观测站

2015/
/04.18

今晚约在兴隆国家天文台听科普讲座。

观测站在山顶。步行上山。山路蜿蜒而上。路旁陡峭的山崖，层层叠叠肌理分明，饱满沉稳的红中岩晶闪烁，上亿年造山运动形成的沉积岩奇观令人惊叹！

下午五点到达国家天文台兴隆观测站。今天适逢开放日（一年一次，一次一天），正清场。我们有首席科学家关照，顺利进驻。晚餐盒饭。然后由galaxies（老陈名，意星系）引领参观。他是非常出色的科普工作者，连讲两小时，不用专业术语，把复杂深奥的学问讲得浅显明白，我们这些天文菜鸟听得入迷。

兴隆观测站选址于1964年，建成于1968年，至今仍是亚洲最大。天文台选址要符合如下条件：越黑越好。越高越好。20世纪60年代，此地附近只有一个兴隆县城，县城一盏路灯也没有，没有任何光污染。晴天多。此地年均晴天240～260天。此地高875米。凝静度（大气扰动）适宜。60年过去了，环境发生了很大变化，不但兴隆县区灯光璀璨，甚至在150公里外的巨无霸不夜城北京，形成的光污染都已影响此地观测。galaxies不无担忧地叹息：也许要考虑选新址了！

夜宿观测站招待所109，室内装潢、陈设相当简朴，没有电视，没有电话，感觉这才是真正科考的环境。

今天还学了两个新词：晨光始，即日出前曙光初露的时刻；昏影终，即日没后暮色消失的时刻。据兴隆观测站天文望远镜测得，新一天"晨光始"在00：03：48到来。

您白白浪费钱财

2015/
04.22

那日陪友人到潭柘寺，偶见告示"敬三宝"。录下：

"我寺常年印刷佛教初级入门书籍，放在大雄宝殿赠送有缘人，作为初学佛人之导引。如果您想捐印经书请联系我们，千万不要自己印刷再送来。我们常收到一些非佛教书籍，还有好多错字经典，没法处理，您白白浪费钱财。"

错字，在经典中，而且还有好多……吾辈汗颜。编辑，从孔夫子至今，重要不可或缺。而编辑从业者，更应视错字讹文为大敌，必弃之除之，常怀神圣敬畏心，以已之力护佑中华文化纯正

西藏佛寺。虔心问禅
客，身外即无为。

精良，绵延流长。否则，莫说世人不礼，就是慈悲为怀的佛门，也欲法相庄严，拒之门外了。

北漂叹蓝

2015/
/06.14

这几天，北京的天空成了所有媒体的焦点。草原蓝、颜值爆棚，各种叹喟新词层出不穷。周六午后，朋友约游。一颗心，已奔向蓝天白云阳光。

永定河，北京的母亲河，古称㶟水，隋代称桑干河，金代称卢沟，因迁徙无常，又称无定河。清康熙三十七年（1698）大规模整修平原地区河道后，始改今名。近年北京投巨资，清淤疏道，美化两岸，建郊野公园。今见满目青翠，波光潋滟，蓝天白云投入母亲河怀抱。美得让人叹息！听见旁边有人说：啧啧，看看这，瑞士又怎样？

风筝，划出优美的弧线，扶摇直上蓝天。放飞的他，满目眷恋；离去的你，可曾回望？

找一僻静处聊天。雨来了，一

会儿又晴了。阳光拨开浓密的树叶，嘻嘻哈哈爬上我的发际，从脸上身上蹦蹦跳跳跑过，最后站在我的足尖上喧闹玩耍起来。

恰逢中国第十个"文化遗产日"，潜入夜幕下的宛平城、卢沟桥。宛平，城墙弹痕累累，墙内歌舞升平，换了人间。卢沟桥，巨大的石板路，历经近千年风雨剥蚀，布满坑洼，踏上去却仍然坚实稳固；桥面狮阵威武，守护一方"卢沟晓月"。当年进京赶考必经之地、伤别离之地、"全面抗战第一枪"之地……往事历历，并不如烟。

藏纸

2015/06.29

午餐后，离赶航班返程还有半小时富余时间，便一同去刘教授办公室，看西藏壁画。

确切地说，是用爱普森艺术微喷工艺复制在纸上的西藏壁画。昨晚饭闲谈，教授告知一段往事。某年，他进藏后突发恶疾，命悬一线，是仁慈的藏人用神奇的藏药救了他的命。自此，他对西藏有了感情，着了迷，常常想怎么能把西藏文化发扬光大呢。这当口，就遇着了一位热爱西藏、扎根西藏的"藏二代"。"藏二代"掌管的单位正在做着文化的事儿。两人相见恨晚，撞出火花，遂意将西藏各地寺院壁画，用爱普森艺术微喷工艺，复制到藏纸上，以方便长期保存，广为流传。教授说，藏纸，三百年不烂哩！

教授从书橱中取出一卷展

开。乍一看，颜色米黄泛灰，有光泽，刺刺啦啦的毛边，像熟宣。上手触摸，厚，挺括且绵软，感觉有暖暖的温度。

公元七世纪，文成公主将造纸术带入西藏。藏人就地取材，以野草瑞香狼毒根部纤维制成藏纸。此草有毒性，因而藏纸久经岁月虫不蛀鼠不咬、不腐烂、不变色，加之耐叠、耐磨，质地坚韧，所以上千年来被大量用于各寺典籍。说到此，教授突然叹口气，

幽幽地说，以前加工没有防护措施，许多藏人年轻时便双手溃烂变形，落下终身残疾。

狼毒，几年前我在云南见过它盛开的花朵，红艳艳，惊心动魄地漫过整面山坡。原来，它的美丽隐藏着这样的秘密。

我肃然起敬。藏纸，众佛在上，千年经书的居所；又好奇地想，藏纸，还藏有什么样的前尘往事，譬如仓央嘉措美丽忧伤的《相见》《那一世》。

西藏牦牛。长天苍苍高原舟，大野茫茫雪域魂。

夜遇永定门

2015 /
/ 07.18

时钟已划过22点。朋友们商议回程绕行永定门。居京多年，永定门大名听过多次，却至今不知何模样，遂欣然同往。宽阔的街道，白日汹涌人潮已退，车一路奔驰……到了，有人说。

出车门，抬头，眼前圆月高悬，百米开外，灯火璀璨，一座城楼在深蓝色天幕下昂然伫立。走到跟前，是间重檐歇山滴水楼阁式建筑，灰筒瓦绿剪边，装饰琉璃瓦脊兽。门洞上方镶嵌一方石匾，楷书"永定门"三字沉雄苍劲。门洞两侧，一双汉白玉石狮，鬃毛翻滚，昂首直立。城楼旁一河护城水，碧波荡漾，流光溢彩。

永定门始建于明嘉靖三十二年（1553），跨越明清两代建成规制，是北京外城之最大城门。

矗立于北京城中轴线最南端，乃从南出入京城的通衢要道。因为加强北京防卫，起名意永远安定。但历史总喜欢玩冷幽默，崇祯二年永定门之战，与皇太极交火明军失利，再往后明朝灭亡。再后来，20世纪50年代，在北京古城"完全是服务于封建统治者的意旨"之说甚嚣尘上之时，永定门被拆除，外城其余城门亦无一遗存。当时的梁思成，痛心疾首，奔走呼号，可一介文弱书生，又怎能阻挡得了巨人的脚步？永定门就这样灰飞烟灭了，连同它一起消失的，是一个辉煌古都灿烂的文明无双的美丽。所幸，新世纪伊始，经50年九蒸九焙的北京，应验梁公预言，迎来永定门复建。

不舍匆匆离去，慢行城楼一周，抒怀旧之蓄念，发思古之幽情。月色如水，四方寂静，轻抚灰色墙体，感同曾经的伤痛，又分明听到城楼的心跳，来自悠远深处，沉稳、有力，响彻天地。

回到家中，从书架取出吴良镛先生大作《中国人居史》，里面有明北京城复原图、乾隆京城全图、北京旧城鸟瞰图，观之不胜感慨。

风劲处，酒鳞起

下午六点半公干完毕。乌鲁木齐与北京时差两小时，此时仍然阳光炙烤。随当地朋友到市中心的红山一观。

红山的高，只有几十米，似乎很难以"山"而论，不过远远地就能看见红山塔。这座塔建于清朝乾隆五十三年（1788），塔高约10米，通体红色。传说红山是天池中飞来的一条赤色巨龙，落地化为山岩，但仍不安分匍匐向雅玛里克山爬去，而如若两山合拢，乌鲁木齐河被阻断，城区将化为汪洋泽国。于是，当地官员便下令在两山顶各建一座"镇龙宝塔"，为八角楼阁式九级灰色实心砖塔，下部三层粗壮，以上各层逐层内收，塔冠为八角形宝顶。红山塔历经200多年风雨雪霜屹立至今。红山经多年造林绿化，如今植被茂密，红亭绿树，青塔赤岩，人流如织。登临红山顶上的"远眺楼"，乌市全貌尽收眼底。

红山顶上矗立着一尊汉白玉的林则徐雕像，座基镌刻着林公的红山诗句"任狂歌，醉卧红山嘴。风劲处酒鳞起"。1839年6月，中国清朝政府钦差大臣林则徐在广东虎门集中销毁鸦片，禁烟抗英，轰轰烈烈、功绩显赫，成为人人称赞的民族英雄。虎门销烟的第二年，英国发动了鸦片战争，清政府为求和，将林则徐革职流放新疆戍边。林于伊犁开垦、南疆勘地，默默无闻、苍凉悲壮。第一次世界大战后，国际联盟把虎门销烟开始的6月3日定为国际禁毒日。第二次世界大战后，联合国又把虎门销烟完成的翌日即6月26日定为国际禁毒日。红山也成了新疆第一个禁毒教育基地。这是对林则徐最好的纪念。

站在红山远眺，海拔5000多米的博格达峰积雪皑皑，俨然绝世不倒的白头翁。

天一阁，见与不见

2015/
/10.04

早就想去天一阁。多年来，它于我，总有种隐秘的召唤、莫名的亲近感。这次假期南行，顺理成章锁定了它。听老爷子讲，天一阁好大，3年前他在里面转悠了一天半，还没够。我们计划，这次为天一阁预留两天时间。

入夜进入宁波。天一阁已近在咫尺、触手可及。夜静、旅途劳顿，然仍难入睡。月光清亮，照进床头。20世纪80年代，在《中国大百科全书》第一版编纂中，接触到天一阁史料。明嘉靖四十年（1561），当时的兵部右侍郎范钦，辞官归乡，修建了这座私家藏书楼。从此，拉开了一场苦役般代代相传、没完没了的家族接力赛，写就一部绵绵400余年、艰难悲怆的书藏传奇。1773年，乾隆帝诏修《四库全书》时，范氏进呈天一阁藏书6万余部，七分之五收入《四库全书总目》，六分之一全本抄。天一阁因此而大出其名，天一阁藏书在国家级的"百科全书"中，延续了它的生命。进入近代后，天一阁又经历了太平天国、抗日战争等战乱，以及盗、水、火、风、虫之劫害，藏书焚毁流散者众，所幸每一时期尚有有识之士鼎力相助，天一阁得以修缮、充实，岿立于世。现藏各类古籍近30万卷，其中珍稀善本8万卷，尤以明代地方志和科举录最为珍贵。

天一阁，历经沧桑，集珍书之大成，将断残零落的历史缀成线索，使文明的火种悠久长留。正因此，编书人和它有着血脉相通的天然亲情。

翌日，我们早早出发。天气大好，初秋的阳光热烈而妩媚。行至天一街，拐进小巷，天一阁到了。

门前静悄悄，只有三五游人徘徊。见售票处有人，便走过去想问几时开门，票价几许。孰料，我还未开口，他就说话了：今天不开馆，明天也不开。

看着我惊愕复绝望的神情，他动了恻隐之心，和我对了一段话。

我问：为什么？

他答：台风来过了。

问：是"杜鹃"吗？它不是都已经离开三天了吗？

答：可天一阁院内的积水还能没过小腿。

束之高阁，藏之名山，薪火相传，付予有缘。

173

问：刚一路走来，见周围街道房宇已均无水渍，天一阁为什么这样？

答：周边设施、建筑林立，整体地势已比天一阁高出1米，水往低处流；还有，为防火挖的大水池，为取水便利和湖泊贯通，几百年前这样的设计当然是非常先进的，但现在，气候变化涝灾频仍，湖水溢出倒灌，也给天一阁带来了麻烦。

问：这样的事以前发生过吗？

答：2013年有过，5天水才退。

问：天一阁这么重要，是国家重点保护文物，面对这样严峻的问题，为什么不可以想想办法，比如将天一阁整体抬高，比如彻底改造排涝系统？

答：正因为是文物，有规定，一点也不许动！

我不知再说什么好。当初范钦题名天一阁，取《易经》中"天一生水"之义，想借水防火，来免去历来藏书者最大的忧患火灾。而如今水患竟成了天一阁的大敌。想想天一阁院中那一片汪洋，落叶在水面漂浮，地基在水中呻吟，心有些隐隐作痛。天一阁，文明的传递者，却正在经受现代文明发展的困苦。

行程不等人。天一阁，见与不见，你都在那里。我会再来。希望再见时，你已然阳光明媚，大门洞开。

沈园断云

2015 / 10.05

从百草园出来，原本是要去对门三味书屋的。但见故里街巷人流如钱塘江潮涌，想带着老爷子穿行过去，有这心没这胆。遂改变初心，径往沈园去。

脱出人海，天清气朗。沿着清澈的小河汊，伴着乌篷船悠悠划过，走走就到了沈园，就遇着了入口处的"断云"。"断云"是块黄褐色石头，廓线流畅材体饱满，中间却硬生生一刀，劈成两半；两半比肩而立，从拳头大的裂口望进去，竟然不见光亮透出，想必里面挨得紧密，依依不愿分离；石上行草狂放灵逸，青苔蔓染，"断"如青衫剑指，"云"似霓裳魂舞。看介绍，"断云"谐音"断缘"，指陆游唐婉之爱情悲剧。这时想，咦！莫不是大荒山无稽崖青埂峰那厮跑来了这厢？

进入园内，亭台楼阁，荷塘鱼嬉，小桥流水，绿树成荫，古典江南景色。先看陆游博物馆，游人不多，从容观看陈列手迹、画幅、善本、拓片。陆游爱国忧民、一代文豪，高山巍立，令人叹服。再一一探访孤鹤亭、双桂堂、八咏楼、广耜斋、宋井等诸多唐、五代、宋、明、清遗存。这时，就听前面传来了沸腾的人声。

寻过去，又见着了如钱塘江潮的人流，一波波涌动，将一堵灰色墙头围了个密密实实。有人说，那就是《钗头凤》碑。陆唐的《钗头凤》，至今仍让你泪湿的诗句，你多想走近前去，轻轻触摸，静静地思，然而，眼前呈现的群体狂欢，令你止步不前。墙上是哀婉凄绝的爱情悲歌，墙下是粗声大嗓的欢乐人群。情侣们高举自拍杆，开怀大笑，将自己与《钗头凤》合成一处。

逗留沈园，你还是不能脱离世俗的窠臼，想了一些问题：当年陆母的相逼、陆唐的离索，到底是对还是错，是好还是不好？一边是海干涸、山崩裂，乃敢与君绝，另一边是母命难违孝为先；

一边是两小无猜，两情缠绵，"采菊缝枕囊，余香满室生"，另一边是功成名就，儿孙满堂，"山盟虽在，锦书难托，莫、莫、莫"；一边是，"就百年论，谁愿有此事"？另一边是，"就千年论，不可无此诗"。倘若，陆游活在今日，可以重选，他会选哪一个？眼下的人们，又会要哪一个？哎呀，这才真正是：晓风干，泪痕残，欲笺心事，独语斜阑。难，难，难！

出口处，是荷叶亭立的池塘，回廊上悬满风铃。一个男孩，一个女孩，相跟着、跳跃着，奋力触碰风铃，铃声鹊起、清脆欢快、此起彼伏、不绝于耳。你想，可爱的孩子，祈福你们，愿你们长大后、相爱时，绝无此等伤心事，亦无此等伤心诗。

摸猴

2016/ /02.11

初二的冬阳，耀眼、温软，柔情蜜意、光芒万丈洒向人间。穿红着绿、熙熙攘攘的人流，围成了百米回形长阵，有人粗声大嗓喊："摸猴的在此排队啦！"

摸猴，自古以来就是春节白云观的热门习俗，今时在此，当然机不可失。我们义无反顾投身排队大军，走走停停，穿越棂星门四柱七楼木结构彩绘牌坊，来到山门前。

人声嘈杂起来，行进的速度愈加缓慢了，却原来，那神猴就在山门上。山门上还有一横幅：朝拜千年观，摸猴莫停留，今天好日子，幸福在前头。

山门面阔三间，汉白玉雕花拱券石门，单檐琉璃瓦歇山顶，檐面峻拔陡峭，四角轻盈翘起，雄浑、俏丽。檐下额书"敕建白云观"，乃当年明英宗皇帝所赐之物。这块铁匾约重175公斤，俗谚"铁打白云观，三猴不见面"，这匾占了前一半。至于后一半，道的是三只小石猴，分别隐藏于观内各处。猴儿不见面，那是它们自己的事，但寻来的人，是定要与它们见上一见，摸了再摸的。据说，摸了小石猴可祛病消灾，四季平安；可以马上封侯，前途无量。大过年的，谁不想讨个吉利呀！

挤挤挨挨，好不容易到了跟前，但见正门斗拱东侧的浮雕，祥云缭绕，仙鹤展翅飞翔，底部有一巴掌大小石猴，虽年代久远面相模糊，仍形态活灵活现，周身温润光亮。每个进观的人都在此驻足，左手摸摸，右手摸摸，心满意足，笑容灿烂。

跨入山门，就跳出"三界"，进入了神仙洞府。但见人声鼎沸，人潮不断涌向条案；无数的条案，堆积着成捆成山的敬香，工作人员不停将香们抱起，投入香炉；无数的香炉，赤焰飘舞，烟雾升腾、弥漫，罩住了山林，物退人隐，颇有些仙境模样。偏又听到京味叫卖：糖葫芦、热煎饼……

循声找去，见那边也是人头攒动，杯盘狼藉，迎风猎猎一字排开了老字号招幌：豆汁、扒糕、凉粉、灌肠、茶汤、豆面糕、炒肝、老豆腐、艾窝窝、驴打滚。旁边的窝风桥上，少年大战金钱眼，他那从人群中斜逸出的弹弓，阳光下闪闪发亮甚是威风。

人间今日之重要任务，是继续找猴。

白云观占地上万平方米，要找齐三个拳头大小的石猴，无异海底捞针。且观内老道概不指点，还谆谆教导："享受寻找过程，接受心诚考验。"所幸我们做了功课，站在前人的肩膀上，未费

张家界森林公园，猴家其乐融融。

太多周折。猴二在山门西侧砖雕墙面底座，历经岁月剥蚀、人掌抚爱，轮廓犹在，影影绰绰；猴三居于东侧院雷祖的"九皇会碑"底座一侧，它脚跨石头，一手搭额，一手高举桃子正欲抛出，顽皮可爱。还遇见了猴四、猴五，一在窝风桥边石碑底座，一在元辰殿对面西墙十二生肖浮雕里，只不过四、五均为新贵，虽摸者踊跃，香火不输，然并不在前述俗谚的三猴之中。

神仙本无踪，只留石猴在观中。石猴成了金猴、神猴。摸猴者日众，或渴求幸福，或欲释迷茫。今于观中得见早先白云观高道陈旅清一说：道教效法天地、崇尚自然，"猴"同音为气候的"候"，所以"摸猴"意在摸（顺）着节令气候变化，遵"道法自然"之理。"理"对了，生活中的一切就会顺遂、健康、美满。此说透着独立于纷繁俗世中不染纤尘的淡泊和孤傲。只是，流年似水，时光变迁，究竟有多少摸猴人，真正明白了此中之道？

拍了几幅照，再追上老爷子时，见他站在"道家书屋"前愣怔，一脸惆怅。问所为何事，他幽幽地叹了口气，说进去看了，里面没什么书。我望过去，见书屋门口"太岁锦囊""十二生肖吉祥物"的大幅告示，左右把持，喜气洋洋，光彩夺目。

手摸眼看心印，三猴相会，五猴祈福。祝所有人新年诸事顺愿。

偶人

2016 / 02.13

嘴舌还可灵巧活动。气韵神意温度扑面而来，一个个生灵呼之欲出！徐先生出自木偶世家，弘一法师为其取名竹初，家族传承，不辍进取，艺心放达，成就了这一个精

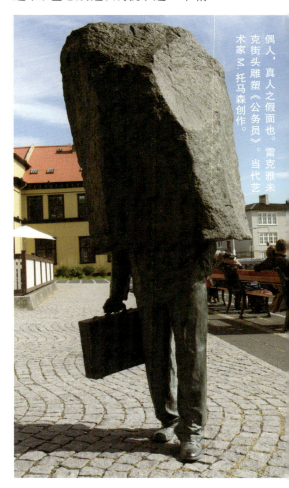

偶人，真人之假面也。雷克雅未克街头雕塑《公务员》。当代艺术家M.托马森创作。

每在京过年，位于沙滩的中国美术馆是必去的。今次所见三展：民族风情（绘画）、翰墨传承（书法）和偶人世界（布袋木偶）。馆藏精品名家新作，贺年大展精彩纷呈、星光熠熠。

较之一楼绘画和三楼书法，五楼徐竹初先生偶人展区观者稀疏些，且大都是孩童，以及他（她）们的爸妈。我们撞进去，竟也盘桓良久，流连忘返。

目不暇接，美不胜收。中国传统戏曲中的生、旦、净、丑各种行当，民间传统、神话传说、历史故事中的神佛仙道形象，一应俱全。造型或雍容典雅，或雄浑质朴，线条饱满，体态灵动；尤其是面部，以戏剧脸谱的勾绘方式结合民间年画手法，色彩浓烈，表情夸张，眼鼻

美绝伦的偶人世界。

　　游戏表演区，家长们在隔板后操作小偶人，隔板前的孩子瞪大了眼睛，惊讶无比、欢欣雀跃。恍然意识到，逗留于此，不仅仅是折服于艺术的魅力，更有不期然唤醒的儿时记忆牵念，木偶剧、皮影戏……一个虚拟的世界，曾经满足了我们童年多少好奇，多少愉悦。

　　表演区的喇叭响了——

　　男：这位姑娘，请你停下美丽的脚步，你可知自己犯下什么样的错误？

　　女：这位官人，明明是你的马蹄踢翻了我的竹篮，你看这宽阔的道路直通蓝天，你却非让这可恶的畜生溅起我满身泥点，怎么反倒怪罪是我的错误？

　　男：你的错误就是美若天仙，你婀娜的身姿让我的手不听使唤，你蓬松的乌发涨满了我的眼帘，看不见道路山川，只是漆黑一片，你明艳的面颊让我胯下的这头畜生倾倒，竟忘记了他的主人是多么威严。

　　……

是《大明宫词》中皇上李治和幼年太平玩皮影两人的念词。一位父亲合着这段播放的戏文，正为他的小女儿忙碌着偶人秀。

　　中国文化博大精深，单说这一个"偶"，便奇妙无穷，多义且褒贬同存。偶人（以土木陶为人，对象于人形也）、偶配（结为夫妻）、偶像（崇拜之人）、偶仔（智力障碍者，五邑地区叫法）、木偶（傀儡，受人操纵的人和组织）、偶们（网络流行语，台湾人常以"偶"挂嘴边，嘲笑台客，衍生出"偶们"）。但万变不离本宗，即一个"人形"一个"对也"。现实的诸多羁绊、种种不如意，人类需要在虚拟的、理想的世界寻找同类甚至自己，扬马策鞭，快意恩仇；或于无奈的现世中，寻一个倒霉蛋同类戏谑一番，调侃自嘲，聊以宣泄。此情此意，无论老少中外概莫如此。偶人也是人，是承载了种种真善美丑恶鲜活之精神取向，可以上天入地无所不及的另一个我们，所以，偶人偶戏从祭祀走向娱民，千百年来于人间长盛不衰，繁衍不息。

清明 · 石绿

2016 / 04.05

踏青。晨光熹微,我们出发。登山,沿曲折小径,盘旋而上。

红日一跃从峰巅弹出,甩甩金色斗篷,万丈光芒洒向人间。薄雾收拢轻纱,天地万物展露了真模样。

石赭、松翠、桃红、李白、连翘鹅黄、丁香粉蓝、藤萝姹紫……突然,有什么磁石般吸住了视线。

绵延丛林,绽放着别样的绿。

比草绿稚嫩、比翠绿朴拙、比墨绿明亮。毛茸茸粉嘟嘟柔柔软软萌萌憨憨的绿。风吹起,叶翻滚,如无数精灵鬼怪的小童,嬉戏追逐闹上枝头。

看得人痴傻,看得人柔情似水,心生欢畅。便问,这是什么绿?

有人答:画画的颜料中此色名石绿,也叫头绿、新绿。

于是想:石,来自大地,璞玉浑金,状名这新绿、这初临的生命,倒也贴切。

清明过后是谷雨。生命轮回,万物生长。

雁荡山春,绿盈大地。

宽窄巷

2016 /
/ 04.07

宽窄巷，位于成都市青羊区。那是外地人的叫法，成都人叫宽窄巷子，那一个"子"字，不但断不可少，还要念得抑扬顿挫，长声拖曳，余音绕梁，骄傲之情溢于言表。

散会，自助餐毕，当地人说，天黑了，哪也去不了啦，哪也不要去了，就去宽窄巷子看一下嗦。

灯火，如一束束喇叭花，在屋檐绽放。看过去，却是两条北方胡同街巷，"鱼脊骨"道路，主干宽处六七米，窄时四五米；两旁大大小小的四合院落，又是清末民初川西民居式样：木穿斗、斜坡顶、青墙黛瓦、雀替歪柱、镂花窗扇、庭院、天井……朴实飘逸，轻盈精巧，开敞通透。

然后，它们，就统统成了小吃店、茶坊、旅舍、画廊、中药铺、5元一人的掏耳朵店、几十万一套戏服的川绣时装苑。人流不绝，熙来攘往。

小吃摊前再也挪不开步。厨案上挤满碗盘盅碟，龙抄手、钟水饺、担担面、赖汤圆、兔脑壳、蒋排骨、夫妻肺片、灯影牛肉、卤肉锅盔……麻辣红亮、酸咸香脆、味厚淳美。

胃中的记忆蠕动起来。多少多少年前，青葱学子的我们，最快乐的时光，就是月末的牙祭。全月各项开支大局已定，留下几角，凑上几元，相约觅食去！成都的街头巷尾，琳琅小吃，一样样来，一遍遍尝，解馋、果腹、叙谈、友情，那感觉，巴适得板，安逸得喊，满足无以言表。

纵使岁月似水、关山阻隔，那份温暖的记忆从未远离。

只是那时，还不知有今时的宽窄巷……子。

三月三

2016/
/04.09

"三月三。让我们愉快地私奔吧"！一早，惠将标题热辣的网文转发群里。

噢，始记今是三月三。

三月三，生轩辕，诞玄天，伏羲女娲结了亲。三月三，水边宴饮，郊外游春，山歌传情，绣球抛爱。三月三，"你陪我歌唱，你陪我流浪，陪我两败俱伤。你是否还有勇气，随着我离去，想带上你私奔，奔向最遥远城镇"，郑钧的重金属摇滚震响在昆明的大街小巷。

奔了，我们，奔向遥远边陲云之南，奔向昆明理工大学开会。周末的工作，竟然邂逅了三月三。

出租车里，司机点开手机，他女朋友在里面唱山歌，用方言，他跟着哼，也用方言，还不忘问客感受。我们讲，曲好听，词是

啥？他叹口气，摇摇头，说多好听啊你们不懂。

途经翠湖，水波潋滟，垂柳依依。岸边一堵土墙，几百米长蜿蜒伸展消失在视线尽头。墙上贴满白花花的纸片，风儿拂过，如成千上万玉蝴蝶翩翩起舞。人群似过湖之鲫，游过来，有的观看，有的记录，有的往墙上贴纸片。走近看，却大都是长者，鬓角霜染，皱纹横亘，眼神里满满的焦虑和期待。原来是堵征婚交友告示墙，原来是许许多多父亲母亲，为儿女婚事操碎了心。

三月三，愿美丽传奇福佑人间。红线牵，花前月下，有情人终成眷属。

弯弯的小桥下面

2016/
/04.28

一早出发。京沪线高铁5小时，再沪杭线巴士50分钟，抵达枫泾。当地人讲，下了好久的雨，今日初晴。

张慈中先生书籍装帧设计艺术馆，落户家乡枫泾古镇，今日开馆。先生是著名平面设计艺术家，也是当年百科社始建者之一。亲朋好友同事，致喜献贺，自四面八方来。

有一个多时辰机动，小五提议看看镇子。此地是他老爹祖宅，他轻车熟路。时间少，我们紧随他，发足狂奔，跑马观花、浮光掠影、气喘吁吁。

枫泾古镇，江南水乡，地跨吴

江南水乡，天蓝水清乡情长。

184

越两界，成于宋，至今1500余年。水网遍布，河道纵横，三步两座桥，一望十条港。清流两岸，绿树成荫，粉墙黛瓦，庐舍鳞次，层层石级通向河埠。弯弯的小桥下面，小船悠悠划过。

一条清澈的河，架立元明清古石桥39座。古建大宅院、古戏台、大清邮局、古长廊、施王庙、郁家祠堂，还有丁聪漫画、程十发国画、金山农民画、顾水如围棋。文物密布，名胜处处。

还有160多年历史、获得巴拿马国际博览会金质奖章的枫泾丁蹄，历史更久远的黄酒、豆腐干、状元糕。味醇厚、香飘飘。

地灵人杰。枫泾人自古崇尚耕读，人才辈出。历史记载名人639位，3名状元、56名进士、125名举人；2名宰相。3名六部大臣、100名知县；众多教育、文化大家，陆贽、陈舜俞、许克昌、陈以诚、蔡以台、谢墉、沈蓉城、朱学范、顾水如、丁聪、程十发、袁世钊、陆龙飞。声名远播、星光熠熠。

恍然明白，张慈中先生少小离家，至成果累累、功成名就，又于耄耋之年老大回，将一生作品捐献，盖根植于斯，叶归于斯也。

那边有人喊，都来吧，开馆啦！我们回应着，向那人声鼎沸处跑去。

185

竹

2016 / 05.01

"五一"出行。杜鹃谢了，桃红李白踪影全无。

还好，此地有崇山峻岭，茂林修竹。

山岭、溪边、丘陵、平地、农家房前屋后……成片成林的竹，枝干挺拔、亭亭玉立、青翠欲滴。风起处，箭叶飒飒，筒节共鸣，竟行丝竹管弦之盛。

正是新竹破土时。一场雨，探出头；雨一场，嗖嗖嗖，使劲往上蹿。转眼便高高仁立，玉树临风。

脱下笋衣，新竹粉绿。敲击声音无杂质，悦耳动听。想起声乐老师说，童声为何美，只因未经世故，不气声、假声、装饰音，本真歌纯真唱，就唱出了迷死人的天籁之音。

竹，浑身是宝，终其一生。子瞻感叹："食者竹笋、庇者竹瓦、载者竹筏、炊者竹薪、衣者竹皮、书者竹纸、履者竹鞋，真可谓不可一日无此君也。"

竹，正直、奋进、虚怀、质朴、卓尔、善群、性坚、担当。君子之德，山高水长。

难怪有人道：

竹杖芒鞋轻胜马？谁怕！一蓑烟雨任平生。

灵山多秀色，飞流濯碧枝。

桃岭老区

2016/
/05.02

桃岭，老区。与老区，一直以来，有某种莫名的联系、某种模糊的情结，在心底隐秘蛰伏。此番"五一"自驾，奔老区、上桃岭。

首先得翻越桃岭盘山公路，这是唯一的通道。海拔1000米，路长24公里，135道弯，其势险峻。万山逶迤，峰峦叠翠，景亦壮美。弯道多而急。路况复杂变幻莫测，弄得车上的GPS也慌了神，它一个劲碎碎念，"在前头合适区域掉头"，冷不丁还冒出警告，"流动警车，经常出没"，那词用得，好像警察倒成了流寇。

空气清新，景色宜人。两车交会，车主放慢速度，互相热情地高声地打招呼、聊上几句。厚道感叹：哪似在城里，木脸对木脸。

翻过黄连岭、鸟雀岭，就到了

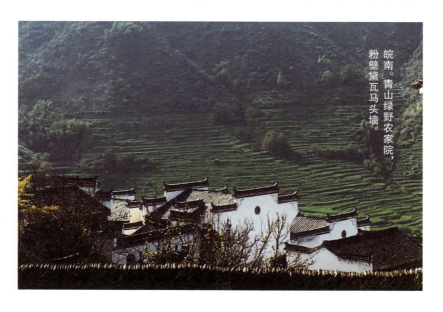

皖南。青山绿野农家院，粉壁黛瓦马头墙

泾县汀溪乡桃岭村。桃岭位于皖南泾县东端,地处偏僻,独居一隅,人称"小西藏"。这里群山环抱,泉水淙淙,清澈的桃岭河纵贯整个村庄。村民逐水而居。河边房舍一幢幢,体量阔大、设施齐全。

村委会,一所两层白色小楼,国旗在蓝天下飘舞。从土地革命战争开始,桃岭村就是皖南地区游击队的根据地之一,是泾县第一个建有党支部的村。1932年皖南特区苏维埃政府在此挂牌成立。80多年后的今天,展板贴着当下的"两委"人员分工和职责,以及党代表人选的公示,手书,字迹洒脱。

在村里寻户人家,住下。和老乡剥笋、烧饭、唠嗑。

村里20世纪80年代便实行了包产到户,每人分得山林四五十亩,主要种植茶、青檀等。檀皮就是宣纸的主要原料。老乡指着伏于公路护栏、漫过山坡晾晒的灰白纤维物,说这檀皮今年售价已涨到8元3角1斤了呢。

晚餐,用溪水烧小河鱼、春笋、芡实带,那真叫一个香!

饭后村头漫步。静静的夜,偶尔一两声狗吠。溪水潺潺,清风拂面,天空缀满明亮的星。

睡了踏实香甜的一觉。

188

老屋

2016/
/05.03

皖南山区老屋多。

一个个村头，石碑、木牌题记豪迈——

呈坎村。中国保存最完整的明代古村落，150余处宋、元、明、清等历史古建筑。

棠樾村。气宇轩昂的明清牌坊群，世间唯一女祠，规模宏大的古民居。

唐模村。始于唐，盛于明清。千年银杏，街桥房舍，古韵悠悠。系马唐模温旧梦，水心开遍白莲花。

进村、走马、观花。

豪门巨宅，最是许承尧"翰林院"，宏伟壮观、精雕细镂。极尽全盛期徽商之奢华；族权威仪，当数棠樾清懿堂，59位贞妇烈女，一份身后荣耀，终生磨难孤寂。

科甲不断，人才辈出。高官、高僧、隐士、巨贾、学问家、艺术家……文德武功名留简竹，理学真儒后先继续。

帘外芭蕉惹骤雨，门环惹铜绿。而今，青苔点点、烟尘缕缕、锈迹斑驳，爬上了青瓦白色马头墙，漫过了老宅旧祠的斜门、铁皮门、美人靠、遮羞板、石雕、木雕、砖雕、月梁、梭往、彩绘。老屋里头极尽哀荣之人，也早已羽化登仙而去，是非对错，今人谁与评说？

下雨了。雨声时大时小，时急时缓，敲击屋顶，一时如擂动千军万马对垒的鼓点，一时又舒放起来，似一曲《平沙落雁》，静美律动，起伏绵延。

老屋，阅尽多少荣华富贵、苦难贫贱，看过多少生死相许、悲欢离合，如英雄迟暮，宅心依旧？

老屋，隐没在迷蒙雨帘、氤氲水雾中。

记于呈坎。雨潇潇。

189

相约溪马

溪马，绩溪县一个小村庄。绩溪，本地人小默说，只有麻雀大，按她的话推理，那么溪马村，堪比豆粒儿小。

收到小默发送的寿带鸟照片后，一个多月来，这个小地儿让我牵挂。此番端午出游，毫无悬念，首站选定溪马。

驾车下了溧黄高速公路，驰过一大片红土地，穿越摊位铺陈人声喧闹的集市。拐一个急弯，弃车步行。蓝艳艳的薰衣草花海，绿茵茵的水润秧田。一条弯弯曲曲的羊肠小径，在茂林修竹中逶迤，一侧泉水叮咚，河流清澈。

相约

河水中,远看似拦腰一道黑黝黝的坝,近看却是一堵密实的人墙!全男士阵营,老少咸集,一律脚蹬黑色长筒雨靴,高档摄影器材似长枪大炮林立,齐齐向着前方。

前方,我赶紧看过去。

翠绿的林间,炫目的弧光,如流星飞梭。定睛细瞧,是只洁白的鸟儿,体躯稍大于画眉,奇长的尾,如绸带飘扬。它一会儿向河中俯冲,打个滚,惊起浪花晶莹;一会儿腾跃直上枝头,将食物送入爱巢,那儿,有它嗷嗷待哺的宝宝;一会儿飞向空旷处任性玩耍,大跳各种花式舞蹈,身姿婀娜,轻盈优雅,乐悠悠,飘飘然。

这小小曼妙的鬼怪精灵,折服了眼前这帮铿锵硬汉。他们一言不发,大气不出,只将一双双眼,紧贴取景框,喀喀喀喀喀,密集、欢快的快门声此起彼伏,不绝于耳。

寿带鸟!我按捺住惊喜,潜入拍摄人坝,举起相机。

午餐时听小默同学"空心大师"讲寿带鸟故事,听得荡气回肠。在此记下。

年年人间四月天,寿带鸟从菲律宾迁来中国溪马,雄白雌红,雄长尾,每年仅两三对。筑巢,生育,教导幼子捕食、飞行。八月飞回菲律宾,返程数千公里。临行前,雄鸟会绕树枝来回折返,将长尾一圈圈缠紧,然后,奋力一挣,羽花四溅,声嘶尾断!以如此痛绝、牺牲局部方式减负,确保安全飞抵那一个家。

今在观鸟现场认识了家居杭州的著名摄影家洪老师,他的装备让我咂舌,他拍的寿带鸟更是让我爱不释手。

旅行就是一场生活

2016 / 07.07

如今出行喜欢乘高铁。

和飞机比，准点、便宜不说，最大利好是用手机不受限制。要知道，如今想遏止刷屏的情不自禁，是多么憋屈难耐的事。

还有就是读书。充足的光线，从宽大的车窗涌入，车体轻轻摇晃，有如风和日丽碧水清波中行舟，此时一卷在握，想必任谁都将"诗和远方"起来，情怀自然升华不少。

还有火车的食品袋，上面印着撩人的一句话：生活就是一场旅行。

当然，也可以调换词序读，旅行就是一场生活。

比如今日。刚坐定，车厢喇叭响了："柔顺号"动车组列车祝大家旅行愉快！

我奇怪，进站时明明见车头标识写的"和谐号"嘛，咋进车内瞬间变了名号呢！那小小一瓶洗

车窗外的风景。高山牧场，云压群山。水草丰茂，牛羊归栏。

发水，可以一举拿下"和谐"，颇有戏剧意味。我似乎闻到澡堂香波的味道，在车厢弥漫开来。勿庸置疑，这是生活的味道。

过道对面一男一女，原先一直凑近了头，窃窃私语，时有嗤嗤笑声传出。可不知何故两个嗓音突然就粗了起来，调儿也一波高过一波。显然女人认为正义在她那一边，对那男人负隅顽抗的样子，既气愤又伤心，后来竟嘤嘤地哭将起来。

终于，车厢恢复了平静。我看旁座无人，正好摊开四肢舒展身体读书。然渐入佳境时，咚咚咚撼天动地的脚步声响过来，在我跟前停下，一彪形大汉落座。然后，他拨通手机，仿佛置身大礼堂，将军般以磅礴演讲之势同对方说话，声音洪亮响彻车厢。

书是读不下去了，我向他投去意味深长的目光，试图为自己争取某些权益，但他视而不见。我静气听了一下，他正说到老板如何训的他，于是他决定炒老板鱿鱼，此处不容爷，自有爷去处。他的悲愤激昂，有效地阻止了我进一步的诉求。

这时，广播里"柔顺号"报出即将停靠的站名，我出差的地方到了。

拎包下车。今日这一趟，书没翻几页，尽生活了。

夜航

2016/
/07.19

"现在抱歉地通知……"喇叭响起。瞄一眼指间的票，正是本主航班。再次的延误播报，瞬间将晚点提升到了5个小时。

候机厅静悄悄。老外、本族人，数百乘客散坐排椅、楼梯上，没有人潮涌动的抗议、振振有词的理论，甚至没有嘟嘟囔囔的埋怨。一律淡定，安分守己，或挥指刷屏，或闭目养神。这似乎不大符合常规。也许是文明素养提高了？也许是见怪不怪了？

等。等中料理了几个事项：划拉翌日发言提纲；于候机厅巡梭，友嘱进行纸媒阅读率社会调查，目测结果3%；读秦伯益先生所赠新作《百年纠结》；排长队，鱼贯领得误机免费餐盒，冰凉，遂去店内付费，碗面果腹。

终于登机了，人们呼出一口长气，展露了笑颜。飞机缓缓滑行，拐个弯，却又在跑道入口处停下。舷窗外，夜深沉，雨瓢泼，停机坪地灯闪烁，波光潋滟，飞机如浮出水面的鱼。

鼾声从舱内四面八方响起。悠长的、短促的、温柔的、彪悍的。个性突出，节奏鲜明，你唱我和，此起彼伏。

又一个小时过去了。在发动机巨大的轰鸣声中，飞机拉起机头，冲上雨空，撞进无边的黑暗中。

位于舷窗旁，感觉到这黑暗包围的重量和压迫，想起一位艺术家故人，那年他指向风雨欲来的天空，说天边那沉沉压境的黑色象征着崇高。

再看窗外时，但见明纯的光，一束束自天庭洒落，冲入了黑暗。墨色流淌、涌动，焦、浓、重、淡、清、白，六彩齐放，竟然结成朵朵水墨莲花，汇成了无边无际的花海。

花海深处，时而泛起片片丹霞，时而飞出缕缕金灿，如礼炮炸响、升腾怒放的光焰。

飞机落地，已至凌晨一点。接机人通报，航班大面积延误，本次参会人员, 有的在中转港不能降落, 悻悻然折返原地; 有的在原地候机已经10多小时, 望眼欲穿, 仍没起飞。

欢乐的冒犯

遇见, 有些人一时喧哗, 别后却再无交集; 有些人少言寡语, 风轻云淡, 可说不准哪天就隔空喊话, 有新鲜出炉的东西要与你分享。

今天下午, 一路欢畅奔向三里屯田地艺术中心。

展览已经开始。素白墙面挂着油画, 观者驻足、穿梭、静默、品头论足。阳光穿过窗棂, 将画儿人儿拉成长影, 投向大理石地面, 地面俨然呈现一幅即兴画作, 五彩斑驳, 光怪陆离。

跟着策展人啸海一一看过去。右墙系列作品, 主题 "欢乐的冒犯"。只见一众西方古典名画的镜像上, 沟槽裸露着灰白的躯体, 横冲、旋转、升腾、飞扬跋扈, 欢乐无比, 而那一幅幅传世经典, 呻吟, 挣扎, 支离破碎, 血肉模糊。这沟槽，啸海说，是画家用开槽机突突突弄出来的。

它带给我的观感是如此奇特，以至于我不得不面向啸海，问一个问题：

绘画难道不需要写实、不需要表现美了吗？我神色凝重。

他不急不恼，说出一番话来：

科技的飞速发达，使绘画这种手工劳作已经不是写实、不是表现美的最便捷方式，摄影术、计算机、绘画软件等早可取而代之。这时的绘画，更多成为画家的一个思考角度，一种切入社会的方式。

尽管如此，绘画仍有存在的意义和空间。譬如：其一，生产知识、观念。毕加索的画不美，但他创造的立体主义，时间空间发生位移，在平面上表现二维、三维、甚至四维空间，影响了整个欧洲艺术，包括建筑和雕塑，引发了一系列艺术改革。其二，参与社会，有如游戏互动。其三，有人仍然钟情手工绘画，相信手的神奇，就像有人不喜高楼大厦，执意山林庐舍一样。

至于眼前这组"欢乐的冒犯"，出自一位留学海外多年的80后画家，是对西方绘画传统的参照，以及参照之上的质疑、批判。

你看不惯？嘿嘿，告诉你吧，这组画刚展出即已全部售罄啦！

啸海在中央美院执教多年，多次赴英法讲学。湖南人。新锐，通达，普通话讲得字正

丹麦传说中的森林精灵，儿童们喜欢的玩偶。

腔圆。

欢呼着向世界和权贵不断发起"冒犯"的年轻人，还会给我们带来多少惊奇呢？

车速

2016/
/12.20

没有响亮的汽笛，听不到哐当哐当车轮撞击铁轨的声响，列车悄无声息滑出了站台。

窗外，一切隐没在混沌之中。雾霾遮天蔽日，和太阳较劲，和太原较劲。太原有史以来首次拉响了橙色警报，首次限号行驶。高铁则毫无惧色，突破重围，分秒不差奔向四面八方。

旷野模模糊糊，埋伏着冬日的苍漠寂凉，一闪即逝。车在加速。瞄了眼座位前方的电子屏，一行橘色英文滑过：Speed 296 km/h。时速296公里，比之传统交通工具，完全称得上风驰电掣了。

想起了小张，想起他接站时讲的英式车速故事。

英国火车建成后从未进行过提速改造。有人质疑政府，政府回复理由有二：一是财政投入巨大，势必加重税赋人负担；二是英国本来就不大，风景又如此秀美，还是慢慢走多多观赏吧。

还有一个理由，车速缓慢平稳，适合读书。

小张在英国留学两年，外出交通工具喜欢选择火车。车上男女长幼，都捧着书，安静地享受阅读。阅读是英国人的一种生活方式，所有车站均放置价格便宜的书报刊，乘客都会顺手买上一份随车阅读，到站后投入回收桶即可。

原来车速慢是方便读书！我立即发出由衷的感叹。

小张笑：这条理由不是政府说的，是我根据现场观感加上的。

西藏高原上的载重卡车。白雪山下车如牛，长号一声过险弯。

休闲书屋

2017 / / 09.05

参加一个会议。下榻的酒店偏隅京郊。入住已日暮。门口巴士穿梭。背双肩包的、拉行李箱的，一拨又一拨。人气爆棚。

等电梯。一低头，发现踏在一团光影之中。光影初月般浅浅淡淡，悄无声息，漫过了我的脚踝，晕染了我的裙角。

转过身，看见了一间屋子。玻璃墙体晶莹剔透，内中景物一览无遗，门口的横匾上写着"休闲书屋"。原来，光影、光源来自这里。

丢下电梯，进了书屋。丁零！一声清脆，吧台前姑娘抬起头，嫣然一笑。来了啊！她打着招呼，像见到了老熟人。

屋子五六十米开外。中央区域摆放月白条案、沙发；同色书架倚墙围立。节能灯发出轻微的咝咝声，一张明亮绵软的光网撒下来，轻柔地包裹了屋内的一切。

瞄一眼架上的书。都市小说、旅行游记、时尚生活、悬疑侦探、玄幻鬼怪……市井、通俗大行其道。

屋子里没什么人。随意落座，抽取一册。此番与谁相遇，就看缘分了。

一只大怪兽呼啸而至！独角、豹身、雕嘴，一双绿莹莹的眼看将过来。我定定神，掀动书页，开读。

倏忽穿越了4000年。混进夏商大战，邂逅有莘不破、江离、雒灵、羿令符、桑谷隽、芈压、马尾马蹄。一群少年，个个情深义重，身怀绝技，打起架来漂亮得像在作诗，玩得兴起，便要一统了天下。还有艉、毕方、飞廉、讹兽、蛊雕、麒麟、应龙、饕餮、蠿蛭等，数不清的精怪、神兽，心机缜密，力大无比，最喜与少年缠斗。看得我一时骇怕，一时担忧。

这真是一个奇异的晚上。天苍苍而地远，海茫茫而生烟。

好似自己也化了形，采一枝迷穀（"其华四照，其名曰迷穀。佩之不迷"），在那里玩耍起来。

常州一日

上午，应邀为辞书编辑培训班授课。

"今天是个特别的日子"，课前，班主任宇彤介绍老师后，话锋一转说了这么句话，然后停顿下来。

特别的日子？正在讲台摆弄电脑，调试ppt的我暗自寻思，但没有头绪。抬起头，好奇地看着她。

"今天是教师节，我们2017辞书班全体学员向授课老师致敬！"宇彤笑着，突然变戏法般擎出一大捧鲜花，奔过来送给我。全场掌声骤起。

教师节、鲜花，掌声，突如其来，从未想过这些会与自己交集，尽管，曾经，我多么希望做一名教师。

温软的液体，濡湿了眼角。

下午余时，独自去寻青果巷。青果巷旧称"千果巷"，常州古老街巷之一，始建于明万历年(1581)前，素有"江南名士第一巷"的美誉。

十字路口，东南西北去往哪一个方向？手机导航似乎犯起糊涂，没有图像，也没了声音。听任我彷徨街头，东张西望。

一位年轻人走过来。您要去哪儿？有没有我可以帮忙的？知道我要去青果巷后，他说，跟我来。小伙子浅灰阿迪达斯运动衣裤，白色运动鞋，一张娃娃脸，阳光、帅气。我放心地跟上了他的步伐。

上了B1快线公交。和小伙子聊天，他说起青果巷走出来的文化名人，赵元任、瞿秋白、周有光……熟稔得很，过了不知多少站，小伙子示意同他下车。行至一公园入口。他指着园中一条绿树掩映的小径，说青果巷就在那小径尽头拐角处了。

我连声谢谢，他笑笑，说不客气啦，常州美，多看看吧。然后，转身快步走了。

青果巷正在修缮，不对外开放。莫校长打了招呼，得以入内一观。在周有光故居，先生亲

青果巷。叩动门环，可知船儿去向何方？

201

手种植的黄杨，郁郁葱葱，绿冠如云。

站在清寂的石桥上，古老的南市运河，慢慢悠悠傍青果巷流过。想起周有光的文章，他说他时常会想起儿时这河里大船的声音。

如今，这船儿去了何方？

下雨了，迷蒙的水气漫过了青果巷。

塔川

2017/11.25

高铁、汽车。饿了吃干粮，渴了喝凉水，一路紧赶慢赶，到塔川已经深夜。一众驴友，偷得周末两日闲，想要和这里的秋天会上一面。

车在路口盘桓。GPS沉默不语，表示它也找不着那网上颇多好评的民宿客栈了。领队便说，隆重些，让老板来接。

我们钻出汽车。没有想象中的蛙噪、狗吠、月光、星闪，这里的夜晚静悄悄、黑漆漆。山区的寒冷一阵阵袭来，我们又忙不迭钻进了车内。

一会儿，远处闪亮了一道灯光，突突突，突突突，店老板驾驶电动三轮车来临。他和领队对上接头暗号，然后高呼一声：跟我来！

我们在三轮车率领下，左右

摇晃着，驶过弯道，碾过河滩，在一农家小院停下。

小院灯火通明，油光水亮的八仙桌上，干焖小河鱼、红烧毛豆腐、香菇拌油菜、桶装白米饭，腾腾地冒着热气。满屋的菜香，混着噼里啪啦炸开的柴火味，勾得人胃口大开。众人饿虎扑食，一眨眼工夫，风卷残云，盘光碗净！

住房朴素，床具干净。淡黄色小碎花被褥，晒足了太阳，松松软软，干爽暖和。一觉睡到自然醒。看表不足5小时。

等不及早餐，提起相机，进了村。

晨雾还未散尽，阳光席卷了山岭。层林尽染，枫叶红、银杏黄、樟树绿、乌桕赤橙。漫坡五彩斑斓，簇拥着徽式古民居群落。它依山而建，层层叠叠，白墙黛瓦，飞檐翘角。屋前的菜园，溪流淙淙流淌，矮脚黄青翠欲滴，金色的贡菊，盛开在竹篱笆上。

游人渐渐多起来，有的呼朋引类、高声喧哗；有的闷声不响，广角、长焦、红圈镜头、手机，轮番上阵，咔嚓咔嚓拍个不停。

一位四五十岁模样，着西装、挂工作人员胸牌的村民走过来，说可惜啊，17日那天一场狂风，折断了松树，吹落了许多红叶呢。看游客露出怅然神色，他连忙打开自己的苹果手机，滑出一幅幅照片说，不要紧，不要紧，最美的我都拍下了，现在就发给你们吧。

塔川农家

203

晒秋

2017/
／11.26

为拍晒秋，昨夜抵达婺源。

进入客栈时，见七八条肤色黑黝汉子，肩扛手提"长枪大炮"，步上楼梯。店主告知，是一支专业摄影队，已经转战了大半个中国。

今晨老早醒了。隔壁响起咚咚的敲门声，接着，粗声大嗓喊起：走喽！走喽！拉开窗帘看，天刚麻麻亮，专业摄影队正集结准备出发。我们也迅即披挂整齐，跟上了他们。机会可遇不可求，我们也想把片子拍得好一些。

自驾的最大好处，是可以随

晒秋。五彩缤纷，香飘万里，醉了天地人间。

心所欲。去往古村的途中,我们走走停停,将轻歌曼舞的山岚、喷薄而出的朝阳、五彩逶迤的山岭、一望无际层层叠翠的梯田,一一收入镜头。

艳阳高悬,光芒万丈,照亮了挂在山崖的篁岭古村。狭小崎岖、百米落差的坡面上,数百栋大大小小的徽式古民居,相峙相偎、错落有序。

我们的视线,被簇簇明艳吸引。它们如丛丛鲜花,在山岭怒放,又如缤纷的焰火,在蓝天升腾。近观,但见民居土砖外墙,还有高悬的晒架上,摆满圆圆的晒匾,里头盛满红亮的辣椒、鹅黄的贡菊、橙色的柿子,还有土豆、南瓜、红薯、萝卜。丰收果实,五彩缤纷,在阳光热烈的拥抱中,欢呼着丰盈、富足、快乐,芬芳四溢,香飘万里,醉了天地人间。

晒秋,为什么让我们动容?

或许,它是丰收庆典、是最美的乡村符号,又或许,它本就与我们的生命有着某种天然关联,土地、自然、祖先、春华秋实……

迎新音乐会

2017 / 12.31

巧,一年后的今天,因讲课又到了哈尔滨。步出航站楼,才下午四点多,天却已经全黑了。

到了酒店,发现竟然就在果戈里大街,暗自窃喜。晚上径直去了果戈里书店。去年来哈尔滨时,曾慕名专程拜访这家"中国最美书店"。很喜欢。记得当时还写下了几句:阅读,最美的姿势,最靓的风景;书籍,智慧的钥匙,心灵的交响;书店,人类家园永不消失的地标,文化航旅光耀天际的灯塔。果戈里书店,中央大街失守,黄金地段重生,一个时代的魔幻变迁,一群读书人的情怀故事。中国最美书店之一,哈尔滨果戈里大街164号。

推开书店厚实的木门,步上楼梯,进入二层主厅,但见欧式五彩玻璃窗户、古典书架、"读书少女"主题雕塑、哈尔滨欧式建筑老照片、俄罗斯当代画家油画作品，赏心悦目。当然，最动人的景象还是满屋的读书人，或倚在书架旁，或蜷在沙发中，或干脆席地而坐，一卷在握，沉浸在阅读的乐趣中。书页沙沙翻动，搅得书香咖啡香满屋飘。

要了一杯热可可，坐下来看新出版的《杨绛传》。

最美书店的新年音乐会。

店员告知，三楼有迎新音乐会。遂去观看。屋内共十来排椅子，已座无虚席，前方一块空地，七八个年轻人正在演奏，小提琴、中提琴、大提琴、低音提琴，是一队弦乐组合。听了三首曲子：马斯卡尼《乡村骑士间奏曲》、埃尔加《爱的礼赞》、何占豪《梁祝》，音质单纯、柔美，纯真而美好。我想，大约只有涉世未深的少年，才能奏出此番意趣呢。

发现身旁站了一位大男孩，黑色西服、黑色领结。便问他，这是什么乐队？有今天的节目单吗？大男孩说：我们是哈尔滨工程大学"五月弦乐团"，都是大一大二年级学生。

老师，您从哪来？他问我。当听说我所从事的工作时，他突然睁大了眼睛，语气也兴奋起来：我就是年少时看过《中国大百科全书》航空航天卷，所以上大学选择了航天专业。

这时，有人跑过来叫他：孙道天，该你上场了。我看了下手中的乐团名单，上面第一行写着：

孙道天，五月弦乐团团长，演奏乐器大提琴、低音提琴。

2017年岁末，在哈尔滨果戈里书店翻书、听音乐。还有，有朋自远方来。

田螺坑土楼

机缘巧合到了漳州。周末租了车，直奔南靖田螺坑土楼。多年前，在美编室见过土楼图片，后又闻入选了世界文化遗产名录，早已心向往之。

车行两小时，到了。观景台挤满了人。男女老少，高举手机、摆了各式姿态。有一个声音振聋发聩：快快快，快来一张！

广袤蓝天下，崇山峻岭秋装华丽，无比隆重地拥抱了一面山坡。山坡上，梯田金黄，溪水淙淙，五座四圆一方、灰瓦黄墙的巨型建筑抱成一团，依山势错落端卧。乍看，如硕大一簇蘑菇山野盛开，又似UFO降落人间。

听当地人讲，这土楼为世人所知，还与美国扯上了关系。1985年，中情局密报时任总统里根，称卫星图片显示，在中国福建的深山密林中，有形状奇特的不明物体，核设施？天外来客？中情局满腹狐疑，求证中国政府。这一查，便揭开了土楼的神秘面纱。我们听了，为国人的幽默会心一笑。但不管怎么说，这土楼确实先是国际声名大噪，引来外国观光客无数，后又得国人青睐，在不断升温的旅游热、摄影热中成为网红新宠。素以"食为天"的国人们，还为它标注了一个极中国化的名字："四菜一汤"。

下了山，走进土楼。土楼高三层，下厚上窄，坚实牢固，虽始建于清嘉庆元年，已上了两百多岁数，然而由黏土、糯米、红糖、竹片、水建成的它，至今冬暖夏凉，防盗、防风、防水、防震，一如既往，固若金汤。顶梁柱、栏杆上高悬着紫蒜头、红尖椒、白菜帮子、青篾箩筐，岁月熏黑的旧木板，木板上褪成粉白边角打卷的春联，各色迷你型商铺展示的山货叫不上名，色彩斑斓。

恍惚听见了笛声，循声望去，却见左右两个紧挨的摊位，摊主左边老头，右边老妪，他朝向她，一管竹笛吹得旁若无人。天井挤满了访客，看见一外国老者，对着眼前的景象，张大了嘴，说不出话来。

走马观花，浮光掠影。眼前的土楼文化，可谓中规中矩，而又古今交融。房间规格大小一致，以求人人均等；数十户、几百人同居一楼，反映客家人聚族而居、和睦相处的家族传统；再看看楼的名字，寓意隽永，意味深长。方楼，雅名"步云楼"，既突出了祖厅的重要地位，又寄托了"平步青云"的美好愿望，寓意子孙后代自此读书中举、仕途步步高升青云直上，环绕的三圆一椭圆楼名和昌楼、振昌楼、瑞云楼、文昌楼。全是和睦振兴吉祥昌盛之意。

土楼的兴建，也是旧时客家人笃信风水的表现。民间认为路有"路煞"，溪有"溪煞"，出口处有"凹煞"。建方楼时，他们以为其某个角会碰上"煞气"，就在楼角基石上刻上"泰山石敢当"字样以避邪，或在楼角钉上绘有八卦、写上字符的木板，用以"制煞"。圆楼无角，据说"煞气"能滑走，所以为避"煞"，清代以后的土楼多为圆楼。

传说田螺姑娘的神话故事讲的就是黄家祖宗，那个叫黄百三郎的幸运儿，因为田螺姑娘的神助，才得以从一个养鸭少年成为一方富绅。后来，他参照《考工记》图中的"明堂五室"进行规划布局，按照"金木水火土"五行相生次序建造了这一独具特色的建筑形体组合。为了让儿孙纪念田螺姑娘的功德，黄百三郎就把土楼盘踞的小山坑取名田螺坑。

田螺坑土楼，自然景观与人文内涵巧妙天成，怪不得被推崇为福建客家土楼群的典范，中国建筑史的瑰宝，被联合国教科文组织列入世界文化遗产名录。

印度纸

2018/
/12.25

前些日子，碰到一个陌生词：印度纸。

阅读的文章说，1911年，牛津大学编纂的《大英百科全书》29卷一次出齐，"印在薄而结实的不透明印度纸上，每一卷只有一英寸厚"。

印度，是去过的，纸，每天目及、手触最多的东西，然而合在一起，什么样，还真说不上来。

上网搜查一番。出现好多链接：为什么印度人上厕所不用纸？为什么印度人连厕纸都用不起却有钱买三星手机？去印度旅游的女纸应该注意什么？……

呵呵，这是哪跟哪啊。

今日偶得一外文资料，才算整明白：印度纸是一种优质纸。以漂白的大麻茎皮和碎布纤维为原料，极薄、结实、不透明，光滑细腻如麂皮一般。大麻主要原产地印度，茎皮纤维长而坚韧，果实有毒，可以入药、配制麻醉剂。印度纸因用于印刷圣经而流行世界。

8世纪初造纸术从中国传入印度，20世纪初印度纸用于百科全书，今天百科全书成了我的工作。世界的关联妙不可言。

探寻

凝瑞

2019 / 01.01

在路旁打量，想找辆车去王家大院。有人凑近前来，说我送你去。

是位中年汉子，个子不高，身板敦实，红黑的脸膛，笑得憨厚，但砍价毫不含糊，两三番拉锯后，成交，启程。

王家大院距平遥古城60多公里，路上与他聊天。

他：我叫雷英魁。

我：这名字起得！说明你家老爷子希望你做大官！

他：这名起得劲太大了，没有当上官，反而受了苦，我是城里的农民。过去种地，后来地政府收了，我就开车拉拉客人，养家糊口。

我：古城真好看。

他：咱们古人很聪明，用些白灰、一点木头，搭起的房子历经数百年风雨不倒。

我：用糯米汤加固了？

他：那只是个传说。那时那么穷，吃都吃不上，哪里有糯米汤和泥，现在粮食丰收，日子富了，也没听说用糯米汤砌房吧。关键是那时做工精细……

我：这边的旅游很火吧？

他：我去过西安，看过半坡（注：半坡遗址），还有那个洗澡的（注：华清池）。我们平遥吧，20个景点都在古城里，很方便，一起就看了。

他：有人说，地面文物看山西，地下文物看陕西。还是多来山西吧，看地面文物，人文荟萃，吉祥啊！

……

听他这一说，忽然想，这两天无论观清雅古城各式明清建筑，或是城外气势磅礴的豪门大宅王家大院，到处可见匾额榜书"凝瑞"。

想一想，这两个字用来评述平遥，真正恰当不过。

乔院和王院

2019 / 01.03

乔家大院的名气非常大。

因张艺谋、巩俐电影作品《大红灯笼高高挂》，以及陈建斌主演的同名电视剧而声名远播，无人不晓。据说旅游旺季时，其拥挤度不知要高出王家大院多少倍。

昨日返京途中，顺访乔院。当然，倘若不是前一日观过王院，眼前的乔院定会让我大吃一惊。走马观花一番后，心中为王院叫屈。

乔院坐落于平川之上，地势平缓四面临街。结构对称工整，四平八稳。细节无不精巧。建筑从清乾隆年间到民国，延续200多年，融入不少欧式元素。王院体量4倍于前者，依山而建，周围沟壑纵横，外墙高广威武，气势险峻、雄伟。内院变化多端，神秘莫

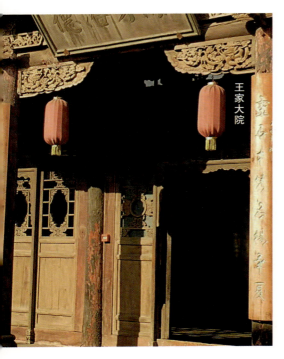

测。其建筑从明万历年间到嘉庆年间，延续450多年，纯正的明清建筑风格，古色穆然。构件精美绝伦，色调大方沉稳，院中所悬牌匾、对联格调高古，功力沉着，文化配饰与建筑主体呼应和谐，相得益彰。窃以为，王院深蕴中国传统文化之精妙，是民间宅院精品中之精品。

王家大院

周旺铺突袭

2019/
/02.05

被什么唤醒了。天才麻麻光。

是窗外的雨声，沙沙，沙沙沙，滴答，滴答答。还有鸟儿啁啾，清亮，脆生生。

天籁之音。这是新春序曲吗？

天地万物，沐浴更衣，探探头，伸伸腰，踢踢腿，鼓胀了勇气，要奔向新的希冀。

这样的时候，是绝不可以睡回笼觉的。

早餐聊天，提及这晨雨，老爷子顺嘴念了几句：

岁朝宜黑四边天，大雪纷纷是旱年。

最好立春晴一日，农夫不用力耕田。

他告知出自《农家历》。

索书一观，见封面"南湖隆回周旺铺下二里车圹铺出版"字样。这什么路数？老出版不明白。

"出版"二字,千钧压顶,按规矩,不是谁都好使的。老出版满腹狐疑,决定打车去周旺铺走一遭。来个暗访明察,顺藤摸瓜。

三十里路,很快到了。但见,所有商铺都关门,爆竹绽放一地红。

后记。虽然扑了空,但是,快乐从天而降。朋友圈两幅原创对联横空出世了。亥春佳节。天南海北,同游戏,共欢乐。

兆平:遇事追根究底,老出版一路追寻扑了空。求上联。

符冰:上面那位出的是下联,我对一下上联:逢人不耻下问,新通书半途逸出奇而怪;遇事追根究底,老出版一路追寻扑了空。横批:嗜书如痴。

九头鸟:观三苗两日微文有感,我也来对个上联:逢节当仁不让,新厨子三餐掌勺做成席;遇事追根究底,老出版一路追寻扑了空。

苏萝卜胡同的超级圆月

2019/ /02.19

早在几天前,新华社等各大媒体纷纷报道:

本年度"最大最圆月"将于2月19日现身天宇,与元宵节上演巧遇好戏。

"超级月亮"合体"元宵月",引得人翘首以盼,浮想联翩。19日真的来了,天气却变得扑朔迷离起来。晨起,天空灰沉,雪花飘飘,京城笼罩于一片混沌雾霭之中。

中午饭间,吃了汤圆,有友草成几句:

把酒问天何时有,阴晴圆缺古难全。浮生若谜休猜透,且享汤团粒粒圆。

入夜,云开雾散,一轮硕大丰满的圆月,雍容华贵,挂上了中天。

上元之夜,故宫上演独门绝

技：午门、雁翅楼、太和门、太和殿、东南角楼、东华门、东北角楼、神武门等区域众殿楼灯火齐放，红灯笼挂满千米南墙，免费向公众开放。

霓虹闪耀，人声欢腾。这是故宫博物院建院近百年来的第一次。"宝马雕车香满路，凤箫声动，玉壶光转，一夜鱼龙舞。"辛稼轩笔下的上元盛景，重现紫禁城。然而，老早老早，免费的故宫门票就已网约一空了。

良辰美景，莫要轻慢，随意走走也好。

马路旁，斜刺里岔出一条小道。墙上钉着蓝色标牌：苏萝卜胡同。这名起得，瞧着便觉清爽脆甜，说不出的亲切。

胡同内行人稀少。拐角处，灯盏高挑，光焰如箭镞闪耀。曲里拐弯还算平坦的路，低矮斑驳依然敦实的墙，串起一个个青砖灰瓦的四合院。对联红，灯笼艳，院门半掩，笑语隐约。

几株百年老槐，天幕映衬的剪影，高大挺拔、形舒神怡。

再看那一轮"超级圆月"，皎洁明亮，忽而于屋瓦间静卧，忽而沿屋脊翻滚，刚爬上巍峨的妙应白塔，转眼又嬉戏婀娜枝头。

月色似水，静夜如斯。

214

法海寺壁画

2019 / 02.24

居京这么多年，今天头回来法海寺。

慕名而来的，其实是法海寺壁画。它，就深藏于寺内大雄宝殿之中。

换鞋套，拎上专业照明装备——冷光手电筒。推开厚重的殿门，一众人踏入伸手不见五指的殿堂。

光柱在墙上游走。壁画倏然现身、徐徐展开。人群爆发出一阵阵惊呼。

动物花卉、山水祥云、众多人物。肃穆、威武、刚毅、妩媚、慈祥、天真，行云流水的线条，将各类人物刻画得个性鲜明，栩栩如生。

多种绘制技法融汇，沥粉堆金、叠晕烘染，画面明艳瑰丽，且历经560多年至今仍金灿辉煌，

流光溢彩，难怪美术界称之为明代壁画之最，堪与敦煌宋元壁画媲美。

据说，"文革"时红卫兵曾摸入殿内，由于殿内无灯，红卫兵才没发现壁画是由许多金箔制成，从而逃过一劫。

这真是让人无比后怕又无比庆幸的事！

白风铃。洁净如莲花，华美亦如莲花。

五祖寺

2019/
/03.09

"黄梅"！高速公路旁一闪而过的路牌引起同行人惊呼，"六祖的师父五祖就是这里的"！

六祖慧能的名气可是相当大的。做为他的师父，那得有多了不起呢？我们立马决定改变行程，前往一观。

五祖寺在山上。古道简朴，曲径通幽，慢慢行走，好似踏上了时光隧道，久远的人和故事，一个个向我们走来。

五祖寺位于大别山主脉东端南沿、黄梅县五祖镇东山之上，与九江隔江而望。建于唐永徽五年（654），原名东山寺、东禅寺，后改称五祖寺。英宗于治平年间御书"天下祖庭"，徽宗于崇宁元年御书"天下禅林"。

五祖寺殿宇、庵堂和亭台、楼、阁众多，建筑群面积近5万平方米。它依山势而建，中轴线平等布局，上中下层次分明。殿宇楼阁，斗拱交错。气势恢弘，色彩绚烂。这里的殿宇和别处不同，居然涂上了艳丽的蓝绿、明黄。头顶蓝天悠悠，四周树木葱茏繁花盛开，真美，美不胜收。

五祖寺名扬海内外，主要还是这里出了两位了不得的人物。

一位当然是中国禅宗第五代祖师弘忍法师。弘忍法师以五祖寺为道场，广开法门，接引群品，吸引四方学者，常住门徒多达千余人。弘忍被认为是禅宗的实际创始人。之前中国佛教禅宗传承主要以印度禅法为主，依据经典《楞枷经》，法门以渐修为主。弘忍在传承四祖法门的同时，开辟了顿悟法门，增加了《金刚经》为禅宗主要传承和印心经典，以彻悟心性本源为真，守本真心为参学之要。弘忍所倡导的禅风影响深远，波及东南亚和日本。

另一位，就是秘得衣钵的"打杂僧"——后来的六祖慧能。

传衣钵于慧能，是弘忍的另一大功劳。后来，弘忍门下神秀、慧能两大弟子，分成南北两宗。北宗神秀一系不久衰落，南宗慧能一系成为禅宗主流，尊为六祖。南宗在五祖后发展成临济、沩仰、曹洞、云门、法眼五家，合称禅门五宗，所谓一花五叶。在中国佛教史上，禅宗流传最为久远、对中国文化思想影响最为广泛。

其实，对南北两宗的地位、建树、兴衰，甚至有关五祖传法六祖的种种，史界一直存在着不同的声音。但在我看来，功劳算在谁头上，恐怕祖师们自己已不会太在乎。重要的是，在历史长河中，那些前人创造的精神财富，在今天这个无比喧嚣、物欲横流的世界，给予世人内心澄明、智慧和定力，这才是大师们真正乐见其成的吧。

因为常常为了衣钵相传，大家争执不舍，也有为此拼命的，四祖道信和五祖弘忍的袈裟，都被人偷盗过三次；就是六祖大师，为了这衣钵，三次命如悬丝，得法的袈裟，前后被偷过六次。因此六祖惠能大师就说："得我法者，即得我的宗旨，不要再传衣钵了。"

五祖寺前，有高大树木，标牌写：青檀，编号hm11029。一级保护古树，晋代所植，树龄1700年以上。相传清代兵匪入寺，刀砍斧劈，此树如人呻吟，兵匪惊吓弃树而去。1958年大办钢铁时，因该树夜晚发出声声叹息，才又免遭砍伐，得以保存。

寺内有一对联，得编书人欢喜，抄录如下：

> 人生最大幸福事，
> 夜半挑灯读坛经。

汉口老建筑

2019 /
/ 03.10

有一友，少时即居汉口。凡谈及此地，便喜形于色、赞不绝口。诱人向往。

周末晚，我突然出现在他面前，问，只能半日逗留，最该去哪？他说，那就百年老街吧。

可眼前见着的，是横亘整个汉口市区的城市大动脉——中山大道。街道宽阔堪比跑马场，商厦林立竞相高大上，游人织密如过江之鲫。这哪有一点老街的影子？

他说，别急，仔细找找，看到老房子就可以了。

定定神，再凝睛寻去，这下子，散落在两侧的水泥森林里、淹身于繁华市景中的老建筑，一个，又一个，出现了。

它们都诞生于20世纪初叶，保存尚好。房龄最长者百岁有余，小的也已逾九秩了。

汉口大清银行大楼、上海银行大楼、中南银行大楼、浙江实业银行大楼、四明银行大楼、英利和洋行、中央信托局大楼、汉口水塔、上海邨……这哪是一幢幢房舍，分明是20世纪二三十年代中国民族资本盛兴、导致金融繁华的全景式写真。

还有南洋大楼（武汉国民政府旧址）。1926年10月，北伐军攻克武汉，武汉成为国民政府的首都和全国革命的中心。国共两党的重要领导人汪精卫、徐谦、谭延闿、宋庆龄、邓演达、陈友仁、毛泽东、董必武、恽代英、吴玉章等都曾在这里活动。南洋大楼，是第一次国共合作从蜜月到破裂，中国之命运波澜吊诡的现场目击者。

老建筑样式各异，总体上古典主义风格居多。外墙面灰色麻石砌筑，爱奥尼巨柱、巴洛克风格拱券大窗、窗框饰带形拱顶石、立面呈折线型后退。有的在古典基调上融入了现代元素。三段式构图，底层风格简约，二三层装饰精美。有的已完全是现代派了。外墙平面呈梯形，立面无檐口装饰，壁柱形成平行竖直线条通顶。律动、明快、简约大气。

流派纷呈，倾情竞献。活脱脱一座近现代建筑博物馆。

老建筑，记录了中国政治、经济、文化艺术的变迁，改变民族命运走向的历史瞬间，街衢巷陌中曾经发生的过往。

伫立于前，追故忆往，世事沧桑已渐行渐远，人类前行的足音却未有停歇。

汉口大清银行，建于 1926 年。

德格印经院

2019/
/04.07

太阳从山岭升起，将德格印经院褚红色外墙照得通体光亮。

今日特来探访。德格印经院全名"西藏文化宝藏德格印经院大法库吉祥多门"，四川青海西藏三大印经院之一，享有"藏文化大百科全书"之誉。德格印经院雕版印刷技艺被联合国教科文组织列入人类非物质文化产业代表名录。

进门先被耄耋老僧缴去全部摄影器材，才获准登梯而入。一二层收藏历代经典雕版无算，均保存良好井井有条。取一块观之，色泽油黑锃亮，似有包浆，上面密密麻麻布满藏字经文。三层是雕版生产工坊，板材、新成品散发木香。

侧室四人席地而坐，刀锯斧

凿笔纸十八般武器具备，默默刻经。

与最长者攀谈。他从少年起刻版，至今已四十多年。雕版印刷各工序全由手工完成。刻一块两个巴掌大小的版，即使是技术娴熟经验丰富的老匠人，也需要三四天工夫。工序亦有校对、核红、修版等。和我们原先猜度不同的是，雕版完工后若发现错误，并不毁版重刻，而是铲除、再粘连小木桩个别修改。

掏出手机，问能否拍照，允准。大喜过望，遂将国宝级传统技艺一一收入影集。

出了寺院，见到一位正在歇脚的骑车人。聊起来方知，他此行也是冲着川藏线来的。前些年，有一部电影火了，叫《318号公路》，讲的就是川藏线。当然，现在路况已大为改观，自从二郎山隧洞、雀儿山隧洞等建成后，川藏线已无大险可言。各式行走方便。目前，川藏线流行的鄙视链是：骑车的看不上开车的，走路的看不上骑车的。要按这个说法，我们在气势上已经输给眼下这位年轻人了。

倾注虔诚，心血，留下经书典藏：德格印经院雕版印刷，列入联合国人类非物质文化遗产名录代表作。

雅鲁藏布大峡谷

　　雅鲁藏布大峡谷是地球最深，最长，海拔最高的河流峡谷，它劈开青藏高原与印度洋的山地屏障，向高原内部源源不断输送水汽，从而形成了高原丰富的生态景观。

　　老西藏驶离高速公路，转道前行。道路右是陡峭岩壁，左是湍急江流，一块石头丢下去，半晌听不到回声。老西藏让我们不必害怕，只管好好观察。

　　我们看到了落差最大的水瀑，由圆柏组成的水线，焚风效应积聚的沙漠，热谷气候造成的沿江近水处干旱寸草不生，而同一平面的高海拔植物郁郁葱葱。还有各种动物，大摇大摆、大大方方走上前来，与过往车辆、行人进行眼神交流，一副王者自尊模样。

　　曾任自治区科技所所长多年的老西藏，一路上滔滔不绝给我们介绍他无比热爱的这一方土地。比如，青藏高原多雪山，所以号称亚洲水塔。青藏高原还是全球气候的启动点。他示意我们注意雅鲁藏布江沿岸的"水线"。雅江是青藏高原最大水汽通道，从孟加拉湾过来，越往腹地水汽越弱，越干旱。雅江沿途山上端有植被，下部光秃，这是因为热气将水蒸发上升，形成干谷气候焚风效应。

　　老西藏停下车，指向路旁的淡紫花枝，说它就是典型的干谷气候标志性植物，开花最早。黎老师用手机拍照发出，求查花名，回应称"紫花醉鱼草，相似度89%"。但老西藏直接给否了，说俗，不喜欢这名字。

　　沿途多处见到建设工程，藏木特大铁路桥在建四年，明年通车，现在已经进入最后的攻坚阶段。打隧洞、建桥梁、辅铁轨……艰难卓绝匪夷所思。向高寒地区辛勤工作的建设者致敬。

　　在桑日县界离开大峡谷，访桑耶寺。这是西藏第一所剃度僧人出家的寺院，始建于公元8世纪吐蕃王朝时期，又名存想寺、无边寺，位于雅鲁藏布江北岸哈布山下，在藏传佛教界拥有崇高地位。寺院整体按照佛经中"大千世界"的结构布局设计而成，规模宏大，殿塔林立，寺内中心佛殿兼具藏族、汉族、印度三种构造风格，光线充足、壮丽宏阔，特殊的视觉效果，实属罕见。

夜宿拉萨，海拔3600米，有点脚步浮浮的感觉了。房东家的藏獒顿珠，调皮又粘人。

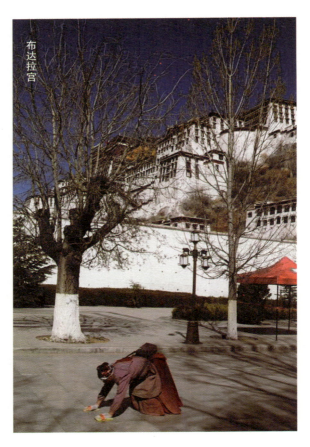

布达拉宫

拉萨藏漂

2019/
/04.12

拉萨天亮得早。我们早早地出了门，阳光洒向街头，人们步履匆匆，机动车挤在红灯下等待绿灯放行。拉萨城忙碌喧闹的又一天开始了。

谨遵告诫，我们慢步轻行、溜溜达达到了布达拉宫。

湛蓝天空下，红白两色的布达拉宫傲然伫立于玛布日山上。这座世界上海拔最高，集宫殿、城堡和寺院于一体的古代宫堡建筑群，依山垒砌，群楼重叠，气势恢宏、摄人心魄。

作为藏传佛教圣地、历代达赖喇嘛冬宫居所，以及重大宗教和政治仪式举办中心，每年至此的朝圣者及旅游观光客不计其数。

眼下人流密织。朝圣者有的手持经筒、念珠，且行且诵经；有

的合掌额首，面向布宫深掬躬；有的举手过头，匍匐于地，一步一个等身拜。人人神色凝重、个个举止虔诚。

观光客很多。中国人、外国人，纷纷与布宫合影。自拍、互拍，还有婚纱摄影、文艺大片。

据史书记载，7世纪时，唐文成公主与吐蕃松赞干布联姻，松赞干布为公主营建宫室，始建布达拉宫。大规模的营建始于17世纪。

中午，随老西藏去藏漂画家夫妇家蹭饭。

互相介绍后，我问画家蒋先生，来藏多久了，是否还缺氧爬楼梯喘气吗？他笑答，喘！你们大喘，我们小喘。喘气就是呼吸嘛！

蒋先生宁夏人，结实的身板，开朗的笑声。在西藏修行数载，将藏文化理念、藏族寺院壁画技法、藏地材料（藏纸、矿物颜料等），与西方油画艺术熔于一炉，其作品人性和神性调和，彰显怜悯、关爱、温度。西藏成就了艺术家，艺术家也融入了西藏。

蒋夫人田女士，长相甜美，也

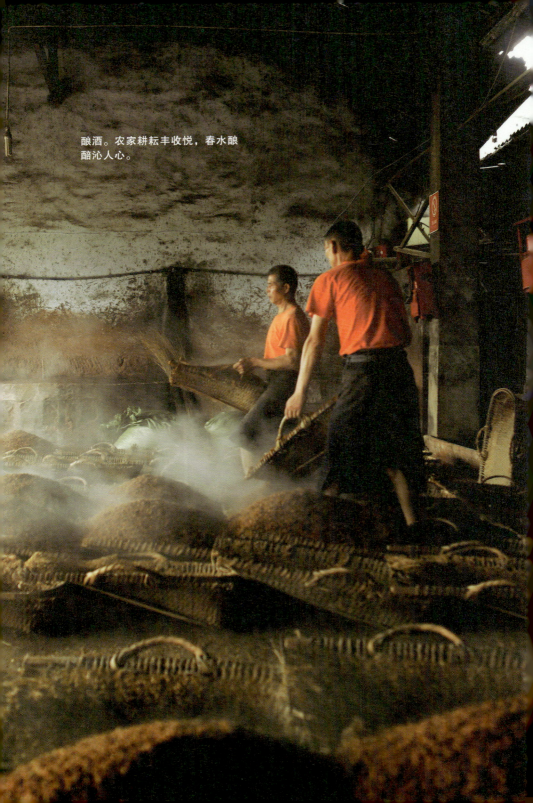

酿酒。农家耕耘丰收悦，春水酿
醅沁人心。

是一名画家，还做得一手好菜。今有羊汤炖河豚、清煮大块羊肉、煨肥牛、香椿煎鸡蛋，菜肴极尽鲜美、过嘴难忘。

临行画家赠藏香。他说，不同于别的香，藏香的香，不是闻着的香，而是好像吃饭的那种香。

晚餐则是参加老西藏与他朋友兄弟们的聚会。他们豪放地喝酒，大块地吃肉，追忆"念酒吧"时期艰难而快乐的旧时光。岁月荏苒，这些来自祖国四面八方的人，与藏地早已结下不了情，成为了地道的青藏高原汉子，结下了莫逆之交的深厚情谊。

奔拉萨贡嘎机场，去往北京的航班快要起飞了。

这次用时五天，随老西藏驾车走了一趟川藏线。一路的观感，广阔、苍茫，刚柔相济。但其实西藏的魅力很难用几个字几句话道清楚。生活在广袤高原的人们，在贫瘠的土地坚守信仰、自由和快乐。虽然可能依然无法像他们那样淡然平和，无法以他们的方式获得解脱，无法拥有像他们一样明亮清澈简单的心灵，但是，相信每一段历程所经过的风景都会在生命中留下烙印，改变一点对生活的理解和态度。

藏地难忘。后会有期。

滨海之眼

2019/
/06.19

周六一早，于北京南站与保及小乔汇合、上车。翻两页书的功夫，进入天津站。在站口直接钻入地铁9号线，行程一小时，在塘沽站下车，钻出地面。

塘沽以港口和保税区著称。但它近年的声名大噪，却与2015年那次惨烈的大爆炸相关。3年多过去了，废墟高楼重起。树又繁茂，花复娇媚。

不远处，就是坐落在滨海文化中心东侧的滨海图书馆了。

一只大大的眼睛，凝视港口、凝视走向它的人。这外观造型喻意什么？心灵的窗口？智慧？洞察？对话？守望？反正，它一下子就攫住了我的目光。

通过安检，进入馆内中厅。迎面是多媒体报告堂，球形外观，伫立中央，状如那只"眼睛"中的瞳孔，亦喻人类栖息的地球。阳光从穹顶天窗涌入，已然滤去烈日燥热，温和而明亮。

书架环伺四周，拔地而起，直达穹顶。多逾百万册"图书"堆叠成顶天立地的书山。书架旁延展出等高曲线的白色阶梯，流畅、逶迤，如重峦叠嶂，向穹顶聚拢，又如水之涟漪、乐之和声，向远方一波波荡漾开去。

书籍是人类进步的阶梯，书山有路勤为径，在知识的海洋遨游……这些熟悉的话语刹那间齐齐蹦出脑海。

对面的电子屏滚动播放着本馆阅读信息。6月22日12时05分12秒，显示图书借阅排行榜第一名《创造性思维》，第二名《中国百年科幻史》。今日半天总借还量1810册。这还真是一个不错的数字。

这座由荷兰与天津专业团队共同设计的图书馆，独具匠心，异域思维同时融入中国文化特质（即讲究建筑内在的"形"与"意"），使之成为中西合璧的书馆佳作。今日不虚此行。

近来赫尔辛基图书馆声名远

播，河北木兰坊星空图书馆入选了英国皇家建筑师学会奖。真想去看看，不知它们又会带来什么样的惊喜呢。

梓树

2019/
/07.06

　　周末一早，带小乔离开燥热喧闹的都市。天黑时分，在张家界龙尾巴村一个叫梓山漫居的客栈歇脚。

　　一觉醒来，天已大光。拉开落地窗窗帘。突地看见窗前站立着一棵几层楼高、腰身粗壮的树，它花叶全无，甚至没有了树皮，裸露的树体却昂然挺拔、筋骨遒劲、通体褐黄，阳光下似一柄焰舌腾跃的巨型火炬。在周边青山叠翠，碧水蜿蜒，以及脚下草坪茵茵的衬托下，它光秃、孤独、悲壮，又威风凛凛、桀骜不驯的模样，是如此醒目，惊心动魄。

　　立即去到它跟前端详。向正在旁边蹓达的工作人员打听一番。

　　这是一棵在大伐木时期已

然凋零、失去生命体征的千年梓木。后来，客栈主人将它刷上透明防腐涂料，竖立于此，立为地标。

"它已经枯萎25年了，这个数字比我的年纪还大。"工作人员说。

素闻梓木色泽典雅，花纹美丽，材质坚韧耐湿，芳香防虫，千年不朽。有"正统之材"之称。古代为贡木，是建筑、造船、军工和家具，以及木胎漆器、乐器和雕版刻字的优质材料。"付梓"一词，因此成为流传至今文气十足的出版用语。

家乡的岳阳楼，以12根梓木廊柱，顶起飞檐。至今稳如磐石。

"梓里""维桑与梓，必恭敬止""情系桑梓叶落归根"。对家乡、故乡的一腔深情、魂牵梦绕，全在里头了。

鸟儿啁啾。抬头望去，光秃秃的树尖上，一缕嫩绿在摇曳。和梓树庞大的身躯相比，它细若发丝，却生机盎然。原来是飞过

张家界翼装飞行。如鸟儿一样自由。

的小鸟，丢下了种子，在枯萎的树上。发出了新芽。

或许，梓树活着时，它的繁茂、慷慨，曾庇荫滋养了鸟们，如今，小鸟要以自己的方式，给予梓树新的生命？

贺老师：长沙的老街巷有一些以梓命名的，如梓园里、梓园巷。我童年时期家住稻谷仓，巷内一宅院里有12棵梓树高耸。绿盖荫影了半边巷子。走出巷口是蔡锷北路，路西则是我的小学湖南幼师附小。湖南幼师则在附近的荷花池巷内，为徐特立创办。梓树引发的记忆，都是"文化"的、画面的。

引源厚泽

2016/06.11

凌晨5时，扬州六圩天已大光。

洗漱收拾停当，早餐毕，直奔"南水北调"东线源头——扬州江都水利枢纽。东线工程从此地提水，以京杭大运河等为依托，途经江苏、山东、河北三省，向华北地区输送生产生活用水。

辽阔的水域，滔滔汩汩，烟波浩渺。京杭大运河、新通扬运河和淮河入江水道在此交汇。

江都水利枢纽管理局门前，重兵把守，警备森严。"老水利"在一巨大标示牌下伫立，从口袋掏出小本，开抄。我见他的手哆嗦得更厉害、字也写得更不成形了，便主动请缨，接过小本。他特别叮嘱，数据务必给他抄全。于是——

该工程由4座电力抽水站、12

229

座大中型水闸、3座船闸、2个涵洞、2条渔道，以及输变电工程、引排河道组成。一秒钟可提引江水473吨。一天一夜的抽水量，如果注入宽深1米的水渠，可以绕地球一周……

正埋头苦干、奋笔疾书，突然听到身旁有人说话："还用抄吗，手机拍下不就得啦！"又说："上网，上我们的官网，这些都有。"

我本想回应："我这不是简单地抄好不好，是同时完成摘要、压缩、改编，这个你网上有没有？"但是，我猛然意识到，这人他是管理处的？

我抬起头，看见一位中年男士，中等身材，鼻梁上架着眼镜，很和蔼可亲的样子。听我陈述了来意，他看一眼年近九秩的老水利，便向管理局的哨兵挥挥手，喊一声："让他们进去看看吧！"

我们就愉快地步入了管理局。沿局内坦荡大道南行，头顶绿荫遮蔽，身旁碧水滔滔，4座庞大的抽水机站，由西向东，呈"一"字形巍然矗立。区内还四处布局精巧庭院，楼廊榭阁，花团锦簇，秀美与壮丽辉映，美不胜收。

为什么选这儿为"南水北调"起点？我突然想起这个至关重要的问题。

老水利解答："中国地势西北高东南低，长江水流至此后，由于其相对较低的水位，要北

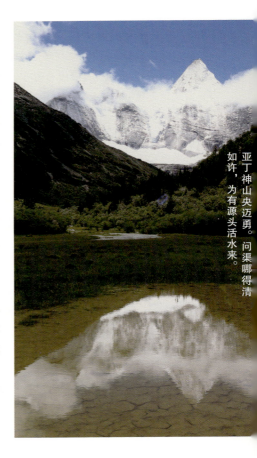

亚丁神山央迈勇。问渠哪得清如许，为有源头活水来。

上就必须借用外力提水了。南水便是从此地始，被逐次提升北调。"

"骆马"还是"上马"

骆马湖西大堤，皂河抽水站。这是南水北调东线第六梯级工程，也是南水北调江苏域内最后一个中转站。还在远处，便见宽阔湍急的水面上，抽水闸站巍然屹立，雄伟壮观。

夏日的阳光，白花花晃眼，晒得人头晕目眩。值班室网开一面，让我们进站，避热，近距离观察。但见机组轰鸣运行，提水北上，清水滔滔。

照例替老水利抄下有关数据：皂河抽水站，国家特大水利工程。主泵叶轮为亚洲之最，直径6米，两辆五吨载重汽车能在泵内对开，单泵流量每秒100立方米，两台泵同时开足功率，每天可抽排水2亿多立方米……

午间，见湖边小院，名"马上湖餐馆"，进入觅食。向店家

231

索要菜单，他说没有，说你就看看这屋里的东西，想吃什么就点什么。

边吃边和店家聊天。问他，这店名是怎么来的。这一问不打紧，店家竟说出了一段公案。

他的店原先叫"骆马湖餐馆"。前几年，骆马湖地区突然刮起一阵改名风，改"骆马湖"为"马上湖"。据说是某著名风水大师的策划，说骆马，即落马，名字不吉。上马湖，意马上福，旗开得胜，大富大贵。一时间街头巷尾的各式广告、公共汽车站的站名、开业的公司、启动的工程等都在改名，店家便也识时务者为俊杰，趁势而为"马上湖餐馆"了。

后来生意红火啦？我好奇。

哪有，都差不多，旺季不见人增，淡季照样人少。每天还得出湖捕鱼，日出而作，日落而息。店家说着，自己就笑起来。

晚上查资料，始知骆马湖之名在当地已传承千年。《诗经》中就有"骆马"这个词。《诗·小雅·四牡》："四牡骓骓，啴啴骆马。""骆马"即白马，鬃毛为黑色，"骆马"是为了纪念治水英雄鲧而命名的。骆马湖的最早记载见于《宋史·高宗本纪》。"清清的骆马湖啊，一望无穷，站在那湖岸上，从西望不到东。秋水养肥虾和蟹，碧波怀抱菱和藕，丰收的渔歌一声声唱到我心中。"21世纪初，一首《清清骆马湖》由著名歌唱家宋祖英唱响，成为当地政府和人民的骄傲。

然而如今，几千年的美好，还是抵不了风水先生一句话，还是钱闹心啊！

其实，更改地名，绝不止此一地，也不是最后一地。

地名，穿越千年历史风云，见证无数传奇故事，承载深厚文化积淀，如今，在世间物欲横流、金钱至上的妖魅诱惑前，它将何去何从？

铁锅

2016 / 06.13

沿东线北上，过淮安就到了洪泽。

洪泽，西周时便是徐国腹地，后历朝各代，留下了包括蒋坝古镇、高家堰、老子山等大批历史名胜和文物古迹。时间有限，只能忍痛割爱。我们直奔此行目标：洪泽湖大堤。

大堤宽四五米，蜿蜒曲折，望不到头。堤前鸥鸟飞翔，风平浪静，水天一色。堤后森林参天，繁花争艳，野鸡野兔不时出没。堤旁小河苇草摇曳、流水潺潺，垂钓者星星点点，神闲气定。

大堤始建于东汉建安五年（200），初三十里。明万历七年（1579）加高并向南延伸六十里。随后开始增筑直立条石墙护面，历经明清两代171年，使用千斤条石6万多块，达60万立方米以上。

水力发电，飞珠溅玉留下江水的足迹。

大堤今年1816岁，战功赫赫。一次次击溃特大洪虐，世世代代，守护千万子民，万顷沃田。

它拦洪蓄水，直接形成了"世界最大的人工水库"洪泽湖。洪泽湖不但为人类提供丰富水产、舟楫之利，也为今日南水北调，准备了天然的通道和巨大的容量。

看到路旁褪色的图片，状如蝴蝶结，问老水利何物？

"铁锔"，他接着讲它干啥用。

铁锔即金属扣状物，形似蝴蝶。筑堤的条石，须于俩俩之间，以铁锔固定，防止被大水冲开。洪泽湖大堤明清时期铁锔使用达数十万块之多。

每块铁锔上铸有工程负责人的名字。铁锔一生"露脸"最多两次，一次是制成出厂，然后嵌入条石终生沉入水中。但凡有铁锔漂上水面，第二次露脸，那可就是牢狱之灾，大祸临头，说明坝体已溃，找铁锔上的人名即可治罪。

听罢，不由感叹。小小铁锔，见证终生追责。这或许也是洪泽湖大堤筑工精良、历代垂范的重要原因吧。

现在正在编制的《中国大百科全书》第三版，出版社进行总体设计时便决定采用条目署名制，不仅是表明由权威专家撰写，更是实实在在的责任托付和体现。辞书编纂，千秋大业也！

下午离开洪泽，继续赶路。车至盱眙。记起《西游记》第六十六回云："行者纵起筋斗云，躲离怪处，直奔盱眙山。不一日早到。细观真好去处。"

麦子熟了

2016 / 06.13

南水北调东线沿线乡村，正是麦子收割季节，本地人称"午季"。

田家少闲月，五月人倍忙。

麦子熟了。马路成了晒麦场，十里绵延，金灿灿望不到头。肤色黝黑的农夫，持一柄长耙不停巡游，翻动谷粒，以保证颗颗干透，赶在雨水下来之前入库。

沿线没有见到一处烧秸秆的。村头挂着告示：有擅烧秸秆者，拘留15天，罚款3000元。

秸秆已打成了卷，等待造纸厂来车拉走。秸秆可加工用于造纸、板材、饲料等。

眼前收割后广阔的田野，像极了凡·高的油画《麦田》，又觉着旷野上那无数的秸卷，一年又一年，分明一个个车轮般，静默、悄然，而又惊心动魄地滚过了长河的岁月。

我问田头老汉，秸卷拉走时给钱不，他摇摇头，说不给。

他继续挥汗如雨，将一个又一个秸秆捆奋力打紧。

农户辛苦。力尽不知热，但惜夏日长。

庄稼熟了。

235

队长的古城

2016/
/06.14

离开洪泽，奔下一站盱眙。赶时间，车开得飞快。

路旁景物一闪即逝。突然，心中被什么抓挠一下。已跑出去老远，又倒车回来看。

高过人头、密不透风的草植里，一通深灰石碑顽强地探出身子。"泗洲古城遗址"，赫然在目。

放眼一望，除了波平如镜的水面，还有疯长的、漫向天际的苇子。

"有人吗"？我们高声喊叫起来。

然后，一下子，不知打哪就冒出一个人来。中年汉子，高个、健硕，裸露的背上，汗水流成了沟。

有人来，他很兴奋。不待我们请求，就说开了泗州城的往世今生。大致如下：

泗洲城自唐初建，位于汴水与淮河入口处，是一座水城。城外四周环水，城内河沟纵横。经历代扩建，至明朝时，泗洲城已相当繁华，寺、庙、塔、楼、观、庵、祠、坛等建筑就有几十处。因交通发达、商贾云集、经济、文化繁荣，泗洲城成了历史上的一座名城。

清明上河图你们知道吧？里面那人来熙往的一座桥，就是这儿的汴泗桥呢！他一边说一边指向一片水面。

泗州城因水而兴，也因水而亡。清康熙十九年（1680）一场特大暴雨，洪水决堤，瞬间将全城没入水中，自此，世上再无泗州城。

泗州古城的考古勘探于1993年开始，后由于"南水北调"东线工程将再次提高洪泽湖水位，曾一度加快了考古节奏。

汉子说，前后已进行过四次发掘，他每次都参加，干力气活。起初，考古专家对他严格保密，那些图纸是绝对不让碰的，可是，后来专家们发现，他知道的，比图纸还多、还准，后来，考古队就比较看重他，不在时，让他多盯着点。

可这次考古队一走,几年再无音信。曾经发掘出来的街道、台基,再次沉寂水中。

汉子幽幽地叹口气,说就是缺资金,要是有个眼光好又有钱的公司来投资,就好了。

天渐渐黑了,我们还得赶路。临别问他姓名。

他嘿嘿一乐:戈兴明,盱眙县淮河镇沿河村四组生产队队长。

他说:我会一直守在这儿的。

弹起我心爱的土琵琶

2016/
　/06.14

出发前,在地图上辨识线路。一个熟悉而亲切的地名映入眼帘。

微山湖。我立即将它圈定,打算在这未曾谋面的地方住上一晚。

打小,就从电影中知道了它。那时,《铁道游击队》百看不厌。微山湖抗日英雄,挥戈铁道线,截列车、打洋行、毁铁路、炸桥梁,与日伪展开殊死搏斗,令敌人闻风丧胆。年少的我们,看得热血沸腾,豪情万丈!

那一曲《弹起我心爱的土琵琶》,更是挂在嘴边,时时哼唱。词记得住,音唱得准。

谁料,计划赶不上变化。因有任务,行程压缩,重点保老爷子的水利工程,微山湖就不能停留了。不用说,与向往已久的它擦肩

237

而过,心中有些沮丧。

出皂河奔东平。途中小憩。听到音乐声隐隐约约。循声找去。路旁一所院子,堂屋中一支乐队正在排练。小黑板上写着:古镇柳琴演奏团排练时间不变。

看乐器,竟是中国传统乐器与西洋乐器的混编。如下:

鼓、扬琴、琵琶、三弦、阮、竹笛、笙、二胡、中胡、长笛、双簧管、单簧管、唢呐、小唢呐、大提琴、大贝斯、大锣、小锣、铙钹。

管弦、弹拨,中西合璧。合奏时澎湃激昂,独奏时温柔婉约。

宽广的音域,音色统一又不失丰富的层次表现。

一支乐器引起了我的注意。初看貌似琵琶,但听起来不同。音高,音色圆润,发音清脆、洁净,不易被其他乐器掩盖。它领奏高音区的主旋律,也演奏华丽、技巧性强的华彩乐段。它一会儿欢快、灵动、热烈,一会儿安静、甜美、忧郁。

一曲终了时,我问指挥,那是什么乐器。

他说,柳琴,也叫土琵琶,流行我们山东已有几百年历史。

土琵琶?就是《铁道游击

湖上人家

238

队》里唱的那个土琵琶？我为这意外的邂逅惊诧、惊喜。

是啊！指挥看我兴奋的样子，转身给一个手势。悠扬的琴声响起，和着熟悉的旋律，人们唱起来：

西边的太阳快要落山了，
微山湖上静悄悄，
弹起我心爱的土琵琶，
唱起那动人的歌谣……

梁山水泊

2016 / / 06.15

离开八里湾泵站，顺道绕东平湖行走。

水中一抹绿玉带，一团雪白起起伏伏。近前一看，是只白犬，在湖水中嬉戏弄萍，玩得不亦乐乎。湖边一青年，书生模样，手握圈绳，安适、沉静，慢慢踱步。

我夸他的狗帅气，问他从哪里来。

他抬起手臂，指向湖岸墨色氤氲的山峦，说那里有他的水浒山庄。

《水浒传》开篇语："宛子城中藏虎豹，蓼儿洼内聚蛟龙。"原来，那时蓼儿洼就是现在的东平湖，当年八百里水泊唯一遗存水域。

一阵风刮起，眼前光影变幻，倏忽间回到九百年前——

智多星吴用、及时雨宋江、豹

子头林冲、小李广花荣、霹雳火秦明、青面兽杨志、浪子燕青、行者武松、花和尚鲁智深、入云龙公孙胜、一丈青扈三娘、活阎王阮小七……36天罡、72地煞，一个个鲜活的身影从湖中跃出。

一幅幅熟悉的画面如胶片速放：攻打东平府、水上劫官粮、智劫生辰纲、三打扈家庄、为母杀四虎、风雪山神庙、景阳冈打虎、血溅鸳鸯楼、拳打镇关西、倒拔垂杨柳、行赏断金亭、遣将忠义堂……梁山泊108好汉，轻生死、重大义，激战官兵、杀富济贫、替天行道、快意恩仇。还有武大郎饼店、王婆茶馆、郑屠肉铺、西门药店、狮子楼……迷失的情缘、乱世的漩涡……

梁山水泊多好汉，水浒故事代代传。

暗淡了刀光剑影，远去了号角争鸣。九百年后，只见眼前这湖光山色中的人犬自乐图。

想起了鲁智深，最终看清功名利禄如浮云。换上袈裟，焚上好香，留诗一首："平生不修善果，只爱杀人放火。忽地顿开金枷，这里扯断玉锁。咦！钱塘江上潮信来，今日方知我是我。"

放眼四望，昔日梁山泊，今日东平湖。烟波浩渺，水天一色，鸥鸟从芦荡腾起，划出优美的弧线，掠过水面，直上蓝天。

小杂鱼

2016/
/06.15

从六圩、江都、高邮、洪泽，到盱眙、淮安、骆马、东平，河道纵横，湖光潋滟，苇草碧连天。

一路傍水而行。到了饭点，就歇脚、打食。

堂皇富丽的酒店，价高不说，味道往往也不够劲道。我们喜欢找湖边、村头、路旁的"鸡毛小店"。乡土风情，原汁原味，物美还价廉。

小店有红烧"小杂鱼"。小杂鱼几乎成了我们东线行餐食的标配。

店家麻利地端上桌。满盘鱼，大大小小十几条，大者四五寸，小者寸二三，条条头尾齐全，且无重样。厨师讲究些的，会将盘中鱼码放齐整；随意些的，那鱼横七竖八，就像一盘大锅烩了。然无碍，一律热腾腾、香喷喷，

食之细腻嫩滑，入口即化，鲜美无比。

再配一荤一素一个汤，还有米饭、饸面馒头。总计六七十元。感叹，在北京，起码翻一番。而且，到哪里寻这等美味？

美味出自天然。店家讲，小杂鱼即多品种野生小鱼。它们生长在溪流、小涧、河沟、稻田…其肉质、营养，非池塘家养鱼可比。"我们这儿的人，天天吃，一代代，离不了它呢。"

小杂鱼有多少种？都叫啥名？在土山村的"金山渔馆"，我问店家。

他数开了：饭头、麦穗、马口、棒花、石斑、地爬、银小、白参、黄丫、蓝刀、毛刀、戈牙、刀鳅、昂叽、桃花、石鼓、缨口、跷嘴白、叉尾斗、史旺皮、草鞋板、浮头猛、大口扒、刺姑呆子……

"还有说不上来的"，他抱歉地笑笑。

而我，已经被这一长串活灵活现、情趣盎然的名字迷住了。

想起12日巧遇"第十六届中国·盱眙国际龙虾节"开幕。据说，全国70%以上的小龙虾来自

盱眙。没想到南水北调东线还是一条水中美食线！

陈博士：微文"小杂鱼"中的"戈牙"，各地还有许多不同的叫法，很形象。有趣。如下：黄颡鱼，广泛分布于我国各大水系，沪语里称之为鮠鱇鱼；江浙人唤其昂刺鱼、喇鱼；四川人叫它黄辣丁；湖南人称它黄鸭叫；北方人管它叫嘎牙。它还被各地称为：昂公鱼、昂丝鱼、昂嗤丁、黄颊鱼、黄蜂鱼、黄牙头、黄甲鱼、刺疙瘩、刺黄骨、刺棍子、央丝鱼、金丝鱼、弯丝鱼、汪丁头、嘎嘎鱼、锥子鱼、江颡鱼和河龙盾鮠等等。

第十三级

2016 / 06.16

15日夜宿汶山。翌日奔泰安东平湖。

正当麦收时节。收割、脱粒、扬分、入袋、秸秆卷滚、装车，大阳当顶，农家忙碌。田野一望无际，翻耕过的土地，一垄垄蓬松着，欢呼着，迎接夏种的到来。

中午到达东平湖。南水北调东线工程中，东平湖被委以承前启后之重任。它是最后一座，也是海拔最高的蓄水湖，有南水北调东线上的"天池"之称；它还是东线的"分水岭"。江水从扬州江都出发，经过13级提水泵逐级翻水北送被提高40多米，从这里开始实现自流，水分两路，一支北上穿越黄河抵达天津，一支在黄河前拐弯往东去向青岛、烟台、威海，就都不再需要泵站提水了。

而这"天池"和"分水岭"的总开关，就是八里湾泵站，南水北调东线第十三级，也是最后一级抽水泵站。

晨雾中待发的渔船。

照例先帮老水利抄数据：装机容量每秒133.6立方米，调水流量每秒100立方米，安装立式轴流泵4台，同步电机4台（三用一备），总装机容量11200kw……

边抄边听老水利普及行业术语：流量，单位时间内通过某一个过水断面的水体体积。1个流量，指1秒钟流过1立方米水，相当每天流水86400立方米。

一桥飞架。桥东，泵机在工作，江水打着旋儿、浪花翻飞滔滔汩汩跃入湖心；桥北，湖域辽阔、波平如镜，无边无际的水，清澈、舒缓，静静漫向远方。

清冽冽的南来之水，通过穿玉斑堤黄河东平湖出湖闸，一路向北自流，滋润数十个城市，1亿以上人口，耕地880多万公顷。

问了老水利一个问题：调水要跑这么远的路，费这么大的劲，而青岛这些海滨城市，为什么不就地取材，使用技术已相当成熟的淡化海水？

主要算经济账！老水利说，海水淡化成本为1立方水6元，南水北调1立方水几毛钱。

我们在东平斑鸠店镇黄河鱼龙浮桥渡口驻足。历经一周，南水北调东线（提水段）行结束。

老水利令：打道回府。秋天再行南水北调中线。

天下第一渠首

2016/
10.05

　　碧空如洗，秋风送爽。高速公路静悄悄，半天见不到车影。厚道没有飙车对手，寂寞自语：人从众啊，车在哪呢？人在哪呢？

　　一路风驰电掣，到达陶岔。

　　陶岔，位于豫鄂交界处的小村庄，三面环山，全部人口不足700，男耕女织，世代与外无闻。近年却突然声名鹊起，高官、文人、游客，造访者众。

　　盖因"天下第一渠首"——南水北调中线渠首在此，陶岔成为向中国北方京津冀等地区送水的"水龙头"。时来运转，石破天惊！

　　2014年12月12日，陶岔渠首正式开闸送水，汉江水奔流1400多公里，为干渴的河南、河北、北京、天津送上甘霖。

远远可见挺立在坝顶的首闸，通体橘红，如巨大的变形金刚，威风凛凛，镇守一方。

水坝下游一侧，高耸一块褐黄色裸石，"中线渠首"红字鲜艳夺目。当地人讲起这石头的来历啧啧称奇。石碑石面有三条线，与南水北调工程东、中、西三条调水线路位置方向相同。此石是施工队清理原中线渠首闸基底块石时发现，可谓天赐渠首之基石。

水坝上游，"饮用水水源一级保护区"标牌随处可见。两岸山影绰绰，枝叶婆娑，水面波光粼粼，清澈见底。掬一捧送入嘴中，甘甜汩汩流入，沁人心脾。夕阳也来助兴，魔术般变出两个、三个太阳，光影拉长、跃动，将一江碧水染成金黄。

歇脚陶岔木兰客栈。晚上走在乡间的小路上，闻秋虫鼓鸣，徘徊在首闸的大桥间，听渠水拍岸。

想起了那则远古传说，还得感谢追赶太阳在此小憩的二郎神。他磕出的鞋灰，变成了一座"石盘岗"。这就是现在的陶岔村。

紫薇树

2016 / 10.06

去丹江口大坝途中，路遇千年古刹香严寺。

古寺建于唐朝。上千年光阴，寺院在坍毁和复建中轮回。现存建筑以元代为主，规模宏大，形制规整。

最奇的还是那满寺的古树。株株来历不凡，棵棵故事多多。

就说那紫薇树吧。一人高，主干已死，枯黄着光秃着却依然傲娇挺立着。侧旁根部，伸出纤细的一枝，缀满嫩绿的叶、开着娇艳的花。

故事一。此树又名百日红、痒痒树。明代仁山毅禅师亲植，能知善恶，善者轻挠树干，枝叶即颤动，恶者挠之则不动。

这个故事就写在树前标牌上。

故事二。2004年5月24日，西安一旅游团到此，人人挠树，树皆颤动，人皆欢喜。独一女，挠树树不动，再挠还不动，围观者哄笑。她羞愧难当，便抓住枝干，用力一摇！结果，紫薇树瞬时枯萎，死了。

这个故事是导游讲的。他说他当时就在现场。"你说这个女人多可恶啊！"这么多年过去了他仍然不胜感叹。

故事三。许多人围过来，赞美枯树旁的新枝。人皆挠之，看枝叶娇羞卷曲、颤动，便咯咯咯地笑出声来。

"别挠啦！再挠它就死啦！"突然，一个清脆的声音响起，一粉衣少女张开双臂，凛凛然护住了紫薇。

这个故事发生在眼下，乃本人亲眼所见也。

能不能借点给北方

2016/10.07

昨夜宿丹江口市。今早10分钟车程便到了丹江口大坝。

太阳没有露脸，空气却清朗透明。大坝如苍龙锁江，巍巍然横亘眼前。电机发出巨大的轰鸣，湍急的水流打着旋奔涌而去。

"南方水多，北方水少，能不能借点给北方？"1952年10月30日，毛泽东主席出京巡视，在邙山与黄河水利委员会主任王化云讨论，提出引长江水补充黄河。1953年2月19日，"长江"号军舰上，在征询长江水利委员会主任林一山意见后，他用红铅笔在地图上划了一个圆，圈定了南水北调引水地点。

这就是丹江口。汉江干流与支流丹江交汇处。南水北调中线的源头。

1958年9月1日丹江口水利枢纽工程开工,1974年竣工。2010年3月31日完成坝顶加高。2014年12月12日下午14:32分,南水北调中线调水正式开闸。

老水利从衣兜掏出小本,开始抄写展示栏中那些令人费解、密密麻麻的技术参数。

他可以一心二用,边抄边回答我的问题。

为何将丹江口水库定为中线水源?有三个得天独厚:一是地理优势。水库地势高于北京100米,引水可一路自流,不需要像东线建泵站逐级提水;二是水质优良,这里水质达一级饮用水标准,可直接饮用;三是水资源丰富,江河交汇,雨量充沛,水库面积1050平方公里,有亚洲第一大淡水湖之誉。这面积,差不多有10个县大小了。60多年前当过县委书记的他如是比喻。他手持本子、用拐棍指向前方的大坝,那姿势和神态,仿佛回到了从前他干活的工地。

乘上库区的环保车,我们驰

丹江口。染尽枫林胭脂色,江山因我更多娇。

上坝顶。水库如巨大的蓝宝石镶嵌在崇山峻岭之中。如果说陶岔渠首是南水北调中线的水龙头，丹江口水库便是中线的大水缸。清泉淙淙，从此地涌出，流经上千里，滋润冀津京，最终汇入北京颐和园团城湖。

极目楚天——

丹江口，汉江丹江两水幽清，而其他鄂水黄水滔滔，鄂豫交界的小太平洋一望无边的清流奔陶岔而去。

避嫌、报德

2016 / 10.10

许由洗耳、"闻听三国事，每欲到许昌"。曾在书中读过的许昌，今路过作半日停留。春秋楼、曹公祠，浮光掠影、走马观花。偶得二则：

避嫌、报德。

过去所见民间、史家说关公，有两事必谈。

东汉建安五年曹操东征，下邳之战关羽被俘，为保皇嫂周全，关羽"土山三约"后暂且归附曹操，来到许昌。曹操遂拜关羽为偏将军，并赐府宅一处，让其和二位皇嫂同住。关羽为避嫌，将一宅分为两院，皇嫂住内院，自己住外院。羽秉烛达旦读《春秋》。

"诸葛亮智算华容，关云长义释曹操。"赤壁大败的曹操能够逃脱，是关羽为报当年曹操的恩德，尽管已立下活捉曹操的军令状，还是在华容道放走他还了人情。

而春秋楼甘、糜二后宫门对联曰：

对嫂非避嫌此夜心中思汉，

赦瞒岂报德当时眼下无曹。

显见，这副对联中的关羽又是另一番境界。

铁门隔开内外院，秉烛静心读春秋。

一字千金

2016 / 10.10

许昌的古建筑回廊，墙上有一长串名字：许文叔、吕不韦、张良、晁错、陈寔、荀爽、钟繇、荀攸、司马徽、荀彧、郭嘉、徐庶、钟会、褚蒜子、钟嵘、褚遂良、吴道子。

吕不韦的名字下面写着"一字千金"的典故，这引起了我的注意。

吕不韦，秦朝相国。奇货可居、谋国擅权，身后颇多骂名。

吕不韦编了部《吕氏春秋》，它是中国百科类书之托始。

吕得意时有门客三千人，"使客人人著所闻，以为备天地万物古今之事"，于是编成一部《吕氏春秋》，又称《吕览》，传之后世。

书成于战国百家争鸣时代，以"不名一家之说"的杂家代表作而著称。共26卷，20余万字。内容以儒、道思想为主，兼及名、法、墨、农及阴阳家之言，收入许多先秦的历史、天文、历法、数学、音乐、农学方面的百科知识。

眼前的墙上写道：《吕氏春秋》书成后吕"将之刊布在咸阳的城门，上面悬挂着一千金赏金，遍请诸侯各国游士宾客，若有人能增删一字，就给予一千金奖励"。

对质量自信的底气，对广纳贤见以精益求精的大气，跃然而出！

如今，我们经常使用"一字千金"，却是称赞诗文精妙、价值极高，也指书法作品的珍贵。

在中国年出书已突破40万种的今天，我们出版人需要重温"一字千金"的初义。

焦作清流

2016/10.11

驰入市区。马路宽阔、高楼林立、树木成荫、花草芳芬。

"焦作！一听这名字就有点黑不溜秋的感觉，更何况还是在河南。没想到却这么漂亮、干净！"车上有人连说带惊呼。

心想原来起名这事真的不可小觑，原来外人对河南真的有点儿偏见。

其实，焦作大名鼎鼎！不仅是历史文化名城，也是中国首批获联合国授予"世界杰出旅游服务品牌"的城市。

南水北调中线12大工程，其中的"焦作城区段"是唯一的城区工程。我们计划在此驻留，临行前作路书，阅读焦作，已心生仰慕，心向往之。

先直奔南水北调中线工程焦作城区段建设指挥部，打听工程所在的具体区域。一位技术干部模样的先生，指尖划过墙上的地图，圈出一块说，西起丰收路，东至中原路。全长8.82公里，7座跨渠桥、四个倒虹吸……详细讲解完毕，他还不放心，又从电脑中调出资料，打印给我。我大喜过望。河南人，善良、实在！

中心城区，南水北调渠道东北西南贯通，渠水悠悠，波光闪耀。左岸生态行洪景观带，右岸文化历史观光带。游人评点着景观，儿童在林间嬉戏。

我们跟随这一渠清流，穿行于美丽的焦作城区。

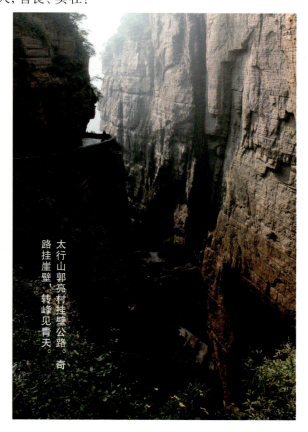

太行山郭亮村挂壁公路。奇路挂崖壁，转峰见青天。

北方有山名云台

2016/
10.12

　　到达南水北调中线焦作城区段后，有朋友发微信，建议去郊区的云台山看看，说北京地铁站曾密布云台山照片。

　　检索资料，才发现云台山的名头真大：以独具特色的"北方岩溶地貌"被列入首批世界地质公园名录。

　　到云台山红石峡。红石峡已有2300万岁。新构造运动的强烈抬升和水蚀作用的深度切割，形成高达150余米的丹崖断墙和高悬于丹崖断墙之上的丹水。漫步崖壁栈道，但见山雄水秀峰高瀑急。砂岩红色深浅不一，断面层理交错，波痕构造，丰富的沉积遗存似天工绘出的无数优美图案。瀑泉飞泻，溪潭珠串。人间仙境，如梦如幻。

　　走了约莫一里地，老水利已累得呼哧呼哧迈不动步。在路旁坐下歇息，一抬头却看见了高悬于红石峡尽端的马鞍石大坝。见到水利工程，他便来了精神，连说带比划，给我讲解这是圬工重力坝。原理是利用坝本身重力来保持稳定。当年他主持的木瓜山水库大坝就采用此制式。

　　登上坝顶。子房湖蜿蜒、清幽、碧波荡漾，与两岸的岩溶峰丛相偎相依，动静互变，景象万千。

　　遥想魏晋时嵇康，归隐云台山，竹林七贤在此寄情于山水，放舟于江湖，当真快活！

砂岩断面层理交错，似天工绘出优美图案。

洺河渡槽

2016 / 10.13

经施家河村，告别安阳"穿漳工程"（漳河倒虹吸），奔向下一个站点"洺河渡槽"。

苞谷熟了，铺上了公路，颗粒饱满、色泽金黄，圆滚滚亮灿灿逶迤天际。晒秋，炫耀着欢歌着收成的喜悦，绘出人间最美的风景线。

邯郸沙河县上郑村，我们寻到中线沙河管理处。向传达室老伯说明来意，询问洺河渡槽所在具体位置。老伯看看老水利，再看看老水利盖着国徽的小红本，拿起话机，拨了一个电话。

一会儿，楼里跑出一男士，看上去30多岁，浅色条纹衬衫，深色方框眼镜，镜片后一双盈盈笑意的眼，自我介绍是办公室的王主任。听完我的陈述和请求，他沉吟片刻，然后打开手机对讲。大意是让刘师傅直接送我们去，还叮嘱了一些安全注意事项。

刘师傅将车开得飞快，东弯西拐，在一座桥头的黑色铁门前停下。他从腰际处解下钥匙、启锁、开门。沿着渠道又驾行四五里。听他讲，中线水渠是国家一级保护区，水质监测、安全防范非常严格，工程站点更是戒备森严，遍布探头，24小时不间断巡逻。

到了！渡槽如虹、飞悬于洺河之上，碧水沿渡槽涌动，在阳光照耀下分外壮观。

洺河渡槽位于永年县境，沿太行余脉擦肩而过，总长近千米。是世界最大的单跨三槽一联三向预应力渡槽。

渡槽在7级地震时也能安全运行，不间断供水，设计人员采用了输水结构与承重结构相结合的横向三槽互联矩形槽预应力结构。即使是一千多辆满荷大卡车同时从槽内通过，也承受得住。

清波荡漾的汉江水，跨过洺河，继续北上。夜幕降临，高速公路车灯闪烁。

电话响了，是王主任，热心肠的他问我们在哪，是否还需要帮助。

滹沱河倒虹吸

2016／
／10.14

中线第八个大型工程节点是滹沱河倒虹吸。有了焦作管理处给的资料,按图索骥,中午顺利到达正定县西柏棠乡新村村北。

读过牛汉的《滹沱河和我》,儿时他"赫然地望见了滹沱河。它不像水在流动,是一大块深褐色的土地在整个地蠕动。是千千万万匹野兽弓起了脊背在飞奔⋯⋯"而眼前的滹沱河完全是另一个模样:一望无际的清流。风起处,浪花一跃而起,揽一抱阳光,又扎入水中,化成珠玉点点、满河晶莹。

岸边一座高高耸立的箱体建筑,上面的红色大字格外醒目:南水北调中线滹沱河倒虹吸。

中线渠水到此后,通过U型虹吸管,钻过滹沱河底,再跃入对岸的明渠,继续往京津进发。

虹吸是利用液面高度差的作用力现象。其应用在古代就很广泛:农业灌溉、战争灭火、儿童玩具、计时工具⋯⋯当今虹吸也无处不在:非洲的"鬼湖"图尔卡那湖,用于水处理的虹吸滤池,虹吸屋面排水系统,马桶,医疗洗胃,等等。

滹沱河倒虹吸则是现代应用的典范。

滹沱河畔。

曹庄秋浓

2016/
/10.15

昨宿白洋淀。晨起到岸边走走。满淀的芦苇金黄，芦花飘絮，雪舞无寒。想起了小兵张嘎，还有在纵横苇壕里来无影、去无踪的雁翎队。

未多停留，早餐后即赶往天津。曹庄泵站和王庆坨水库是南水北调中线终点之一。

高速公路畅行无阻，顺利进入天津王庆坨镇。先奔村委会，院里空无一人，才猛然想起是周末。见隔壁一自行车修理铺，进入询问。

水库？店主瞪大了眼睛看着我说，停了，还没修好呢！

看来我们来早了。那曹庄泵站呢？天津人民已喝上南水北调的水，泵站该是有的吧。

终于在西青区中北镇找到了泵站。

汉江水一路北上，奔赴千里到达天津，从干线末端出水口进入泵站，调节池通过加压提升，将水输送到管道中，管线沿外环河自西向东，最终进入津滨水厂。

离泵站一墙之隔，就是南水北调天津管理处。汉江水到这之前的所有费用由国家打理，过了这堵墙，便由天津购买了。

曹庄。秋色正浓。所有植物粉墨登场，金黄、橘红、翡绿……大自然的美丽馈赠，将旅人长途跋涉的疲惫一扫而光。

打道回府。晚上，回到北京的家。

北京大水缸

2016/
/10.16

　　早早地就出门了。街上行人稀少，车也不多，晨雾缥缈，空气中淡淡的草木芬芳，香薰般弥漫。慵懒的周末，城市睡眼惺忪。

　　南水北调中线的末端在团城湖。老水利从总开关陶岔开始，追着一江清流跑了1千多公里，他想看着它最终去了哪里，在哪儿安下身来。

　　路有点远。到达颐和园时，太阳已经升起老高，金黄的银杏林在风中簌簌作响。

　　团城湖位于颐和园昆明湖西堤西侧，因湖心岛上曾有一组圆形城堡式建筑，清宫档案称为圆城湖。这座建筑史称治镜阁，约在乾隆二十六年（1761）建成。咸丰十年（1860），英法联军焚烧清漪园时幸免于难。然而，却毁于光绪十四年（1888）慈禧太后修

一江清流走千里，万顷碧水润京城。

建万寿山宫殿。而圆城湖，则不知从什么时候起在民间叫成了团城湖。

居京已30年有余，颐和园来过多次。但这里有个团城湖，还是南水北调中线的终点，可是第一次知道，也从未听周边任何人讲过。

进入湖区，宽阔的湖面波光粼粼，岸边茂密的植被高低起伏。

团城湖地处北京市区西北部，居高临下，利于水质的保护。20世纪中期这里被定为北京城的水源地，属一级水源保护区。60年代京密引水渠建成后，将密云水库的水引入团城湖，然后分流到城区，其日供水量约120万立方米，当时占据全市城区日供水量的一半以上。但是，随着城市发展，密云水库供水量已远远不能满足北京需求，必须开辟新的水源。南水北调中线工程终点确定在团城湖，密云水库和长江水两大水源在这里汇集合一，联合调蓄。

南水北调进京的起点为房山拒马河，经房山区，穿永定河，过丰台，沿西四环路北上，最后至颐和园团城湖，每年向北京供水10.5亿立方米。为此，扩建了团城湖调节池，占地67公顷，其中水面面积达33公顷，总蓄水量达127万立方米，承担着南水北调来水分水、调蓄和河湖水系补水等重要功能，成为京城最大、最重要的供水枢纽，故有"京城大水缸"之称。2014年12月12日正式通水后，北京市饮用水和工业用水50%以上都使用这只大水缸分发的、由南水北调中线工程输送的江水。

站在团城湖岸边远望，似看到丹江口水库的万顷碧水，陶岔渠首的汩汩清流，沿伏牛山、太行山山前平原，源源不断北上豫冀京津。人间大爱，感天动地。

继6月南水北调东线行后，中线行用时十余天，至此结束。年届九秩的老水利，了了一桩悬挂多年的心愿。

田中稻子已焦黄，
颗粒圆成不并常。

苦瓜百合汤

2015/
/05.31

昨晚，朋友喊去家里吃饭。朋友潮汕人，得意显摆厨艺。今儿个拌、炖、煎、炒、烹、炸、蒸，五荤六素，七碟八碗，九颜十色。好个饕餮大餐。

众生欢呼，雀跃进食。先喝汤，朋友说。

苦瓜百合汤。小托盘小碗盅小汤匙。先是这小巧素颜的餐具引来赞叹。再定睛瞧，清汤寡水不见油星，卧底一块软趴趴的四指宽苦瓜，几片百合如花瓣星落飘洒其上。

汤匙小，只能以兰花指捏拿，一小口一小口送入嘴中，吃相斯文起来不说，味蕾似也从容许多。先觉微微的苦，又有若隐若现的甘，裹挟绵绵不绝的鲜，涓涓细流清新欢畅，滑过食道落入胃中。顿觉消尽暑热，透心的舒坦。

这时，朋友看我，问，要不要辣椒？

此问有来头。曾听朋友讲过他的见闻：余在湖南出差，去店里吃饭，没有不放辣椒的菜，连汤都是红的；余见湖南人出差旅行，都必随身携带辣椒坛，任怎样高档的菜，没有这个吃不下。

看看他担忧的眼神，我笑。松开兰花指，放下小汤匙，从容持箸拣苦瓜百合入口，再端起碗盅做牛饮状，把汤喝个干干净净底儿朝天。再来一碗。没佐辣椒。盖因汤味鲜美，一时沉溺忘了湖南本色。

苦瓜。苦字不好听，民间又叫凉瓜、锦荔枝。南方人常当菜蔬食之。只觉可口，不觉其苦。苦瓜切大块，鲜百合一把、瘦猪肉少许。同炖。其味大妙也！

天目湖砂锅鱼头王

2015 /
/ 06.22

　　宁杭高速东庐山服务区小憩，见一嘉兴粽店，琳琅满目，总有几十个花色品种。嘉兴自古为中国主要稻作区，有"天下粮仓"之称，仅糯米品种就有30多个。这大概是嘉兴粽名头大底气足

之重要原由。据闻江南端午有食"四红四绿"之习俗，遂拣了只火腿蛋黄粽。我数完钱，卖粽人就揭开大锅盖，从腾腾热气中拎起一只，麻利地除去粽衣，将晶莹的一团装进小袋递给我。瞧瞧，这就是江南人的体贴、精明，食客手上清清爽爽，店门地上也干干净净。粽香糯可口，不觉中一大只下肚，超量了。

　　到溧阳天目湖县城歇脚，街道两旁餐馆林立，各家招牌无一例外都写着砂锅鱼头。我们很有主张，直奔天目湖宾馆餐厅

清早船儿去撒网，晚上回来鱼满舱。

落座。

一会儿，服务员端上一只硕大鱼形砂锅。按指点撕开封条，掀开锅盖，但见一尾壮实的去尾鳙鱼白里透红，浓汤如乳，香气扑鼻！在座的人一声喊操家伙围住，撒一把翠绿香菜，便大快朵颐起来。食之无不赞叹细嫩无比，鲜美绝伦。

锅中鱼和汤基均来自天目湖，煨制3小时，只辅以少许葱结、生姜、料酒。天目湖周边植被茂盛，沙质湖底，湖水甘甜清冽，纤尘不染。多年前一名年轻的退伍炊事兵，在湖边琢磨出这道砂锅鱼头王。

看看它的王者风范：国家注册驰名商标；77国国家使节携夫人专程品尝，并以此汤代酒干杯；文人墨客为之留下题词诗句，言"三年有余味"；火爆电视节目《舌尖上的中国》专题播报；价格不菲，且明显高出周边，仍座无虚席，一桌难求。

藕带

2015/06.27

于武汉理工大学参加会议。中午在校食堂午餐。

有人介绍桌上菜肴：蒸三样（肉、鱼、时蔬）、香干子、藕带……

我着急问，是新鲜藕带吗？

是。刘教授说，夏季雨后，是采摘藕带的绝佳时机。

去年那次来武汉，在印度的剑儿发微信，让我一定要尝尝几样东西：清炒藕带、洪山菜薹、泥蒿腊肉、豆皮、米粑，还附上一句，这几个都很健康。剑儿贪吃，走南闯北，美食经历多多。

于是我按图索骥，逐一收入菜单，还很有成就感地汇报战绩。可他，从新德里传来一声叹息，季节不对，现在的藕带那是往年陈货。

这便成了我小小一桩心事。

今日相逢，自然急不可耐验明正身，心儿也欢愉起来。

盘中藕带，斜刀切成细长的段，白中透着一点微黄。咬一口，脆嫩无筋，清香爽口。这一个味道，直让我想起家乡莲花盛开的荷塘，还有炎炎夏季，母亲的消暑法宝，凉水"冰镇"莲子汤。

藕带是莲的幼嫩根茎。李时珍《本草纲目》记载，藕丝（藕带）"气味甘、平、无毒。功与藕同"。湖北、安徽等南方省份自古有采食之习俗。炒、拌、煎、蒸、炸、熘、生吃……千百年来花样翻新乐此不疲。

原来，一亿三千五百万年前先于人类降临世间的莲，就是为了以粗壮的茎（藕）、坚实的果（莲子）、宽厚的叶、纯净的花，甚至幼嫩的胚芽，庇护人间芸芸子民，世世代代，健体明心，繁衍生息。

想起佛经用来形容莲的四个词：一香、二净、三柔软、四可爱。

莲之爱，同予者何人？时空深处，有人问。

古镇麦虾手工面

2015/10.02

车行半小时，驶过36公里长的杭州湾跨海大桥，一会儿就到了宁波。夜色渐浓，灯火簇簇，倦鸟归巢。

导航到酒店，办妥入住，遂上街晚餐。先往灯光茂密处去，见大都是些金碧辉煌高大气派之饭庄，进去打听是否有小吃，具体讲就是宁波汤圆、年糕什么的，它们长年累月占据了全国超市的冰柜，温暖了无数人的胃；它们几乎就是宁波的代名词。今天，来到宁波，几人异口同声，表达了内心的渴望。然而，服务生摆摆手说，没有。

难道是小吃不登大堂？遂往僻静小巷寻觅，就见着一小店，"古镇小菜"的招幌勾起希望和食欲，走过去，店内食客济济一堂。问：有汤圆吗？店内静默，无人作答；再问，有人回应，没有；那请问知道哪有卖汤圆的吗？答：超市里有；不是，我们是指饭馆，哪个饭馆有汤圆？答：哪也没有，汤圆要冬至才吃的。

说得很明白，死了这份心吧，顿时就有些惆怅有些落寞。看时间已是晚8点，便坐下来，浏览小店墙上食单，点了"古镇麦虾手工面"，老爷子和厚道，他们几个跟进同款。

一会儿，服务员端上热腾腾、香喷喷的几大碗。持箸拨开氤氲，就见着了乳白高汤上漂浮的姹紫嫣红，西红柿、绿菜花、黑木耳、红虾米、黄蛤蜊、翠碧香菜、嫩白葱段，还有几片什么，色泽晶莹，卧于色彩斑斓中。迫不及待，连汤带料来一口，田野的清新合谋海洋的丰腴，刹那间俘获了我们全部的味蕾。特别的鲜美，特别的味道，几人酣畅淋漓地吃将起来。最奇的是那片片晶莹，捞起看，半个巴掌大小，一指厚薄，送入嘴里一咬，汁液溅流，浓香醇厚，再咬，似软还硬，十足劲道，牙齿与之较力，

迸发出咀嚼的快感。吃着吃着，突然想起了什么，往碗里找，又抬头问同桌：见到面了吗？厚道夹起那半个巴掌大的晶莹，说这个就是啊。我这才恍然大悟。这完全颠覆了我以往对"面"的认知，原来，世上的面，不止有细长绵软、一吸便窜入嘴里，继而滋溜就钻入腹中的，还有如今日这般……的。

几人吃得酣畅淋漓，周身通畅，精神愉快。餐毕结账，共计36元，绝对物美价廉，物超所值。付账时，想起件事，问店主，为什么叫"麦虾手工面"？他说：手工面即刀削面；麦虾，指面削成的形状，头尖身圆体长，状虾。他边说边示范：一手持刀，一手把碗，碗中是和好的面糊，碗倾斜面糊流出的瞬间，刀光翻飞疾如闪电，一条条麦虾争先恐后活蹦乱跳跃入锅中，在水中扑腾、翻滚。

我猛然意识到另一个问题，问店主，那我们刚吃的那碗，麦虾都去哪儿了？那巴掌大、一指厚，是什么？他笑了，有些不好意思，说客官莫怪，是新来徒儿所做，手艺还未到家，麦虾做成了

麦饼，不过料还是足的，抱歉抱
歉，欢迎下次再来，我请客，亲
手做。

阿强家的毛豆腐

2016/
  /01.03

　　一下山，阿源就说吃土菜去，
众人一呼百应，跟随她欢快地奔
"小饭馆"而去。
　　"小饭馆"应该是有名字的，
但阿源没记住，她只记得老板叫
阿强，身怀烹饪绝技。几年前，
她来此地会友，后到友宅对面饭
馆就餐，吃了阿强烧的菜，便充
分肯定高手在民间，认定徽州土
菜第一人非阿强莫属。她举毛豆
腐为例，说徽州第一怪，豆腐长
毛上等菜。饭馆无论大小贵贱必
备，而她素来不喜其气味口感，但
那日吃到阿强家的，便有了彻底
改变。那以后，无论何处餐桌，只
要见到毛豆腐，她总会无限感慨
说，只有阿强一家做得好吃。后
来，但凡路过逗留，她便会呼朋
引类光顾此。这会儿，阿源轻车
熟路，穿过一个十字路口，在拐角

处站定,说到了。

　　真的是家小饭馆。门面窄狭,仅容一人通过,室内稍宽些,两人展开双臂,就顶上了饭馆的东墙和西墙。一个高挑身材的女人笑盈盈打着招呼,是阿强媳妇,说阿强已在厨房忙上了。这时,听蓓儿叫我,快来看,这个就是毛豆腐!我一步跨到展示柜前,便见着了它。初看如摊薄的棉絮,丝丝缕缕,毛茸茸一片,细看是整板的豆腐,上面布满细密拉长的白毛。阿强媳妇解释说,她家的毛豆腐,用上等的豆、清冽的泉水,制浆、点浆、定型、乳化都使用传统工艺,这样得来的原料,是烹煮美味的前提。我们围桌坐下,说着话,这烹制的毛豆腐就上来了。

金黄鹅黄翠绿艳红,香气扑鼻溢满了小屋,这色彩、这气味,撩人味蕾。夹一块,蘸上剁椒,送入嘴中,外皮酥脆,里头绵软,甘甜酸辣,芳香馥郁,一时间,似乎田野的风儿拂过,山涧的流水淙淙,大自然的清新精妙汇聚箸中。菜盘很快见底了,阿源问我们,再来一盘?

　　餐后,在小饭馆门外见到了阿强。中年,光头,比媳妇矮半头,很神闲气定的样子。离开后,突然想起没看店名,不过,阿强的名气,还有毛豆腐,这次会有更多的人知晓了吧。

　　记于返京高铁,沿途大雾加霾。

归来每羡农家乐,月下风传碾豆声。

过了腊八就是年

2016/01.17

京城昨夜降下小雪，刮起三四级风，今日沐浴在明媚阳光中。仰望如洗碧空，想北京人会不会又编排个新词"腊八蓝"。

手机叮咚叮咚，微信圈各式粥图视频满天飞。雍和宫，僧人诵经，专员拈香、上祭，游客信众站成百米长队，欣领佛粥。北方腊八粥南方腊八饭，黄米、白米、江米、小米、芸豆、红豆、莲子、栗子、菱角米、红枣、桃仁、杏仁、瓜子、花生、榛穣、松子、葡萄干。七宝八味，岁十二月庆丰收，合聚万物，调和千灵，祈福来年风调雨顺、五谷丰登。

巧了，昨晚自个也熬了粥。稍做比对，便发现食材单调，仅赤豆、小米、莲子、莲藕、枣。倒是有赤豆，"赤豆打鬼"，算一个。

图片视频的诱惑实在太大，遂午时外出寻粥铺，进入、落座。周围几桌，大小盘碟铺陈，山珍海味齐全，几对食客，都是年轻人，吃兴谈兴正浓。我问店小二，可有腊八粥？先来一份！他爽快答应，疾步走开，又快步奔回，端来一碗。视之晶莹温润平和，食之绵软香糯甘甜。小二告知，这一碗，有食材近20种之多，半夜起火，以黄铜大锅慢火熬制而成。

正聊着，听背后那桌女问男，什么是腊八粥？男说，不就是粥吗，咱们点的东西够多了，哪样不比粥强？

听着这对话，不期然就想起了王蒙《坚挺的稀粥》。我对小二说，麻烦再来一碗，送我背后那桌女孩男孩，帐我结。

今日腊八，乙未年羊年己丑月戊戌日，也是三九的最后一天。

俗话说，过了腊八就是年。

蛋饺

2016 / / 02.08

以前，常回南方老家过年。每年的年夜饭，父亲母亲总会提前数日筹备，父亲以小楷拟写菜单，一丝不苟，郑重其事。炖鸡、扣肉、腊鱼、和菜、香干子、卤猪耳、雪花团、猪血丸子、甜酒糍粑……无论远离千里万里，除夕，家乡的味道召唤我们如期而归。

这些年，母亲走后，父亲多来京城过年。如今，社会变迁，物质极大丰富，年夜饭也有了酒店定制模式、网购半成品模式、大厨上门服务模式，老人家中意家庭DIY模式。今年，他的手抖得更厉害了，双掌合力也捉不住毛笔，拟写菜单这活儿便由儿孙辈接手。十道菜，十全十美。我报菜名，歆儿写下。第一道便是"合家欢"蒸蛋饺。

这道菜从小见母亲操持，百看不厌，烂熟于心。流程如下：取一大碗，深底阔口，底层码上方块鸡肉或猪肉，之上铺陈红枣、桂圆、花生，再之上撒满板栗、核桃、茨菰、葡萄干，最上一层垛盖煎蛋饺。其中这煎蛋饺的制作至关重要。选肥瘦适中的猪肉剁成肉糜，加香菇末、料酒、姜、葱、盐、糖、生抽、水，拌匀，朝一个方向搅打上劲；灶小火，热锅，夹一块肥肉往锅里抹一圈，舀一勺蛋液，顺时针转圈，让蛋液均匀铺进锅中成圆。待蛋液贴锅的一面起壳，但表面还没完全凝固时，取适量肉糜挤团压实、置于蛋皮上，同时迅速用筷子夹住皮沿对折、黏合、压边、翻煎、起锅。母亲守住灶台，眼观六路，双手翻飞，左右开弓，动作连贯，行云流水，一气儿做上几十只，看得我们眼花缭乱。蛋饺小巧玲珑、金灿灿香喷喷，我们忍不住拈一只要往嘴里塞，这时，母亲会说，吃不得，里面还没熟呢！然后就取出大碗，码齐了前述种种，上屉笼，拨旺火，水声咕噜咕噜沸腾,蒸气袅袅婷婷绕梁。出锅的"合家欢",赤橙黄绿白,清香溢满屋,恰似春色满园百卉吐芬芳;食之蛋饺外焦里嫩、汁液饱满,各类果实咸甜相持、颗颗鲜爽。不用说,一上桌立即成了最抢手的美食。每每返程,父亲母亲还会装上一盒,让我带上。后来,久居京城的我,与蛋饺的相遇也时断时续,有路哥哥在简陋煤炉上所做,有微微千里捎来,有厚道去专卖店定制……它就是这样,任时光流淌,与岁月同在。

这个除夕,"合家欢"蛋饺由我主厨,女儿观摩。她还在童年时,便也已喜食蛋饺。源自母亲、亲友的温情,来自家乡味道的记忆,代代相传,历久弥新。

田勘:已经很少有人能传承和学习这种文化了,更多的人是不屑于学和做,认为用钱就能买到这些美味。一个家庭如果没有人能做这些美味,家的味道是不是就会少一些?归属感是不是就会弱一些?亲情是不是就会淡一些?不过,这也许是经济发展和技术进步的代价之一吧!

米豆腐

2016/
/07.31

从山寺下来。

骄阳当空，烈焰灼烤。空气失去了流速。身上的衣裳、皮肤，热烘烘火辣辣，烫手。

大汗淋漓，口干咽燥。举头四顾，见路旁竖立一木制牌坊，进深十余米处，有一农家小院。四五间屋舍，白墙黛瓦，绿荫掩映。门前停泊十余辆吉普、轿车。

一位清秀的姑娘，盈盈着笑容，领我们进屋、上楼，至宽敞的阳台，在乌黑朴拙的木桌前坐定。风穿过树林，滤去燥热，挟着凉爽，从四面吹来，鼓荡我们的衣襟，如彩旗飞扬。

打开菜单，一款款看过去。

米豆腐！一个熟悉的名字跳入眼帘。突然间，便觉饥肠辘辘，口水充盈，强烈的渴望，从胃中升起。

他乡遇故交。喜出望外。点上一个大份。

据说，每个胃都会记住一些食物。小时候吃过的，可能一生都会喜欢。

记得年幼时，常候在餐桌边，看母亲将一方方晶亮浅黄的米豆腐，切成寸丁，盛入碗中，撒上嫩绿的葱花，咸辣的豆豉，焦香的酥黄豆、油花生，再将红油、麻油、酱油、醋、姜、蒜调兑成汁，浇淋于上……吃起来风卷残云，一碗是绝对不够的。

后来，走过许多地方。有人问，是否还记得故乡的模样，想得起故乡的味道。

我的家乡自古声名远播，人杰地灵，物华天宝，历史名人络绎不绝。各类古籍今书有许多高大上的赞美。然而，我的记忆里，故乡最真切的模样，是父亲母亲的模样，家乡最真切的味道，数那蛋饺、米粉、米豆腐……的味道。

那年，在京城影院观《芙蓉镇》。片头拉开，是家乡小镇，胡玉音和黎桂桂的米豆腐摊位，热气腾腾，食客云集。镜头拉近，蒙太奇特写，闪现一碗碗黄澄澄、点缀红艳艳剁椒的米豆腐，逗得我味蕾绽放，胃一阵阵呻吟。后来，巧遇制片人，只问了一个问题，何不将那米豆腐店也开来北京？

人都是有根的，有着味道记忆的食物，则是这个根系最重要的组成部分。

若有一日，再无这样的味道，说不定一种缘分也就尽了吧。

上菜了！脆亮的女声将我拉回。眼前桌上，一只白色瓷钵，钵中清汤微漾，露出一方方温润的新绿，犹如家乡荷塘风起，清凉婆娑。

湖南花岩溪，米豆腐的故乡。

271

此米豆腐以蔬菜汁调制。送入嘴中，温软、清香，还有特殊的淡淡碱味，顺着食道滑入胃中，顿觉暑热全消，神清气爽。

一口气呷了三碗。

腊八粥

2019/01.13

入乡随俗，晨起即煮腊八粥。

早在金庸的小说中，读到过配方神秘（有断肠蚀骨腐心草）、功效古怪的美食腊八粥。不过，本人进京前，老家、求学，腊八粥印象中未曾喝过。自个儿做就更谈不上了。

京城就很不一样了。入"乡"第一年腊八，编辑部贺老师赠粥。食之浓稠、香糯绵软，伴随辨认其中食材种类，温暖，乐从中来。

后来年年此日，或蹭吃蹭喝、或粥铺购买、或自家熬煮，食可无肉，但这碗腊八粥不能断舍离。

有次看老舍《北京的春节》，说：这种粥是用所有的各种的米，各种的豆，与各种的干果（杏仁、核桃仁、瓜子、荔枝肉、莲子、花生米、葡萄干、菱角米……）熬成的。这不是粥，而是小型的农业展览会。

高人提点。打那后，再煮粥时，便随心所欲，百无禁忌起来，只要在展览会露过脸、又恰在身边的，就信手拈来，下锅去。

今日有：红豆、黑豆、绿豆、黄豆、鹰嘴豆、小米、大米、江米、莲子、栗子、花生、杏仁、红枣、核桃、桂圆、葡萄干。大火煮沸，再小火慢熬。粥成后，洒上一勺林丹小友寄来的橘红桂花蜜……

等一下。记起书上讲，喝粥前，要念诵一句话：一年到头，能得到丰衣足食，要感谢天地、神灵、祖先啊！

采年货

2019/01.30

这两天，关于小年何日，北方南方吵起来了，同时，双方内部也不统一。二十三、二十四、二十九，还有说根本没小年，纯属子虚乌有。各执一词，各唱各的调。

吵架的结果，依然如故，谁也不服谁，但浓浓的年味儿，犹如山岚遍布，欢欣弥漫了。

回老家过年，行前首要大事，采年货。记得多年前，必带而备受欢迎的是果脯、茯苓夹饼、北京烤鸭，而这些年，每每回家，老爷子看着那大包小包，便说家里早已备好了，吃的用的啥也不缺，东西存着就放坏了。

于是，给华妮打电话，问年货准备情况，心想，缺什么，再买什么。

那头，华妮的声音有些迟疑，

细细的嗓门讲："年货都还没办，爷爷不让我买，说反正你会带回来。"

好啊，这一次采年货，大可放手一搏了。而眼前年货的种类，南北荟萃，琳琅满目，满世界的香。

雪乡年味儿冻柿子

吃茶

2019 / 02.02

朋友喊去工作室吃茶。

但见桌上，泡台、盖碗、茶托、紫砂壶、公道杯、茶宠、茶洗、香器，一应俱全。还有一堆茶叶罐，龙井、岩青、大红袍、金骏眉、安化黑茶、安溪白茶、英国红茶等，天下名茶，收归此处。

我们一顿猛夸。朋友面呈得意之色，飘飘然中，麻溜道出还藏有普洱茶，然后加重语气，说年头30有余了。

我们顿生掠夺之心，一致要求立马验证。

朋友一步三回头，至阳台小柜取出一物。砖头大小，粗糙纸张包裹。打开看，如黑炭。他持刀小心翼翼从边角片下小撮，煮水冲泡。各位脖子伸长，静候佳茗。

一泡汤色平淡，饮之隐隐有

些微柴熏炙烤之味。二泡汤色渐浓，口感平和顺达。三泡琥珀色，四泡酒红色，舌齿留香，喉咙回甘。各位不吝赞美。

有人问：为什么年份久的好？

答：年头长，燥劲没了。就拿宣纸说，初成之时，硫磺青檀火大气重，写字生滞得很，时间越长，火气尽失，便如布如丝绸般绵软起来，此时再写字，感觉如吃肉。

有人问：吃肉怎解？

朋友说：吃肉打牙祭，痛快啊，尤其"文革"没肉吃，突然吃顿肉，那感觉，差别太大了。

这番吃茶论调，必须录下。

家乡的米粉

2019/ /08.06

思念是个奇怪的家伙，它想来就来，说走就走。如流水之无首尾，如流星之无归宿。

这会儿突然就思念起家乡的米粉来。千里之外，垂涎欲滴。

一只大海碗，放上洁白如玉、柔软顺滑的米粉，淋上熬制通宵、清澈味鲜的猪骨汤底，盖上脂香浓郁、色彩缤纷的臊子（浇头、码子）。在满屋的喷香中，呼啦啦"嗦"起来。

每次回家，都会去熟悉的地方，寻一碗米粉。安慰流浪的胃。

圆米粉、扁米粉、宽米粉、细米粉……猪骨汤、土鸡汤、猪肚汤、鲫鱼汤、三鲜汤……辣椒炒肉、猪肝木耳、爆炒腰花、肚条蛋饺、酸辣鸡杂……

还有红剁椒、辣萝卜、酸豆角、腊八豆、猪油渣……

暖暖远人村，
依依墟里烟。

每次拼一碗不同的组合，颇有指点江山的感觉。

最地道的米粉通常都在街头巷尾的小铺里。三两张小桌，七八客平头百姓。无须正襟危坐，无须恰到好处的微笑，无须含蓄、深沉、文雅、婉约。

各人轻松，大快朵颐，自得其乐。由此，品出了真滋味。

如今，走过了许多地方，吃过了不少美食，而家乡的米粉，总还是会不经意间想起。

贺老师：今早看到你的"米粉"感慨，很是同感。初到海口就是去寻找湖南米粉店，居然也寻到了。我儿子初在上海也是寻找长沙米粉店。但要跑好远的路才能吃到。他们每一次回家的第一餐总是去嗦一碗米粉。他的本事是把地道的上海媳妇培养成米粉宝，现在他的女儿也爱上了长沙米粉，只是不加辣椒。这样他们一家三口都欢天喜地想回长沙了。

进火

2019/12.31

寒冬腊月，老友乔迁，呼朋引类，齐聚新宅。升灶、做饭。名曰进火。

男同胞们在厨房掌火、颠勺，女人们在客厅嗑瓜子、摆碗筷、唠家长里短。

一会儿，长条桌铺满了。羊肉火锅、三元乌鸡、剁椒鱼头、老腊肉、香干子、红薯粉、黄芽白、红茶、白酒、青岛啤……

炉膛火焰熊熊，蒸汽咝咝作响升腾。菜香酒醇芬芳氤氲，推杯换盏欢声笑语。窗外寒风呼啸，室内温暖如春。

凑几句助兴：

火进新宅聚旧缘，茶香酒满觉春生，交杯换盏兴无尽，共待来年第一声。

雷克雅未克大教堂。冰岛首都的地标性建筑，因其新颖的管风琴结构设计闻名于世。

与君初相识，犹如故人归

2015 / 05.29

"切！切！"一位金发碧眼的白人妇女，喃喃呼唤，伸出左手，踮起脚尖，努力去够悬挂在上方的切·格瓦拉画像，似乎想去抚慰这伤痕累累、魂归故里的战士。

一位牛仔帽格衬衫、肤色黝黑、风尘仆仆的壮汉，在格瓦拉画像前久久伫立，站姿笔直，神情凝重。

而在之前一天，我和当地几位年轻人聊天，他们说：格瓦拉只是个爱管别人家闲事的小混混。语气中满是轻蔑与不屑。他们又说，马拉多纳、足球才是阿根廷的骄傲，才是我们心目中的大英雄！

在格瓦拉的故乡，对他的价值评判和情感取向如此大相径庭。

早在20世纪60年代，格瓦拉的名字便在世界传扬。西方称之为"红色罗宾汉""共产主义的堂吉诃德"。在中国更是家喻户晓，视为大英雄。他读《毛泽东选集》，和毛泽东主席谈"游击战"。他舍弃祖国优裕生活，进入古巴、委内瑞拉丛林，为解救贫苦民众战斗，直至粮尽弹绝、献出年轻的生命。他的所为非常符合当年中国人的情怀。他犹如一位兄弟、一位老朋友，被那个年代以解放全世界无产者为己任的

阿根廷首都布宜诺斯艾利斯展馆里切·格瓦拉的崇拜者。

中国人所认同、所熟知。

时光流逝、星移物换。而俊朗形象、英雄气质和悲情的理想主义传奇经历，使格瓦拉魅力长存，至今仍是各种艺术形式热衷表现的题材，也赢得了无数年轻人的青睐和追捧。那次我逛北京的798，发现印有他头像的纪念品有十多种：T恤、书包、军帽、冰箱贴等，这样的冰箱贴我家也有一个，不过是朋友从古巴带回馈赠家中小粉丝的。前不久，小孩发来短信，说为我在名叫格瓦拉的网站订了《星际迷航》电影票。北京上演的话剧《格瓦拉》也座无虚席、轰动一时。在物欲横流、乱花迷眼的今日，人们仍怀有一些渴望，心灵深处的理想主义、英雄情怀，还是会不经意间悄然绽放，哪怕短暂，即使匆匆，又或于嬉戏玩耍之间。

我想，大概是格瓦拉的缘故，使我虽初到阿根廷，却仍然感到了几分熟悉和亲切吧。

自由天空：前年去了一趟古巴，也是对格氏很感慨！其实格瓦拉最可贵的是放着古巴的高官不做，鄙视特权而与卡斯特罗兄弟分道扬镳，最后为一个不可能实现且很高尚的理想奋斗到死。他在玻利维亚被捕的照片，和他身居高位出访的照片放在一起，他无人能及的境界就彰显出来了！

雅典人书店

2015 / / 04.25

在S. 多德森的《顶级书架》

(*Top Shelves*)一书中，布宜诺斯艾利斯的雅典人书店（El Ateneo Grand Splendid）位列第二。

而本人尚未去过书中世界第一的荷兰教堂书店，自然只将这次参加布市书展时亲眼所见的雅典人书店视为最美了。

书店位于阿根廷首都布宜诺斯艾利斯闹市Recoleta区。出自

荷兰填海造陆形成的国土，教堂书店名列世界排行榜首。

建筑师F. 曼佐恩之手。由1919年建成的大光明剧院改造而成。共5层，每层摆放着成千上万的书籍；营业面积2000多平方米，规模居南美之冠。

穹顶壁画是意大利画家S. 奥兰迪绘制。成排的书架放在露台上。包厢则成了一个个"迷你"阅览室。保留了暗红色天鹅绒幕布的舞台，现在是读书咖啡厅。

雅典人书店是独立书店。阿根廷人将最具王室贵族范儿的古典艺术殿堂给了书籍和读书人，民风可鉴。

大理石希腊柱、精细的雕像、绚丽的灯光；一排排整齐的书架、琳琅满目的书籍、沉迷于阅读中的读书人，呈现着华丽和沉稳、金碧辉煌和安静知性的奇妙结合。

一本书，一杯拿铁，是阿根廷人最喜欢的休闲方式。

过道挂着一幅画。画中哥哥对弟弟说：托比，咱们来到了世界最美的书店，要爱护这里的每一处设施哦。

这里最重要的机器是咖啡机

2015/
　/05.18

想起应邀赴荣格（Ringier）签约时的一桩事情，遂补记。

在荣格总部会谈日程安排上，我们提出在公司内部员工食堂午餐。心想这或许是一个深入了解荣格企业文化的好机会呢！

12点休会。食堂设在公司大楼底层。出电梯间，左拐，走下几级大理石弧形阶梯，便进入了下沉式、全敞开大餐厅。

地面和墙角以原木镶板装饰，墙面、天棚通体刷白。透过窗帘的阳光、天棚撒下的灯光，映照着偌大餐厅，任何角落都亮亮堂堂。

墙上拦腰一圈图片。细看是公司各个时期重要活动、重要人物和事件报道。

供餐区，德式不锈钢厨具锃亮如新，黑色亮光釉面砖工作台整齐洁净，大大小小的容器盛满各式食物，冒着热气，香味四溢。

就餐区，黑色餐桌椅一组组摆放，木纹在桌面舒展，有如绽放的花朵。

有几人围桌讨论，为一个策划案争论不休；还有人干脆带着包，开着电脑，旁若无人沉湎于另一个世界中。

餐食自取。付费，没有免费的午餐，客人例外。我们挑颜色好看的。热食：煮胡萝卜片、蒸土豆块、菠菜泥、炸鱼排，还有碗口大的肉馅蛋挞；凉菜：生拌蔬菜沙拉，10来个种类混搭；水果：蓝莓、草莓、蔓越莓、奇异果、芒果、苹果、梨；饮料：100%鲜蔬果汁。食材全部新鲜无比。

去煮咖啡。同去的Eestermany用一双蓝色的眼睛望着我，说：在荣格最重要的机器不是价值百万的信息设备，而是咖啡机。迎着我探询的目光，他笑道，因为大家每天上班第一件事是喝一杯咖啡，然后，一天的工作就开始啦。

回味一下，此话大有深意！

印度塔利

2016 / 06.01

2014年3月曾出差印度，早晚曾吃过一种食物，名叫塔利。

塔利（Thali）是一种印度特色的套餐，大概是印度最便宜的大餐了。通常样式就是在一个浅

午餐

的大圆铁盘上面盛放若干小碗，里面各装有搭配好的米饭、优格（酸奶）、咖喱酱汁、各式腌菜、甜点、豆子汤、酸奶等，大概四五样即可成为一套，通常米饭旁会附上一张Papad饼（印度式煎饼），一般吃法是把饼压碎搭配米饭和咖喱。

食用塔利最纯正的方法就是用右手指尖搅拌和抓食物吃！这可是印度正式的进食方式。印度文化讲究纯真，自然，印度人吃饭用手抓，以感受每一餐的质感和温度。但他们只用右手抓食物，而绝对不可以用左手去触碰食物。因为左手是专门用来处理不洁之物的。当然，外国人自便。记得我们用餐时，餐具有刀叉，还有筷子。

印度每个省都有属于自己风格的塔利，古吉拉特邦塔利的特色是样式复杂，味道甜中略带辛辣，古吉拉特还是耆那教的大本营，那里的塔利以素为主。拉贾斯坦邦的塔利采用沙漠植物和羊肉，口味也很不错。南印度的塔利是将菜肴盛在蕉叶上，一人一份用完即丢，既卫生又环保，据说蕉叶还有杀菌功能。

食物背后，有着独特的民族习俗，以及悠长的历史文化。

匹村

2017 / 10.02

"就一大村子！"

去年圣诞前夕，小早来匹兹堡。微信问他，印象如何。他如是说。

小早长于京畿，工作在深圳，打小，在村头、田垄撒欢，大了，亦多识皇城的威武，市井的繁华。因而，他对匹兹堡的归类，在我听来，权威性不容置疑。

当飞临上空，那绵延无垠、郁郁

舍夫沙万蓝色小镇，静卧在北非宽阔的山谷之中。

葱葱的石绿黄绿墨绿扑面而来。着一袭村庄的标配色，匹村，真的来了。

青涂接站，跟着她钻进uber（优步）。驾车者是位美少女，蓝眼睛、白皮肤、梳着满头小辫（就是非洲人"拉斯塔法里式发绺"那种），她旋低音响播放的蓝调布鲁斯，问今天过得嗨皮吧，现在是去Murray Avenu？

上坡、下坡，又上坡……起起伏伏。想起了重庆的路。约莫半小时后，到了！青涂说。

拉开车门，低头看见了路面，显然年久且失修，裂纹如枝丫伸展。抬头，迎面一间房舍，门面简朴，没有任何装饰，玻璃窗折出的灯光，暖暖的、琥珀般闪耀。往里走，门框上小小的钉牌，写着小小的字：Dobra house。

心里想，小早说得没错，是"村"的模样。

屋里随意摆着些桌椅，各式肤色、各种年纪的男女，三三两两围坐，喝着，聊着。忽觉满屋香味，飘飘然沁入心脾。这芬芳，从前未曾闻过，热烈？呢喃？醇厚？淡雅？欢快？忧伤？好像是，又好像不是。

选一角落座。青涂说，这有全世界各地的茶，你想喝哪个？看我举棋不定的眼神，她很快决定：给你点个非洲的吧，它的茶具很特别呢。

一只小小深褐色陶罐，状如掀盖的椰壳，满满当当盛放了沸水冲泡、黑中泛绿的……草。一柄银质、刻了花纹、貌似烟斗的物件，从草中探出身来。青涂肯定地说，是草，非洲的草，清热、解毒，好喝着呢！

我提拉起"烟斗"，嘬了一口，那味道，初觉寡淡，俄顷，回甘渗出，绵绵不绝。

青涂自己点了波兰茶，蓝色细瓷杯，杯中汤色金黄。我也讨一口喝，却是微微的苦，继而，怎么又甜了呢。

思学圣堂里的中国教室

2017 /
/ 10.03

住进匹村后，当地人给开了个必看清单。当然，都是他们引以为荣的地方。

一早，就奔匹兹堡大学"思学圣堂"了。

匹大的名气大得很，全因拥有许多的"一"。比如美国最早的十所大学之一，美国"常青藤院校"之一，诺贝尔奖、国家科学奖、普利策奖、奥斯卡奖获奖最多高校之一……但是在匹大学子眼里，似乎"思学圣堂"的风头，已盖过前面的所有。

看看他们写下的话：

读了六年书的地方，满满的回忆，最好的当然是去思学圣堂里看一会书，或者照个婚纱照。

我们私下里觉得它像霍格沃茨（《哈利·波特》中的魔法学校），那里面也确实发生过许多的

事……

一幢哥特式建筑耸立眼前。

尖肋拱顶、飞扶壁、束柱、柳叶窗，外观雄伟峻峭，又轻盈修长，欲向天外飞升。推门进去，尖券、束柱，内部空阔高旷、单纯、统一。进来的人，立马严肃起来。

这是匹大的一座教学楼。1937年正式启用。楼高163米。在世界各国大学教学楼中，高度居西半球第一、世界第二。全部用安纳州石灰岩砌成，没有使用一根钢梁。有人叹："20世纪最伟大的建筑幻想！"

正中是"共享空间"（Commons Room），学生们就着早点，埋头做功课。

四周的回廊，传出教师的声音。国际教室（International Study Room）的授课正在进行中。国际教室共29间，以民族命名，在世界上可谓独一无二。大楼建造时，校长鲍曼发出邀请，构建多元文化教学楼，在匹兹堡市居住的每个民族后裔，都可以装修一间教室，展现自己民族的文化特色，教室内不得有任何政治

符号。

一间间看过去，捷克斯洛伐克、意大利、德国、匈牙利、波兰、立陶宛、瑞士、希腊、苏格兰、英国、法国、挪威、俄罗斯、中国，中国! 终于找到了。门上写着Chinese room，门号136。

门关着，正在上课。据说，国际教室间间精美，而我，最想看中国教室是啥样。来这才知，每年11月到1月，所有国际教室将饰以各族群节日装扮，12月第一个周日开放任人参观。看来，我来早了。

转到楼下礼品部，见墙上挂着国际教室的明信片，找到中国，举起相机就拍。

Hello! 这时就听柜台里的黑皮肤女士招呼过来。心想糟了，是不是让买不让拍?

却见她从柜中抽出一本画册，翻开一页，大方递与我，说拍这个吧，这个清楚呢。我一看，正是中国教室内貌全景，更让我喜出望外的是，还有详细的文字资料。于是，捧着它，在"共享空间"坐下，磕磕巴巴把整篇英文啃完（大都是建筑、美术词汇，生词不少! ）大致是：

装修完成于1939年10月6日，设计灵感来自中国18世纪的紫禁城宫殿。建此屋以铭记中国伟大的教育家孔子及他杰出的教育思

中国教室设计灵感来自紫禁城宫殿

想。内部以红色、龙、祥云等中国元素表现中华民族文化特征。门框为石质,两侧门柱有石刻梅花,门楣为石刻隶书"虚心实德",门柱下有石狮门墩。天顶是覆斗藻井。屋顶周边书写着老聃、墨翟、司马迁等中国文化名人的姓名。教室正面居中有孔子像。孔子像前置一条案。室内有圆桌一张,靠墙及圆桌旁有十多张仿古"灯挂椅"。教师的座椅上刻有"循循善诱"四个字。

卡梅和丁丁

2017 / 10.04

匹村人说,如果你只停留一天半日,只够去一个地方,那就去看看卡梅(卡内基·梅隆大学)吧。

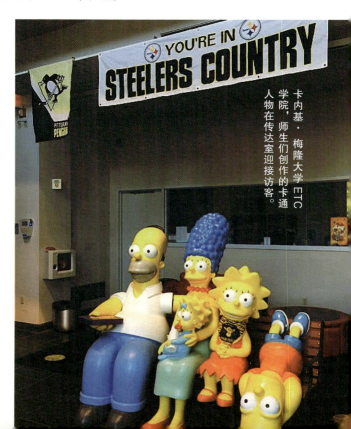

卡内基·梅隆大学ETC学院,师生们创作的卡通人物在传达室迎接访客。

为什么？那是由美国最有钱的人卡内基和梅隆创立的，那里有世界排名第一的计算机学科、全美排名第三的艺术学院，有全美最棒的美术馆和自然博物馆，已拿下20个诺贝尔奖、12个图灵奖、9个奥斯卡、114个艾米奖、44个托尼奖。你知道J.纳什吧？就是《美丽心灵》的主人公那位，还有H.西蒙，对了！还有你们中国的现代桥梁之父茅以升、国民党中统局局长徐恩曾等，都曾就读于此校呢。

卡梅和匹大相邻，校园依山傍水而建，没有围墙，蓝天绿草碧水浅黄校舍，浑然一体。入口处，我站定在"迈向天空"前，仰望，看指向蓝天的长杆和杆上迈步向上的人，心里比划着，要以怎样倾斜的角度，以及步伐，才能上杆呢？

您好，是从中国来的吗？有人用熟悉的语言和我打招呼。定睛一看，是位帅气的大男孩，白T恤，牛仔裤，不高不矮的个头，镜片后一双明亮的大眼睛。我说是啊是啊，从北京来，你是哪的人，在这念书吗？他回应来自成都，名丁丁，ETC大二学生。ETC就是娱乐科技，由计算机科学学院和艺术学院共同组建的交叉学科。他解释，然后看着我：陪您去ETC转转吧，正好有个空。他停顿一下，把手紧贴自己的胸口处，说：那儿是我的骄傲。

大喜过望。跟着丁丁进了一幢大楼。走过落地玻璃墙，望出去，宽阔的江面波平如镜，岸边桅杆林立，阳光下，巨大的拱形桥梁，似一把拉满的弓，金灿灿，迎向苍穹。

我惊讶地发现，每一层楼道的墙面，满满张贴着熟悉的海报：《魔戒》《哈利·波特》《海底总动员》《疯狂动物城》等，许多迪斯尼新老影片，还有过道，立着一组组经典的造型：白雪公主、唐老鸭、超人、蜘蛛侠、功夫熊猫……

看着我诧异的目光，丁丁有些得意：这些，都有ETC师生的贡献！

我问他：网上说，卡梅学费不菲，且对学生的训练异常严格，课业繁重，在每年"学生累得像狗的大学排名"中，从来高居前位。受得了吗？

他笑了：是啊！有一次上课，不少同学打瞌睡，教授在前面大声问，昨天没睡够4个小时的请举手，立马一大片齐刷刷举起来。卡耐基的名言 My heart is in the work，就是校训，一百年了，没变。

希望有朝一日，我的作品能在这里，让别人也看看，中国人的厉害。

声音很小、很坚定。他给自己，许下了一个心愿。

卡内基艺术博物馆内的原作

2017/
/10.05

到匹村四五天，卡内基艺术博物馆去了两回。

在二楼，看到了许多曾经从画册上、画廊里见过的作品。这儿的，是原作。

记得曾有专家谈过原作和复制品的不同，大意是：技术已可百分百复制原件，包括材料、纹饰在内，和原件比一个分子也不少。但是，原作的记录信息无法复制，所以，原价价值远高于复制。

记录信息是什么？比如，藏家是谁？唐朝画师韩干画的照夜白图，上面大大小小的题字、印章，说是收藏有方、流传有序，其实就是很多历史名人点赞。这个事实无法复制。

再比如：画作或者艺术家的传奇经历。凡·高切掉自己的耳朵，你可以想象下全世界有多少语言的多少本出版物讨论过凡·高的耳朵？这些经历无法复制。

而现在，当我真正与原作面对面时，体会它们的价值，其实可能，那些"记录信息"也不那么重要。莫奈们创作时，哪知道自己的，以及画作的身后事？

他们只是想画就画了。

凡·高，在37岁的生命中，饱尝世人的冷漠。最著名的作品《星夜》，以短促、急速旋转的线条，疯狂的色彩，把天空描绘成湍急的河流，表达灵魂深处的躁动、内心的紧张、冲动和绝望。而眼前这幅《雨后的麦田》，是完全不同的风格：清新透明的空气，茵茵葱绿的原野，金色耀眼的麦田，流动着对生命的赞美和渴望。

雷诺阿，一生贫困，画面却明丽、华美。阳光、空气、鲜花、大自然、粉红玫瑰般的女人、天真纯洁的儿童，在他终生坚持的户外写生中，这些，都自自然然跃于笔端。

第一次看到莫奈这么巨幅的《睡莲》。老年莫奈，绘画技法已达到登峰造极的地步。但他还说，"重要的是画家自己的观察和感受"。无论是白天还是傍晚，天晴还是下雨，莫奈总是坐在池塘边，观察自然，感受光线，用画笔记录。眼前的《睡莲》，阳光透过树丛照进来，水，流溢着奇妙的色彩，变幻成富丽堂皇的织锦缎，睡莲如穿了色彩斑斓的花衣裳，明亮地盛开了。莫奈把握了春天，把它留在了人间。

……

他们那一支支画笔，分明是生命的礼赞，饱蘸所有的情绪、情思、情感，统统织进了画布，定格成永恒。

生命、情感无法复制。技术不可能企及人的灵魂。

这也是为什么，当我们面对原作时，心灵的交互和感应，不期而至，无法言表。

你竟然不知道他！

卡内基艺术博物馆的二楼展厅，一幅自画像，吸引了我的视线。他脸色苍白，面容憔悴，发如喷射的火舌，一颗头颅，孤悬、飘浮在无边无际的黑暗中……

再凑近些看。画旁的小牌上写着：Andy Warhol（安迪·沃霍尔），匹兹堡人，一位在生活、艺术，以及大众传媒中，持续制造自我形象的大师。

晚间回住所，与放学回来的室友闲聊。室友扬起眉毛：你竟然不知道他？

我抱歉地笑笑，为自己的孤陋寡闻。

室友接着说：他，美国波普艺术运动的发起人，还是我们卡梅的校友哇！画过梦露、毛泽东。他的毛泽东画像，前两年拍卖，创下7600多万元天价。匹兹堡有沃

霍尔博物馆，去看看吧。

于是去了。这家号称全美规模最大的单个艺术家博物馆，17个展厅全部展示沃霍尔作品：油画、摄影、版画、雕塑、表演、曲谱、书籍、海报、墙纸、装置、电影。可口可乐、罐头、美元、明星、各种商品占据着作品的中心位置。丙烯酸、胶片制版、丝网印刷、橡皮或木料拓印、金箔技术、照片投影。都成为制造作品的工具，还有各种复制、量产。

我无法从审美角度评价这些作品。美，还是不美，似乎已答非所问了。

艾未未说他，是一个不可思议的人。

波普，汉密尔顿曾定义：流行的，面向大众的，可随意消耗的，廉价的，批量生产的，年轻人的，诙谐风趣的，性感的，恶搞的，魅惑人的，以及大商业。

沃霍尔是波普艺术的巅峰人物。他，改变了世人评价世界、生活和艺术的方式。

在展馆，读到一段文字：

1982年，沃霍尔在北京呆了两天。没有人认识这位在西方如

日中天的艺术家，他像一个普通游客，穿行在北京街头，并在天安门、长城留影，甚至穿上了当时流行的蓝色中山装。

那幅拍出天价的毛泽东画像，是沃霍尔在1972年美国总统尼克松访华之际所作。他用"文革"时期的红黄两色，创作了这幅帆布制画像。

莎士比亚故居。一栋16世纪的老房，位于伦敦西郊的斯特拉特福镇。

三姊妹桥

2017 / 10.07

去匹兹堡机场。国庆黄金周结束，返程的时候到了。

路上，送行的小室友说，先拐个弯，顺便带你看下三姊妹桥。

市中心。九街、七街、六街处，三座自锚式悬索桥梁，横跨阿勒格尼河，飞架北岸。放眼望去，穿城而过的阿勒格尼、莫农加希拉河与俄亥俄河三条大河上，桥梁林立，密织成网。而这三座，格外抢眼。它们真的太像了！长相、身材、肤色，几乎一样，肩并肩，仁立在浩浩清流中。

每一座，都以一个匹兹堡人命名，铭记久远、然永不消逝的传奇。

卡森桥。纪念《寂静的春天》（1962）作者环保运动发起人R.卡森。卡森的作品推动了美国以至于全世界的环境保护事业。

1972年联合国召开"人类环境大会"，各国共同签署"人类环境宣言"，开始了全球环境保护进程。匹兹堡也从大炼钢铁严重污染的烟雾城市转型，成为当今公认最适宜居住的城市。

沃霍尔桥，纪念美国波普艺术发起人A.沃霍尔。

克里米提桥，纪念棒球劲旅海盗队传奇人物R.克里米提。

他（她）们是学者、作家、艺术家、运动员。他（她）们用自己的方式，改变了世界，也光耀了匹兹堡的形象、气质、品格，成就了匹兹堡永远的骄傲。

拍几张，存入路万里相册。别了，匹村。或许，来年春暖花开时，再会。

卡梅的毕业典礼

2018 / 05.24

亲友团一行抵达匹兹堡,参加卡梅ETC的毕业典礼。

下午四点半,Heinz field2楼内厅,宾客满座。看服装、肤色,疑似来到了联合国。典礼开始了。主持人贾妮丝示意大家抬头,看上方的大屏幕。音乐声起,同学们的各种搞怪表情、夸张动作纷纷登场。笑声四起,家长、亲友们将巴掌拍得山响。我想,卡梅的魔鬼式训练闻名于世,孩子们都非常辛苦,但他们展示的却是乐观、幽默的一面,这是不是就是一种成长呢?

接下来,一位西装革履的男士上台,主持人介绍是谢尔教授,他代表校方讲话。只见教授摊开双手,表示空空如也。然后,往空中连击三掌,瞬间他手上已持有三件利器:匕首、砍刀、锯轮。明晃晃寒气逼人。

然后,他就如杂技团的杂耍演员,将匕、刀、锯轮番抛起、接住、再抛起、再接住,利器曳起森森青光,飞向空中,又倏地鹞子翻身,急转直下,冲他的头顶扑去……在大家的尖叫声中,他镇定自若,眼疾手快,该接接,该抛抛,时间、落点、出手,准确无误,分毫未差。利器不断腾跃,织成一张密密的网,将他团团围住,却丝毫奈他不何,伤他不得。

他一边玩耍着,一边叽里咕噜说出一番话来,译成中文大意是:你们毕业了,马上走向社会了,而社会犹如战场,既要懂得见风使舵、规避风险,也要勇敢地、智慧地去冲锋陷阵,老师祝福你们能披荆斩棘、所向披靡、游刃有余。

教授杂耍结束后,当年学生入学的面试官凯瑟琳上台,宣布毕业生名单,评点每位学业成绩、未来畅想。每念到一位学生的名字,这名身着学位服的学生就气宇轩昂走上台去,从院长德鲁手中接过硕大的朱红毕业证书,与院长拥抱、合影。然后又与站立的老师们，一一拥抱，表达感谢，接受祝福。

是啊，亲爱的孩子，还有你所有的同学们，在这个人生的重要时刻，我们为你们骄傲，送给你们最美好的祝福。

典礼结束了。简单、印象深刻。尤其对那场教授杂耍，我很是好奇。谁知学生们说，那教授原本真的就是一名专业杂耍演员。为什么后来成了大名鼎鼎的卡梅当红教授？说起来也是一个长故事，得另文写出了。

杂耍教授，代表校方在毕业典礼上讲话。

波士顿·茶

2018 / 05.26

毕业典礼后，就近顺访了波士顿。波士顿的第一印象是茶。

到后先去预订的"民宿"安顿。房东备了茶包"RUNA"。沸水冲泡，汤色墨绿，饮之寡淡无味。心想这也称得上茶？这时就特别想念中国茶，或琥珀或翠玉的色泽，芬芳，回甘。好看，又好喝。

然后出去溜达。却发现，茶在波士顿，大大超出了我的口感范畴。

在波士顿茶叶党船博物馆，身着往日服饰的工作人员，重现了历史一幕。1773年12月16日晚，风高月黑，60名"茶叶党"（波士顿市民）化装成印第安人混上了茶船，将东印度公司三条船上的342箱茶叶全部倾倒入海。这次反英抗税的草根行动，掀起了多米诺骨牌效应，导致了北美独立战争爆发，1776年7月4日，美利坚合众国宣告成立。

所以，有人说，没有"波士顿倾茶事件"，就没有现在的美国。

眼前，工作人员大呼反英口号，游客们纷纷拿起一袋袋茶叶，奋力丢入"海"中，体验当时美国人民激昂的反英情绪。

而我，似乎看见了更遥远的从前。

公元六七世纪始，陆地驼铃叮当的商旅，海洋风帆猎猎的船只，将中国茶叶先后带到朝鲜、日本、印度、荷兰、英国、法国。18世纪，饮茶已风靡整个欧洲，又传入美国、加拿大以及大洋洲的澳大利亚等英、法殖民地。到19世纪，中国茶已遍及全球。

千年辗转中，茶，演绎了一个又一个传奇。包括200多年前，在大洋彼岸一个叫波士顿格利芬的小码头，引发了当今号称世界最强国家的诞生。

200多年后的今天，来自茶叶

故乡的我, 徘徊在这个小码头, 感受人类历史逶迤交错、千回百转的神奇。

39 号码头

海关处。关员见面便问, travel? yes后, 开始指纹验证。左右手、四指、拇指, 轮番上阵, 屡试不过。他和我都露出了诧异好奇的神色, 开始讨论这是为什么? 折腾数分钟, 然后, 他说 enjoy! 就过关了。

与小友会合。她说这儿你也来过, 但渔人码头有样东西估计你没吃过。吃, 对我的诱惑一贯较大, 二话不说, 走起。

餐馆在楼上。扶梯两侧挂满了镜框, 大大小小, 全是政商要人各路明星到此一餐的老相片。餐桌临窗。浩淼的水域, 湾区逶迤的岸线, 临空飞越的金门大桥, 刹那间都在眼前定格。桌上的刀叉, 金属手柄雕满花纹, 灯光下, 鱼鳞般闪烁着细碎晶莹的光。

不一会儿, 上来一盘, 菜名

Clam Chowder（周打蚬汤）。圆圆一只去瓤碗状面包，内盛浓汤，土豆蚬粒奶油熬制，咝咝地腾起热气。送一勺入嘴，口感细滑，味道奇异，混合着土地的芬芳和海洋的鲜腥。不消说，"汤碗"很快见了底。意兴未尽，干脆揪下一块"碗"边，直接丢进嘴中，嚼起来却是酸酸的，爽口又劲道。

看我赞不绝口，小友说，其实以前，这汤只是码头工人最广泛、最普通的日常便当，那时生活拮据，面包酸了也不舍扔弃，盛上极易打捞的海产，就是一餐，荤素都齐了，还不用买碗、洗碗。后来，也不知从何时起，它就堂而皇之登上了餐馆菜谱，成了旧金山一道标志性家乡美味。回乡的、新来的、达官显贵、市井小民，都好上了这一口。

说话间，主菜螃蟹也上桌了。满盘肥硕。系上印了蝴蝶领结的围兜，舞弄钳夹锥锉、大动干戈，一通忙乎。鲜嫩的肉质、浓香的汁液，口腹大为满足。菜单上的介绍写道："圣佛朗西斯科螃蟹，烤制配方为本店最高机密，概不外传。"

餐毕。随意走走。

空旷的街道，霓虹灯闪烁，夜空漫不经心甩落几个雨滴。海豹的嘶吼声此起彼伏。39号码头标牌下，巨大的红色提琴旁，白人吹着萨克斯，黑人跳起了爵士舞。

39号码头

火努鲁鲁

2018/
/10.03

疑是银河落九天。

子夜鸟瞰，璀璨无边。夏威夷到了。

一夜沉睡。突然被喇叭声吵醒，酒店发出了火警。刚下到大厅，广播又说险情已除。看下表，当地时间上午9点，时差已经倒过来了。

网上相中一家早餐店，需步行15分钟。旅行的原则之一是，尽量不放过当地美食。不是贵的，而是对的。这是年轻人告诉我的。

这一走，一下子有了好几个感受：

火努鲁鲁，这地名的中文译名名符其实，越想越妙。到了室外，火热！所带居京夏装基本不管用。而餐馆从吃的到喝的，全是冰冻的。想想这地名吧，"火"热就不说了，还要再"努"力热，还要再"鲁鲁"地加油热。如果说，"枫丹白露"尽显优雅美丽，"火努鲁鲁"则道尽淋漓激情。绝了！神奇的中文！神样的译者！

热带，是缤纷色彩的同义词。即使是一个早餐，盘中的色彩、食材、造型，也让食客感觉坐拥花城，快乐扑面而来。

人真多。蔚蓝的海水里，银色的沙滩上，椰树成行的街道中，全是人，肤色齐全，年龄无极限。似乎全世界的人都涌向了这里。

是什么魅力，让人们心甘情愿，飞越万水千山，还自费不菲的银子，来到这儿？就冲这一点，火努鲁鲁是否应改一字：火奴鲁鲁。这个奴字，都懂的。

奴家我很想探一个究竟。

301

滑翔

2018/
10.04

　　到达毛伊。夏威夷群岛之间的交通，全靠"飞的"。

　　酒店就在海边。大草坪从门前向沙滩漫延，沙滩潜入海水，海那头是云朵飘飘的天际。绿黄蓝白一相逢，已胜却人间无数。

　　寂静的夜。涛声惊天动地。

粉身碎骨、珠玉四溅的浪花，总在眼前晃悠。一夜未能入睡。

　　晨起乘快艇出海。小友独断专行，早早定下了娱乐运动项目"滑翔伞"。想人将悬于高空，下面是深不可测、鲨鱼游弋的大海，有些心虚，欲婉言相拒，却被郑重告知：65岁以后想上，就必须出示医院健康证明了，还是趁早吧……这时，排在后头一双日本夫妇，头发全白满脸皱纹，举起了手，说可以让我们先来吗？

　　我得行动了。船员利索地用救生服、绳索将人套住，一一扣紧，比划了几个动作，叮嘱了注

勇敢者的运动

意事项，然后，一声发令，胳膊一挥，甩出一个类似"辽宁舰"飞机走起手势——只听哇的一声怪叫，快艇猛然加速，如脱膛子弹射出，呼啦啦，我头顶的上空，迎风张开一把巨伞。伞下的我，晃晃悠悠，离开了船体、踩上了水面，然后，风筝般奔向天空，直冲云霄。

前所未有的辽阔尽收眼底。大海闪耀着丝绸般的光泽，白帆星星点点，如天珠散落人间。抬头看，滑翔伞，一张灿烂的笑脸，正冲我乐呢！飞这么高，看这么远，平生第一回。下降时的俯冲，全然没有了胆怯，临近水面时，还试图来个"凌波微步"。快艇上的美国加拿大希腊日本游客，一齐鼓起掌来。

当然，他们滑翔时，我们大家也都伸出了大拇指，鼓掌祝贺。

一半是海水一半是火焰

2018/
10.06

昨晚入住网订的民宿，叫 Maureen 's bed and breakfast（莫瑞的床和早餐）。一幢小木屋，栖于茂密花丛林木中。莫瑞是位身材富态的老奶奶。室内有磨出了包浆、油光锃亮的楼梯扶栏、几十年前幼年莫瑞的老照片、毕业证书、旧式家具。岁月沉淀的韵致，从容而温馨。

聊起来，30年前莫瑞就从密苏苏比来到了这里，成了家，生儿育女，再未离开。她说，很多年了，孩子们在这儿吃着她做的饭长大，现在他们回来探望，总说外面什么美食，都没有妈妈做的好吃。

莫瑞家窗外虫儿欢唱，此起彼伏，清脆似鸟鸣。在一场原生态大竞演中，睡着了。

今早，小友说，火山之旅，是每

位大岛访客的必选，老同志来一趟不容易，就地上（乘车+徒步）空中（直升机）的，都看看吧。

地上来回7小时。路经茂密的甘蔗田、咖啡园、植物林，眼前突然出现的状况，把大家惊了一下。寂寥的荒漠，草木俱焚、鸟兽绝迹，没有生命的气息，数不到边的火山口，黑洞洞如巨型铁锅密布，远处一团团白雾升起，飘过来，全是刺鼻的硫磺味。导游是本地人，用见过大世面的口吻，告诉大家稍安勿躁，说几百年后，这里又将植物茂盛，森林浓密……其实，你们刚才路过看过的这园那园、这林那林的地方，好多好多年以前，也曾同眼前景象并无二致呢。

原定1小时空中直升机，却因雨下个不停取消了。我在展示的纪实照片前徘徊，展开解读和想象：绵延数公里的火山口，红色熔岩如音乐喷泉升腾，岩浆似烈焰巨龙，浩浩荡荡奔向大海。水火相逢，相杀相亲，蒸气嘶嘶作响，火热的熔岩得以重生，世界最新的土地诞生了。

在水与火的淬炼中，不但诞生了夏威夷这一地质年代最年轻的大岛，还有世界罕见的岛内自然奇观：海拔最高（4000多米）顶部积雪的火山、云蒸雾绕的高原、临海峭壁、热带海滨、黑乎乎的熔岩荒漠、郁郁葱葱的植物林。如今，人们从世界各地赶来，去山上滑雪，下海滨冲浪。

大自然，造物主，到底还藏着多少神奇呢？

夏威夷农贸市场门前的音乐人。

珍珠港复仇者

2018 / 10.07

　　夏威夷最后一站，珍珠港。

　　想了解，美国人怎么对待"珍珠港事件"遭遇的惨败。

　　先到"鲍芬号"博物馆。潜艇"鲍芬号"又名"珍珠港复仇者"，1942年12月7日、"珍珠港事件"一年后下水服役，战功赫赫。馆内墙面、天花板布满二战时美国海军潜舰战旗，由各潜艇水兵手工制作，战旗上缀满了消灭日军的战绩（人数、船只及吨位等）。有一面战旗格外引人注目：以美洲印第安人打仗用头饰为图，羽毛设计参考自日本旗帜，每根羽毛代表它所损毁的日方舰艇。

　　博物馆陈列了"指说旗"，B4纸大小、丝质美国国旗。旗下方用中、日、英、法等6国语言写着："我是一名美国军人，如果你保证我的安全，将会得到奖励。"二战时美军飞行员军服的一部

珍珠港「亚利桑那」战列舰纪念馆。

分，随身携带，遇到麻烦时，指着上面的字求助。

然后，登上"密苏里号"战舰。20多层楼高的"密苏里号"，船首的大炮能够将2,700磅重的炮弹发射到23英里（约37公里）以外。

有工作人员引领，至"受降甲板"。1945年9月2日，五星上将麦克阿瑟等同盟国代表在"密苏里号"接受日本无条件投降，结束了第二次世界大战。结束二战的历史文件镶嵌在镜框中，清晰可见受降方同盟国第二位签字者是中国代表四星上将徐永昌。

又至船舷一侧，甲板上几行黑色脚印，标牌注明，二战期间，自杀式攻击"密苏里号"的日军"神风"飞行员阵亡后，"密苏里号"水兵在此列队为他们举行了海葬。

最后，到了船头，站在高高耸立、口径巨大的排炮下，但见前方水面有一幢通体纯白的建筑，那是"亚利桑那"战舰纪念馆。"珍珠港事件"中被击沉的"亚利桑那号"，以及在战舰上罹难的1177名海军将士，就长眠于那里的海底。1999年，经历了三次大战和50年服役的"密苏里号"战舰，从美国西海岸移至珍珠港，舰首朝向纪念馆，以示永远守卫着亚利桑那舰以及沉睡的水兵们。

陪伴水兵们的还有雕塑"胜利日之吻"。1945年8月14日（北京时间8月15日），日本宣布无条件投降，一位水兵在时代广场的欢庆活动中亲吻了身旁的一位女护士，这一瞬间被《生活》杂志的摄影师A.艾森施泰特抓拍下来，成为标志二战结束的传世经典历史画面。

夕阳西沉。甲板上，一位白发老人轻声哼唱起来。

你好，21000

2019/
/01.18

夜三点，UL869已在高空飞行两个多时辰。舱内昏暗。左侧乘客鼾声梦语齐上阵，睡得香甜羡煞旁人。

横竖睡不着。索性摇直椅背，推开身旁的小窗板。

豁然展现的景象，刹那让人心跳神迷，屏住了呼吸。

一条星河，奔涌而至，浩浩荡荡横贯了寂寥长空。

星星，如恒河沙数，如钻石闪耀。将无边的黑夜，晕染成丝滑绸缎，光泽温润，雍容华贵。黑夜如此清澈、用不着仰视的角度、伸手可触的距离，撩拨遐思。我努力将视线延展，探向这星河深处，那颗编号21000，命名"百科全书"的小行星，你在这里吗？

从知道有你的那日起，就特别好奇，你的诞生、成长、模样、性情、轨道、邻里、命名……

小行星命名是一项国际性、永久性崇高荣誉。而编号是1000的倍数的小行星，则以特别重要的人、物来命名。如编号1000的小行星，以第一颗小行星"谷神"的发现者皮亚齐命名，编号3000—达·芬奇，编号6000—联合国，编号8000—牛顿，编号21000—百科全书。人类文明的漫长演化、精彩华章，都写在这浩瀚的星辰上。

明日，一项新的百科全书编纂国际合作将在科伦坡启幕。

你好，21000。今夜是否有缘星空相会、与君同行？

维克勒马辛哈

2019 / 01.19

维克勒马辛哈，斯里兰卡总理。对，就是去年曾因"两个总理"危机登上世界各大网站头条的那位。

这场危机导致了兰卡政局的波动，也直接中断了我们原定的出访计划。

薛老师却很淡然，说没事，兰卡政坛比较随便，过些天，没准他又上位啦。

果然，51天后，他又官复原职了。

代表团到达兰卡后，第二天上午9点半，维克勒马辛哈在他府中与中斯人员进行了会谈。

进入总理府经过的三道门、等待室、会议室等给我留下了深刻印象。存记。

大门，低矮、陈旧、简陋，手动的汽车栏杆、电风扇、木条桌、小窗里隐约可见的军人，啥也没问，就放我们进去了。

二门，没人。

三门，小亭似乎有人，但没出来。

有人将我们引入等待室内，同伴嘀咕：怎么一直未见安捡？该室有两大看点：一是地板，高度疑似塑料制品。二是毛玻璃门上的两个透明孔，门后不断有人据孔窥视室内动静。

总理会议室陈设简朴，但窗明几净。桌上已经摆放好代表团专程带来、刚刚出版的中英文版《维克勒马辛哈传记》，这是唯一受到检查的物品。

赠书、会谈、合影大约持续了半个小时。维克勒马辛哈很健谈，他说他去过中国的白马寺、西藏拉萨。

当天，会谈的消息和摄影上了当地大大小小、多个语种的报纸，还有广播、电视。

诵经

2019 / 01.20

许久以来有个疑问。

佛教起源于印度。玄奘去取经，当时的印度霸主戒日王，为玄奘组织万人辩论大会，据说参会人数最多时有近50万人。

何等盛况。不料后来，佛教在印突然销声匿迹了。

而邻里的一个小岛国，公元前三世纪传入佛教，至今奉为国教，还以反哺的方式，数百年后又将佛教带回了印度。

于佛教居功至伟，它就是斯里兰卡。

它如何做到的？这个问题，让我对兰卡充满好奇。

会议午休一会，随几位老师到附近的克拉尼亚大佛寺看了看。

无处不在的佛尊。无处不在的诵经人。

诵经人的坐姿吸引了我的目光。有盘腿端坐的，更多的是任意式：身体歪斜、腰杆软塌、靠墙倚栏、腿脚胡乱摆放，一眼便能看明白，是怎么舒服怎么来。

奇怪的是，虽然这等姿态，他们合掌诵经的神情、节奏、音量却

吴哥窟的大树，将佛龛紧紧拥抱。

仍然虔诚，一丝不苟，而且，时间超长。

突然想，这种不拘表面形式，心诚则可，是否亦是佛教能在这片土地具有如此广博、如此持久生命力的原因之一呢？

第三辑

子夜记寻常

一观

北岳恒山悬空寺。绝壁千仞建佛寺，苦行百年明禅心。

七夕转盘

2015 / / 08.21

打开朋友圈。出现了一个超级意念转盘，转盘有名字：你的前世今生。七夕夜，看看前世今生吧。

转盘以黄红橙蓝四色间出12格，每格一个身份，或叫一个职业，转盘中心有一金属球扣，拴着细长的紫红指针。按图中提示，她点击按钮，指针便快速旋转起来，转啊转，就慢下来，再慢下来，然后就缓缓停在了那一栏。瞧着离左皇帝右将军均只一线之遥，她心有不甘，便努力于手掌处暗自运气，再用不同的劲道点击按钮，然后，指针它转啊转，然后它晃悠悠颤巍巍最终总会停在那同一个格内，百战不殆，百试不爽！一行小字飘过来飘过去：你的前世是书生！

好吧。那么，前世有多前？书

生是男身？七夕人在哪？和谁在一起？

会不会是张生，正潜入普救寺的后花园，与那"娇羞花解语，温柔玉有香"的莺莺相会，赋词唱和。再后来，有情人就终成了眷属。

又或者是那柳梦梅，睡梦中与才貌端妍之丽娘相会于牡丹亭畔，两人从此情不知所起，一往而深。生者可以死，死亦可生。再后来，有情人就终成了眷属。

当然也有可能是陈世美，龙头铡下断头鬼，薄情年少如飞絮。

或许是涓生，终没能留住"眼睛飘着稚气，脸上是微笑酒窝"的子君，独自在悔恨与悲哀中消磨生命。

………

正想入非非，至情缠绵逶迤之时，叮咚一声，把她拉回。转盘发出指令，该看看今生啦！

今生，还可以改变吗？还可以选吗？她朝那黄红橙蓝十二格看过去，从12点位置顺时针依次为，和尚、财主、嫔妃、将军、书生、皇帝、名妓、老鸨、丞相、诗人、佳人、土匪。这一看，就看出了问题。首先，这是哪家的分类，将军不可以是诗人？如"对酒当歌，人生几何？譬如朝露，去日苦多"之曹孟德；名妓不可以是佳人？如"将军拔剑南天起，我愿做长风绕战旗"之小凤仙。其次，12个职业，都是上层和服务业，没有工业、农业、科技，那么，谁供他们吃喝玩乐？再者，即使是罗列有致的服务业，却没有商人，这个问题相当严重，叫这铺天盖地的电脑、手机、微信、电视，还有亦文亦商的出版，在今生怎么活？

莫非，这个转盘它另有玄机？

她按下揭晓今生秘密的按钮。

指针它轻快愉悦地一跳，刷屏，蹦出个瞪眼龇牙挥舞双手的卡通萌娃，还有字一行：专业网站、定制好心情好美文，联系从速，价格从优！

然后呢，就响起了音乐，提示转发好友，赠人玫瑰，手有余香。

关灯，关屏。她用黑色的眼睛看黑色的夜。看见家乡故里那一株高大的丹桂盛开了花朵，花瓣如碎金洒落在竹椅、凉席上。

七夕之夕，烛影摇红。故人何在，秋叶婆娑。

老人家呷着茶，摇着蒲扇，念着"今日云耕渡鹊桥，应非脉脉与迢迢"，讲着代代相传的故事牛郎鹊桥会织女。她和小伙伴仰着头，想看见鹊桥上的人怎样相会，想看见男人肩挑箩筐里的小孩，伸出手，扑向女人的怀抱。

看着看着，她就跌入了梦乡。

旅行箱黄绿配

2015
/08.22 ~ 23

那个微号突然响了。

老同志你出差那个箱子自重沉，还难看，我要给你买个这样的箱包，理论上明天下午送到，这样你就可以拎去乌鲁木齐啦。

一张画片传过来，是一只亮黄拉杆旅行箱。

你确定是这个颜色？好艳丽哈……毕竟我这年纪已……

没问题！旅行箱就是要显眼一点嘛！

呵呵，得令！

机会难得，你抓紧问：最近忙什么，晚上几点睡，有没有吃水果，那男孩怎么样。

那边悄无声息，像一只轻盈的蝴蝶，飞走了。

你看着微信和图片，微笑了好几天。

正在办公室大战急件，电话来了。纷扰嘈杂的街音，一个声音奋力喊过来，你的快件，10分钟后到楼下取！

你望向那一摞催命符般的A4，喊过去，没时间啊，就放下面吧。

发走稿件，窗外已万家灯火。下楼去，快件到手。

个头不小不大，两臂合围一抱，很轻，似乎还不及刚发出那一叠A4的重量。打开白色无纺布包皮，那张画片上的亮黄一闪，出现在眼前。

外观精致华美，光滑闪耀的金属质感外壳，稳重的双拉杆，灵动的万向轮；里面银灰绸质衬料，可伸缩交叉的物品固定带，拉链条轻盈而润滑，独立口袋夹层若干，足以让各类小物件都井井有条。

那个微号响了。

箱子喜欢吗，密码这样设，1、2、3……

喜欢喜欢，会了会了。

机会难得，你抓紧说：有没有锻炼，晚饭吃了没，要注意别熬夜，电脑用久别忘看窗外。

那边悄无声息，俨然一位功夫深厚的潜行高手，溜走了。

晚上整理出差行装，成了一件多么惬意、愉快的事。

她又发来一张画片，是只翠绿拉杆旅行箱，和送你那只明黄同款、同型号。是她自用的。紧跟着一个微信，说在色彩搭配中，赤橙黄绿青蓝紫的顺序，挨得越近的颜色搭配在一起越正确。

黄绿配。你看见，和煦的阳光，追逐在辽阔清新的原野上。

引力波·玫瑰花

2016/
/02.14

今日，引力波占据了各大报头条，而玫瑰花刷爆了朋友圈。

之前，引力波绝对属于高冷词汇，今以迅雷不及掩耳之势被普及。这缘起一则新闻：美国科学家发现了引力波！爱因斯坦100年前预言，黑洞、中子星等大型天体碰撞、宇宙大爆炸等，都可能产生时空"涟漪"，就像石头砸到水中会起波纹传递开来。这就是引力波。科学家们认为，宇宙大爆炸之初的引力波在137亿年后的今天仍然可以探测到，而一旦发现引力波，就可以揭开宇宙各种谜团，我们从何处来、又朝哪里去，这些人类最挂心的终极悬疑便可迎刃而解啦。所以，消息一出，无异于天外来客与地球的撞击，击出人间层层涟漪。

今日初七，南方称"人日"，即众人之日，偏巧又赶上了"情人节"，喜上加喜，全民共欢，情人节成了娱乐节。朋友圈哗哗啦啦晒花、献花，静物实拍、手绘彩描、视频播放，玫瑰花争奇斗艳，汇成了花的海洋。也有认真的，采一枝或买一束，执手相看，或千里相送，赠予相爱之人。两心相许、两情相悦。玫瑰，娇艳的美丽、俏皮的光芒，炫耀、欢乐、宣泄、任性，绕一个同心圆层层叠叠涟漪荡漾，只为懂的人绽放。

蔚蓝天穹，似见那时空"涟漪"如呢喃，如一朵盛开的玫瑰迎向人间。

据报道，今日全世界有数亿枝真正的玫瑰鲜花传递，姑且称之为爱的引力波吧。

看图说话

2016 / / 02.19

晚上去圈里转转，发现情人节已过去几日，情话却有增无减。都是一幅图闹的。就是那张两鹅"吻别"的照片。

大千世界的一隅，阳光、坷垃路，那鹅五花大绑卧于摩托车尾，首颈却划出优美的曲线，俯向地面；这鹅昂首直立，伸长脖颈迎头而上，两者触首、交喙，薄雾轻拢，光影拉长，逸出了视线。

一石激起千层浪，一图引得万人观。霎时，它蹿红了网络，风头盖过了大秀恩爱的一众当红明星。

甲伤感献辞：

与君吻离别，相送到村口，夕阳长身影，自此各天涯！

乙欲哭无泪：

这一吻，从此以后，天各一方，一个曲项向天歌，一个铁锅炖大鹅，从此永无相见，生死两茫茫。

丙知命：

君去全聚德，我去老鸭汤，夕阳从此别，锅里勿相忘。

丁深沉：

下次相见，已是来世。珍惜身边爱你和你爱的人，有时候一转身就是一辈子。

凄美的爱情故事让人唏嘘，网友继续浮想联翩，才思泉涌，同台飙诗：

鹅鹅鹅，别离泪何多，待得春花灿，托体同山阿。

鹅鹅鹅，无言泪嘱托，此地一为别，昔日待重过。

鹅鹅鹅，俯首言嘱托，小妹犹进城，留下孤独哥。鹅鹅鹅，曲项语无多，舍我一身剐，待你在东坡。

鹅鹅鹅，昔日欢愉多，金榜题名时，莫嫌寒窑破。

电视剧《鹅的爱情故事》也应声落地。剧情跌宕起伏，扣人心弦，荡气回肠。

［第一集］画面：两鹅吻别。字幕：这一吻，从此天各一方，生

死两茫茫。

[第二集]画面：肇事公路现场，摩托车侧翻，东西撒了一地，一人躺地不知生死，警察取证，数人围观，而鹅，已扬长而去。字幕：摩托车肇事了，大鹅跑回去跟爱人团聚了。再次相信爱能创造奇迹了！

[第三集]画面：满满一筐鹅蛋。字幕：鹅到家了，下了些蛋，蛋都孵出鹅仔了。

[第四集]画面：鹅仔都长大了。字幕：放心吧，都是鹅！

[第五集]画面：村头池塘边，鹅和狗相拥在一起。字幕：公鹅就是公鹅，花心是改不掉的，看着母鹅产蛋一天天身材走样，公鹅转身回家焗个油、美美容，和狗好上了，把曾经的爱情抛却得一干二净。

[第六集]（大结局）画面：铁锅炖大鹅。字幕：母鹅知道了，以死殉情。最后主人把公鹅也杀了，最终他俩还是在一起，确切说还是在一个锅里，大鹅再也不分开了。

悬疑惊悚爱情电影《鹅狗情未了》也在紧锣密鼓筹划中，

鹅儿自述

看剧透画面，也离不开悲惨结局——

两只鹅褪尽毛发，开膛破肚，通体棕红油亮，酥香四溢，并排挂在烤炉上…

热闹非凡，记者当然是不甘示弱、不可或缺的。迈步走基层，采访鹅主人，揭示两鹅密语、昭告终极结局——

两鹅来自广东梅州，一起长大，青梅竹马。初二主人欲将母鹅送亲戚家宴客，行使捆绑时，公鹅伸长脖子，试图解开母鹅身上的绳索，动作亲昵，情深义重。它嘎嘎叫唤，似乎在祈求主人，放开她吧。后来，母鹅还是送亲戚家宰食了，公鹅也被主人家宰杀吃掉了。主人表示，自家养的，被宰食是正常归宿。

谁知，这又引发了网友更深沉的思考：有人说，这鹅怎么吃得下去？要我就养着，这么有爱的一对鹅。也有人说，饲养家禽牲口就是为了人们的饮食，不必要站在灵魂的高度去指责食肉吃荤。

唉！人类一思考，上帝就发笑。某位哲人说。

可是，人类没有思考，世界将会怎样？

诗、远方、想象力，使我们保有出发的初心，在这闹闹哄哄、灯红酒绿、声色犬马的人类社会，仍可收获和分享温情、天真、幽默的欢愉。甚好，甚好。

注：文中诗文素材取自网络。

疯狂动物城

2016 / / 03.27

周五夜。照例，南北对话由北发起："周末了，在哪呢？"

泥牛入海。夜晚的南国静悄悄。

翌日午。叮咚！南："在家呢。"

北速写："想你啊！在干嘛？"

棉花落在水面上。午时的南国静悄悄。

三个时辰后。南漫不经心游过来："等下准备去看个电影。"

北迅即回应："哦，啥电影？"

几秒钟，南："《疯狂动物城》。"

这节奏！北想这是南兴趣话题，便写"想起春节咱俩看电影《功夫熊猫》，快乐犹在！"

啪！一个墨镜笑脸蹦出来。南得意。

看来南不会马上跑开，北就放肆多写起来："这个应该好看的吧？迪斯尼影片是世界级水准，故事、艺术、科技完美结合！观影和看书一样，经典让人受用无穷！"

"嗯嗯！"南附和。惜墨如金。

北抓住时机，"周末搞点户外体育锻炼哈！"

小鸟一去无踪影。下午的南国静悄悄。

入夜。叮咚！南问："在北京吗？"

"在呢！"主动权回落，北窃喜。

南继续："明天要不要看个电影啊？"

北："好看吗？在哪看？你又不在这，我一人兴致不高哎。"

南大呼，"真的好好看哇！"

不由分说，南丢过来一个二维码，紧接着是洋洋洒洒的文字："3月6日10：30首都电影院(金融街店)疯狂动物城2号厅6排08座已购，凭码20160306395922276至影院内自助取票机取票。取票机可能要选择'猫眼',这是订票网站的名字。会取票吗?可请服务生或排队的年轻人帮忙。"

次日,北走进久违的电影院。美丽的童话世界、各种憨态可掬的动物、惊艳的动画特效、一气呵成步步为营的剧情架构,歧视、阴谋、平等、宽容、信任、友谊、励志、奋斗,扣人心弦。银幕上的兔警官朱迪、狐狸尼克……还有银幕前满堂的孩子大人融为一体,一起尖叫、伤心、恐惧、鼓劲、欢笑!朱迪那双天真勇敢、睫毛浓密的大眼睛,让北不由自主地想起南。

前几日午餐时分,单位食堂,几位同事边吃边聊。一人说:"你们看《疯狂动物城》了吗?周末儿子拉着我去的,说是让我放松放松。"话音刚落,马上有人接茬:"我也去了,也是孩子叫去的。"一时间,好几位唱和起来。

有什么东西暖暖地爬上北的心头。孩子们爱父母,有自己独特的表达方式,他(她)们认定,快乐要分享,自己快乐的,父母必会快乐。

据报道,《疯狂动物城》上映以来,票房纪录也疯狂,一路狂奔登上了冠军宝座。

油菜花开

2016/04.01

不知从何时起，这冬后的春、

不再是桃红柳绿梨花带雨。

网络电视微信圈照片雪花般飞，金灿灿黄艳艳铺天盖地。迎着风起舞，撒开欢竞放，如海潮涌，漫过梯田、高山，奔向原野、天际。

油菜花开，灼灼光焰。

光焰穿透水泥围城，点燃囚禁的欲望。城中的人，说生活不

儿童急走追黄蝶，
飞入菜花无处寻。

只是眼前的苟且，还有诗和远方。去远方，和可爱的人，看它灿然欢笑，摇曳婆娑，蜂儿采蜜，彩蝶纷飞。

油菜花开，馥郁芳香。

芳香袅袅婷婷入梦，心心念念从冬过去了春。友人催促成行，手谕密集又渐至稀疏，语气热切又挨到无奈，末了一声叹息。时已去，风儿掠过，枝头寥落。

油菜花开，但待来年。

来年，远方，漫天金黄姹紫嫣红。将早已整装待发的路书、行囊，暂寄书房一隅，将希望的种子再植心底。

待再一个来年，应该可以践约吧。

油菜花开，思在今时。

今时，没有远行，静夜浮想。它远离喧嚣，寄情自然，与古树、河流、梯田、农舍为伴；坚韧的根茎，茂密的叶，笔直丛生的株，花开时风姿绰约，花落时擎起果实，只待夏季一声惊雷，便轰然炸裂，漫天的种子，雨一样飞。榨油烹菜、饲料入圈，还有播撒，集纳天地甘露日月精华，生根、发芽、开枝散叶、探出一朵朵精致的花，纵情欢悦，蔚然成海，天成一季又一季锦绣之春。

油菜花开，黄萼裳裳。

谷雨

真的就下起了雨。一滴滴，串成线，摇成扇，从天而降。

分明望见，名媛后稷，凌波微步，自远方来。

萍始生，鸣鸠拂其羽，戴胜降于桑。

雨频霜断，百谷生长。遥看，稻花香里说丰年，听取蛙声一片。

柳绿燕梭，谷雨花开。戏彤，平康脂粉知多少，可有相同颜色无。

今日23时29分，太阳到达黄经30°。谷雨降临。

又可以喝到谷雨茶了。它芽叶肥硕、色泽翠绿，泡在水里像展开旌旗的古枪（称为旗枪），又似雀类的舌（称为雀舌），喝起来滋味鲜活、香气怡人，让人再不能相忘。

又可以见到谷雨花了。花开花落二十日，一城之人皆若狂。雍容华贵、国色天香的牡丹，因了这一个别称、这别称背后缱绻缠绵、真情隽永的故事，该更加丰腴、更加娇俏了吧。

真的会有埃洛伊人吗？

2016/
05.11

今见一则消息，说的是一位青年，玩VR（虚拟现实）不舍昼夜，终至昏厥，差点搭进小命去。

不由想起那则寓言——

多年、多年后的地球，人类只进化成两种人：埃洛伊人和莫洛克人。埃洛伊人身材矮小，四肢纤细，皮肤白嫩，头脑简单，每天只知游戏、玩乐。莫洛克人则终年穴居地下，他们狡猾残忍，嗜血成性，夜晚出没觅食埃洛伊人……

这是1895年，英国科幻作家威尔斯描绘的未来人类图景。他认为，科技进步，物质丰富，人类长期不劳而获、坐享其成，将导致无可救药的退化、堕落……

120年过去了。今日科技之发展，在渐近这个魔咒吗？

人工智能。今年3月，在全世界饶有兴味的观战中，AlphaGo不动声色完胜李世石。标志人工智能突破临界点，进化的速度有可能将以几何倍数递增。霍金说："人工智能的完全发展会导致人类的终结。"

机器人。今年2月，新一代机器人ATLAS问世。目前全球已超过60个国家的军队装备了机器人，种类超过150种。军用机器人被认为是继枪炮、核武后，战争形态的第三大变革。

基因工程。以人工的方式将人体基因重组、或培植，制造新品种，其中包括复制整个人。克隆方

圣迭戈市西班牙
公园瓷塑怪兽

式，将对现有的社会关系、家庭结构、伦理方式、人伦关系等造成难以承受的巨大冲击。

大数据。大数据技术帮助人们更全面理解世界。但大数据对个人隐私的侵犯已呈现出非常明显的趋势。隐私和个人主义可以看作是现代文明的重要基础。这将对人类社会产生深远影响。

科技神速发展，生活更多方便，然而，娱乐至死、道德沦陷、生态危机、毁灭性战争，负效应亦日渐突显。

科技悲观论与乐观论的交锋，自卢梭《论科学与艺术》始，从未止歇。

科技，如普罗米修斯的火种，是人类的福音。我们要叩问、要自省的，其实是，人类的心智、道德、伦理，可以随之一起成长吗？抑恶扬善的初心可以坚持、坚持、再坚持吗？击破退化魔咒的能力可以强大、强大、再强大些吗？

多么期待，是威尔斯逗我们玩呢！

雨晨·寿带鸟

2016/05.14

轰隆隆，初夏的惊雷，炸响。

床头的时钟，指向凌晨5点。

拉开窗帘。曜眼闪电，如蛟龙空中腾跃，又似枝杈丛生的莽林悬挂天庭。大雨滂沱。窗户玻璃上，雨点汇成了小溪，汩汩流淌。

掌心贴上窗棂，感觉雨晨的沁凉。从床头抽一本书，新的一天，自读书始。今日风声雨声读书声，齐了。

叮咚！屏幕一闪，来了微信。

"早安！"是小默。

叮咚！叮咚！叮咚！不等我回复，一口气，又发过来四张图片，还有字："这是一个同学哥哥拍的。"

寿带鸟！我一眼认出，心儿欢畅起来。

十几天前的"五一"，行走

皖南山区，与小默近在咫尺却无暇相见。忽一晚，她发来一张照片——

翠绿的树林，一只从未见过的鸟儿，翩翩起舞。头、颈、羽冠闪耀金属般深蓝辉光，翅膀似张开的晶莹贝壳，体羽通白洁净、体态婀娜优雅，最奇是那两根白色尾羽，长过身体数倍，柔软而劲韧，飞翔如绸带飘忽，如花儿乘上了箭镞。

我看呆了，惊为天物。

小默说，它的名字叫寿带鸟。不久，它就要来老家绩溪了。

我问，"不久是多久？"

"十多天。还有一种红色的。"她回过来。

一晃十多天过去了。

"它真的来了吗？"我的思绪已飘向远方。

"是的呢。你要来不？""它在这养育宝宝，教导宝宝飞行本领。""白色的和红色的不在一个地方哦。"

"心向往之。"再点一丛鲜花，我发与小默。

似看见，层峦叠翠的皖南，寿带鸟鸣叫着，掠过竹林，飞过山野。

天空的精灵，自由而美丽。

雨还在下。灰暗的京城，渐渐明亮起来。

月 · 夜

2016 / 05.20

夜读。眼乏了。抬头看钟，23点已过。夹进签叶，合上书。到屋外走走。

夜静谧。喧嚣退去，繁华隐没。癫狂迷乱的城市、嗔痴缠斗的凡界，倦了，鸣金收兵、偃旗息鼓、渐入梦乡。

但见当空一轮圆月，温润、明澈。月光似水，幽幽清凉，如诉如泣，汩汩淙淙。

"今夜月明人尽望，不知秋思落谁家。"

月光一缕轻揽，合于掌，再松手，看它仪态万千，飞向天宫。

5月20日，因谐音"我爱你"，被称为"网络情人节"。年轻人表白、献花、派对、狂欢，商家推波助澜，大打折扣战。

没有多少人知道，5月20日是全国母乳喂养宣传日。

向母亲致敬！哺育人类的伟大母爱，仪态万千，美丽无双。

紫风铃。每至春末夏初绽放。风吹过，摇曳起舞，丰姿绰约。

信风

2016/
/06.05

为准备论坛对话,连日恶补印度史。缘此,在香港城市大学校长张信刚教授著作中邂逅"信风"。

公元前150年左右,希腊海员发现印度洋里有一种季候风,夏天自南向北吹,冬天自北向南吹,船只可藉风行驶,航行所需时日也能预测。

这发现意味着什么?我不由好奇,翻书,一册又一册,钻入时光隧道,回望。

季候风浩浩渺渺——

风帆鼓荡,船只满载罗马的玻璃、美酒,印度的香料、植物,中国的丝绸、瓷器,在辽阔海域驰骋。九世纪,海道商旅风头已劲超西域陆路丝绸之路。

中国最著名的几位僧人:晋法显、唐玄奘、释义净、释慧超,西去取经,亦择海路,乘风航行。佛教东进,三教合一,成为中华文化的共同因子。

探险家麦哲伦,在越过南半球后长达几个月的航程中,巧入季候风带,大海温顺平静,顺从人意。麦氏遂为之取名"太平洋"。麦哲伦船队完成人类第一次环球航行,用事实确证地球是圆的。

老西藏高志勇的科普:印度季风会随着雅鲁藏布江大峡谷以及切穿喜马拉雅山的若干河谷到达高原,它直接影响高原生态系统。从东到西,印度季风抵达的时间点的差异,直接导致不同坡向植被的分布差异。受印度季风影响最大的当属雅鲁藏布江流域,印度季风携带的大量水汽受喜马拉雅山阻挡,会在喜马拉雅山南坡形成大量降雨,使西藏高原水草丰茂、土地肥沃,成为亚洲生物多样性最丰富的地方,也是全球生物多样性最丰富的三个地区之一。也因此孕育了绚烂的藏传佛教文化。

多么神奇的风!

这风的名称,中西文各不同。

英语称之为trade wind，有人直译贸易风；中文称之"信风"，古代文献中即已出现，取这种风随时令而来，颇讲信用之义。西文直白状实用，中文写意重情怀。文化差异，立马可见。

就这个词，我更喜欢中文表述。"信风"，让人想到如约而至、忠实可靠、浪漫宽厚。

科学早已证实，信风是一种自然现象，可我同时也愿意相信，这是浩瀚宇宙的刻意安排，是上天赐予世间众生的礼物——好风凭借力，送君上青云。犹如手持霍格沃茨魔力飞帚去想去的地方，看想看的世界。

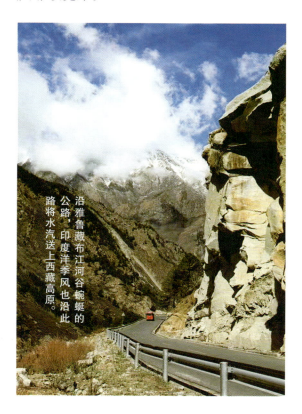

沿雅鲁藏布江河谷蜿蜒的公路，印度洋季风也沿此路将水汽送上西藏高原。

希腊手链

2016 / /08.06

嘻嘻哈哈她跑来。青春的脸庞，太阳花般灿烂。

递过来一只小圆盒，说打开看看吧。

散开亮滑的绸带结，掀起印纹盒盖。一条希腊手链，瞬间闪亮了双眸。

金色铜丝盘缠一朵盛开玫瑰，水晶点缀花蕊，恰晨露欲滴；花朵左右，一字排开10颗石珠，纯白、乌褐、桔青、藤黄、粉紫、米灰、沙棕，色泽沉稳而灵动，质地坚硬而细腻；金色隔珠、络绳、扣结处，一茎四叶草，薄若蝉翼，流光溢彩。

浓郁的古典气韵。自然、古朴、精致、优雅，又不失时尚。

她拉过你的手，戴上。

温润、冰爽，从手腕处一波波释出，如清流淙淙，洗净了全身的酷暑燥热；每一个毛孔，如临海凭风，自由张开，尽情呼吸、深呼吸。

没容你张嘴。她说还有急事，身形一闪，就没了踪影。

盯着腕上这一圈闪耀光芒，你浮想联翩。

经上亿年地火淬炼的原石、珍罕的四叶草（三叶草中找到四叶草的概率是十万分之一）、蔚蓝的爱琴海、神秘的古希腊、美丽的欧克塞特，涉过千山万水，穿越浩渺时空，毫无征兆、翩翩降临。这概率，该是极小极小的吧。

物之相遇，是怎样的偶然，又或是必然？

还有这位小友。茫茫人海，遇见美丽精灵的她；如今，时光飞逝、时过境迁，她还记着那个特别的日子，善良如初，牵挂依旧。

人之相遇，又是怎样的偶然，又或是必然？

这就是人们常言的缘分吗？

相遇。缘分。一朵朵植入生命心田的美丽花！

夜之魂，春之舞

2016 / 08.06

又一个月圆之夜。

将酸胀滞涩的眼，从屏幕移向天幕。许多养生帖子纷纷提醒过，看电脑伤眼，若想保持美目盼兮，须时而转转眼球，瞧瞧远处。

这一瞧，着实惊诧不小。前几夜一牙新月，浅浅如幼童笑弯的眉眼，今时倏忽已然满圆，高悬中天，硕大，丰盈，明艳而沉静。

和阳光的居高临下、万箭齐射不同，月光的生发随性而散淡，

贵州万峰林，春回大地。

如星星点点的花蕾，一朵，一朵，伸展，打开，直到开满了天庭，开遍了四海八荒。亦如画家手中的笔，调和了温润的纯色，兀自向天空一层层晕染开去，气韵涌动，波波森森，及至苍穹清亮如洗，大地似同白昼。

这样的时候，天上人间，该有许多事情发生着吧。

而我，叹这时光，月复一月，如离弦的箭，呼啸着飞奔而去了。

行人如鲫、汽车呼啸的街道旁，风儿吹拂了柳树。柔长嫩绿的枝条，在天空下飞扬。好似一群青涩少年，豆蔻年华的舞姿，躁动，激情，欢畅，以及一些迷蒙、慌乱。

这就是现代舞吧？就如默斯所说；"如果你不喜欢别人的作品，那就编一个自己喜欢的好了。"

天空为什么是这样的颜色？

如青峰翠峦环抱的湖泊清澈澄明。

湖蓝的天，配这春天的舞曲，是再好也不过了。

远方的友人微信说，再不来，今年的油菜花又要开过了，还有三生三世十里桃花，也得来年再看了。

今夜一定早睡，且做个春游的美梦去。

上午，有友见昨夜今晨所拍照片，题6字：夜之魂，春之舞。

遂以此字为题，略记拍照时小感。

野芋在春天的鼓励下，顶开顽石，破土而出，结出鲜红闪亮的种籽，

分类溯源

2018/
/08.22

中秋小长假第一天。

北京西站，碧空如洗。长沙南站，有点灰头土脸。这似乎有点说不过去。

赶往父亲身边的火车，还要等上几个小时。

车站外广场，寻一处僻静，读《分类溯源》。

盘古用巨斧分出阴阳，人类用黑暗中萌生的眼睛，分辨出这世间万物。人类思想前行中的每一个脚印，都曾是一个分类的标引符号。

三教九流、五行八作，王侯将相、吏胥幕随、士家工商，每个人，都有一个角色在这个世上粉墨登场。

来自远古祖先的智慧基因，让我们可以洞察这个世界。

方以类聚，物以群分；乐悲交织，妙趣横生。

中国农民丰收节

2018 / 08.23

早早醒了。

老家习惯，窗户总是敞着，一年四季，无论昼夜。风儿轻吟浅唱，欢畅涌入。新鲜的空气中，飘着桂花香。

梓佳还在酣睡。伸出被子的小胳膊小腿，胖乎乎、肉嘟嘟。他今年五岁了，不喜欢人家叫他小胖墩。昨夜初见，小家伙一口字正腔圆的普通话。他摆了一个双手握拳的站姿，并示意我也来一个。待我拉开架式，他立刻大叫，错了！错了！前面的腿必须站直！看我认真改正，认定我是好说话

风清云澹澹，母子走山湾。苞谷已黄熟，摘作盘中餐。

的人，于是便执意形影不离了。先要求我讲故事，然后要求同他一起读图打卡，最后，坚决要求与我同枕共眠。一直到他熟睡，我才得以脱身。

他妈妈在厨房，一边忙餐食，一边同我聊家事，说的都是小家伙：他正在学跆拳道，每天上课，一期学费3000多元；已经上了学前班，能背一整本儿歌，以及乘法口诀；喜欢吃巧克力、进口水果。对了，姑姑，他马上要上小学了，你给他找所这里最好的小学啊！

梓佳的母亲父亲、祖辈都是农民，到了他这一代，虽然还是农村人口，但从穿着、口音、习性、甚至诉求，都与城市已无二致。

厅堂里，老爷子开着收音机。响亮的声音传过来：今天，是第一个中国农民丰收节……

此日，亦秋分。

秋分者，阴阳相半也，故昼夜均而寒暑平。

平安夜·无问西东

2018/12.24

又是一年平安夜。

圣诞节，本是基督教事，不经意间，成了世界性节日。

一位教授朋友对此颇为不屑。他曾手书一首名为《中国人的"圣诞节"》的长诗，在线上线下广为流传。

商业却睥睨一切形而上。它大展拳脚，所向披靡，在中国掀起年末消费冲刺高潮。圣诞"老人"（中国这边都是没有白胡子美若天仙的青年）红衣红帽，见人便掏礼物袋，花花绿绿，皆为广告。

而许多做了母亲的人，则早早策划一场游戏。今夜，偷偷准备童话书、圣诞树、红靴子、小礼物。明日清晨铃响，孩子满腹狐疑继而又欢欣雀跃，金色雪橇已如约而至。以后，孩子大了，会明白那不过是大人的把戏；再以后，孩子自立门户，渐行渐远，而母亲永远不会忘记，那情景，重现脑海，温馨又美丽。

世间总有些事情，会超越宗教、地界、理论、思想，臣服于人性。

平安夜，无问西东，

冲盏红茶，丢进方糖，

想念牵挂的人，祈福正在走来的新年。

哥本哈根街道旁的安徒生铜像。童话大师满怀悲悯，《卖火柴的小女孩》流传后世。

敬惜字纸

2019/
/08.05

从院子前经过，见垃圾箱前堆起一座字纸的小山。废弃的白纸黑字，犹如累累尸骨，怵目惊心。

天偏偏刮起了风，下起了雨。纸片如沉重的翅膀，奋力起飞，又摇摇头黯然飘落。

想起了父亲说过的往事。

过去，那些写过或印过字的废纸片是得到相当敬重的。每个读书人都会在书房放置一个字纸篓，用来收集涂写过的纸张。

当有人在门外高喊"敬惜字纸"时，读书人便恭敬地捧了字纸篓，将所有纸张倒入来者又大又轻的柳条筐里。

收来的字纸集中于"惜字亭"，再倒入立于寺院旁或公共场所的"惜字炉"焚烧（厨房里的炉灶未免有亵渎文字之嫌）。而燃烧的灰烬也不可流落风尘，须倒入溪水河流甚至大海，质本洁来还洁去。

父亲小时读私塾，有一次不小心掉了字纸在地，不料还踩了一脚，被先生当场捉拿，戒尺毫不留情击向他的掌心。

放学回家后，父亲的父亲知晓了此事，便要求父亲大声念诵罗泽南的《惜字炉记》："……人惜其文，不忍委之地；犹当惜其理，而不敢忘之心……"此文近千字，循环反复念到喉咙涩哑，方允许上桌吃饭。现在年逾九十的父亲，还能一字不落背诵全文。

我快步跑到马路对面的废品回收站。师傅说，好的，好的，马上去。

现如今，字纸们有了更好的去处。回收、化浆、再生纸，新的轮回、新的生命。

只是，那些曾经的、字纸上写下的道理，我们不会忘了吧？

今又七夕

过去书上的七夕——

刘辰翁：不觉新凉似水，相思两鬓如霜。

《上邪》：我欲与君相知，长命无绝衰。

秦观：金风玉露一相逢，便胜却、人间无数。

沈从文致张兆和：我行走过许多地方的桥，看过许多次数的云，喝过许多种类的酒，却只爱过一个正当最好年龄的人。

鲁迅致许广平：小刺猬，我在小心于卫生，勿念，但刺猬也应该留心保养，令我放心。

朱生豪致宋清如：不要愁老之将至，你老了一定很可爱。而且，假如你老了十岁，我当然同样也老了十岁，世界也老了十岁，上帝也老了十岁，一切都是一样。

今日网上的七夕——

当当：七夕说爱，一句话就够了。图书打折，28种书，读完28种人生。

京东：热恋一夏，全场满534减40。

超级品牌：七夕甜蜜告白，大胆说出你的爱，全场低至5折。

旗袍档：七夕约惠，我给你们列出了最值得买的七夕清单！换上新衣，让他怦然心动！

七夕心动预警：温柔又斩男的单品，给他点"颜色"瞧瞧。

活动：七夕搞事情，秀恩爱也有奖品！

晓木家的七夕——

晓木已退休赋闲在家。他写字，夫人画画，一起听音乐、做饭。

今日中午他家做手擀面，我受邀蹭吃，目睹了一盘散沙的面粉摇身一变为米其林星级水平面条的全过程。揉面、擀面、切面、配料、熬汤、烹制。晓木技艺娴熟，一气呵成。

案板一侧的音响，巴赫的萨拉邦德舞曲低回而悠长。蒸汽、麦甜、肉香，在站两个人就显挤的厨房袅袅升腾。

阳光从窗棂投入，出锅的面条如金色瀑布，飞泻而下落入碗中。汤头由上等的五花猪肉、煸炒的蘑菇混炖，再去除熬出的油脂，投入碗中。饱蘸汤汁的面条，柔软而劲道，肉嘟嘟、满嘴香。

晓木夫人总结说：无论怎样，都要好好做饭。

寻常日子，可以有不寻常的滋味。

七夕至，愿天下有情人：终有岁月可回首，且以深情共白头。

春 · 雪

2020 /
/ 02.04~06

马蹄残雪未成尘，梅子梢头
已著春。

立春了。

疫情通报还是那么令人揪
心，愁绪百结；困守多日的三镇，
还是那么让人牵挂、担忧，神经
紧绷。

昨晚与封在城内的友人微
信交谈。看了许多悲伤、几近崩
溃的他问：不知什么时候到头。
是啊，但愿这一场恶梦快些结
束吧！

春天的脚步

立春, 春气始而建立也。

东风解冻、蛰虫始振、鱼陟负冰。武汉, 百草应该回芽了, 水应该涨起来了, 山应该朗润起来了, 太阳的脸应该红起来了。

祈祷春天, 春回人间, 将武汉带给祥和、安宁和团圆吧。

鹅毛大雪, 如瀑飞溅。

2020立春后第一场雪, 昨日开落, 此刻似乎更密了。去年12月以后, 北京多雪, 数年来罕见。车辙画出五线谱, 雪花劲舞飞扬, 于空中幻变一个个图景, 引人遐思。

还有一个月, 武汉的垂枝大叶早樱, 还有山樱、日本樱, 就要盛开。但愿那时, 可以重逢于三镇, 同赏墨江泼绿水微波, 万花掩映江之沱。

祈盼疫情尽快过去, 让每一个生命, 在蓝天白云下、在干净的空气中, 畅快呼吸。

老的朋友

2015 / 06.24

昨晚, 大约十二点了吧, 节电暗屏状态中的手机突然星光一闪。是凯瑞 (Karen) 的微信, 飞越大洋彼岸, 落入我的掌心。

"It was wonderful to see you, dear friend, here is a favorite photo of Steve and me. we will all meet on our next trip to beijing. :-)老的朋友!"

看到"老的朋友", 我乐了, 第一次见凯瑞写中文。

"老的朋友"可以有两解: 认识、交往时间长, 且互相赏识的朋友; 年龄偏大的朋友。事实上, 我们可能都占了。

凯瑞是美国宝库山出版公司总裁。第一次见她是2007年。在百科社一楼大厅, 来访的她一袭修身湖蓝套裙, 精巧的银质耳环、项链, 笑靥如花。那以后, 我们开始了合作，来往不断。

前几天，又见来京的凯瑞，一如既往的着装得体，美丽、优雅。这次她陪先生斯蒂芬·欧伦斯来京参会。斯蒂芬是35年前中国启动改革开放时，首批接触中国的美国人，2005年起任美中关系全国委员会主席、中国最大民营投资集团——中国民生投资股份有限公司国际投资顾问。几年前我们在纽约与欧伦斯会谈，他风趣幽默、绅士派头十足。办公室插着中美两国国旗，墙上挂满历任中国领导人访问照片，还有中国字画，以中国茶待客，至今想来满是亲切。

凯瑞的新计划是：用英文写作、编撰一部中国烹饪百科全书；为中美专家建立一个学术交流的互联网平台。为此，她邀约我们同行。

不用说，我们一拍即合。因为那也是我们出版社想做的。

看看时差，这会儿凯瑞应在办公室。我飞快写下："I have received the photo of Steve and you, it is a very wonderful picture. I'm looking forward to see you soon.我的朋友！"

指尖轻触，送它飞向远方。

343

加拿大卑诗省爱丽丝湖。雪山森林里的一面蓝色小镜子，精巧绝伦。

明复新书发布

2015/
/06.26

　　上午早早来到政协礼堂金厅，领到《阎明复回忆录》。厚厚两册。浅黄色封皮，只一行书名、作者名，素面朝天。倒是书名下那一条贯通的红线，细长而坚决，让人生浮想联翩。

　　书在手中，沉甸甸的。翻开书页，正巧见到一幅照片，是毛泽东主席在克里姆林宫与包括阎明复在内的工作人员合影。

　　阎明复是著名的中共谍报英雄阎宝航之子。1957年任中共中央办公厅翻译组组长。"文革"期间，阎明复和父亲被捕关押秦城监狱，父亲死于狱中。1975年恢复工作后，历任中国大百科全书出版社副总编辑，中共十三届中央委员、书记处书记兼统战部部长，第七届全国政协副主席。1991年任民政部副部长，现为中华慈善

总会荣誉会长。

　　明复70多岁开始撰写回忆录，前几年在他家，见地板上、桌上旧时笔记、资料、打印稿堆积如山。用功十年，终成正果。传奇的"阎家老店"，改变世界格局的中苏关系，十年"文革"和改革初期的历史回顾，和中共众多重要人物重要事件的交集，写作人跌宕起伏的人生及其真性情，都极大地彰显了这部回忆录的历史价值。

　　明复任百科社领导时，我初入职，是毫不起眼、打杂跑腿的小编辑。一天在食堂吃饭，明复端只罐子走过来，说，你是湖南人，一定想吃辣椒了吧。一边说一边从罐中取出一大勺红艳艳、香喷喷的油辣子，放入我碗中。那滋味，从此我再没能忘记。

　　明复善良、宽厚、仁慈的天性，源自"阎家老店"深厚的家学涵养，他最后一个职务，中华慈善总会会长，虽说是命运使然，却也觉得妥帖。

　　正想着，见一大群人，簇拥着一辆缓缓移行的轮椅走过来。轮椅上的明复，消瘦，坐姿笔挺。许多

人和他打招呼，他默不作声，淡定地看着眼前的人、眼前的一切。他似乎已将全部的气力、言语，写进他的作品中，写进他波澜起伏的传奇人生中。

耳旁不断听到人们称呼着"阎部长""阎主席""阎老"。而我知道，百科老幼都称他明复。在我们心中，他不是什么大官，也不会老去。

发布会开始了，首先是三姐

阎明光发言。何鲁丽、胡德平、邓榕、章百家、陶斯亮、陈小鲁、舒乙等亦到会、讲话。我也应邀发言，代表百科社的同事们呈上由衷的祝贺。

整个会议过程，明复都是安安静静地，没有说一句话。但我的耳边，好像响起了当年他为我们年轻员工上课时那好听的富有磁性的男中音。

霞浦滩涂。潮去时一滩金黄。大海慷慨，绝不让人空手而归。

巢老米寿

2015/
/07.02

前些日子，巢峰先生带信来，说7月2号来全国辞书培训班讲课，届时想和北京一些熟人见见面。开来的名单，全是辞书作者和编者。

今下午我接巢峰和徐庆凯两位前辈来社。巢先生今年已经88岁，仍然衣着整洁考究，浅豆绿细格长袖衬衫，银灰薄毛料西裤，皮鞋锃亮，满头浓密银发，一双眼睛明亮有神，面色畅和，精神矍铄。

先生赠我亲笔题款新书、名片，并一起忆及辞书编写诸多故事。先生"红小鬼"出身，1949年后成为《辞海》编修主持人，60多年未有间歇，现在还在忙新版筹备，是政府特许的出版界唯一可终身不退休的专家。先生是"老革命"，行政级别很高，机缘巧合

一头扎进了《辞海》，便成为彻头彻尾的书业人，编书、著书，不亦乐乎，从此不思官滋味。

恰逢先生88岁生日，米寿。大家在上海辞书出版社总编室预备的小本上写下了想说的话。

瓜田先生写：吕叔湘先生曾说：编辞典这活儿不是人干的，是神干的。这句话把辞典编辑家的甘苦和伟大和盘托出。巢老搞了一辈子辞典，所以他老人家也是神。祝巢老活二百岁！

瓜田

2015/
/07.12

　　极偶然的场合，认识了瓜田。他不高不瘦，白衬衫蓝长裤半新半旧，很普通的样子，但他还是会吸引你的目光。他那颗剃成秃瓢光亮硕大的头，还有镜片后面那一双活泼狡黠的眼睛，似乎藏着什么秘密武器，冷不防，就会使出一招，又一招。

　　我正琢磨着，就听身旁有人介绍说，他就是在那场著名的辞书保卫战中，挺身而出撰写檄文声讨抄袭剽窃之风的作家。听口气，这事似乎成了瓜田在出版界的名片。我当然还记得那场轰动全国、惊动中央、惊心动魄的辞书保卫战，虽已过去了许多年，对那些不畏权贵、伸张正义、捍卫清正学风的人，我永远怀有深深的钦佩和敬意。眼前的瓜田，顿时令我肃然起敬。

　　邂逅当日，瓜田送我他的自选杂文集《北瓜就是南瓜》。今日京城酷暑，窗外烈日灼烤，躲在家中喝茶读《瓜》，只觉天地清新，迎面吹来了凉爽的风。且不说瓜文关心时局，以天下苍生为念，就只这一柄幽默的文字之剑，笑盈盈洞穿人世间的喜怒哀乐嗔痴疯傻，已叫人看得入迷，不觉时而拍案称奇，时而会心一笑，时而陷入沉思。

　　向瓜田讨教书名何意？回复：还是你厉害！至今还没有人问过这个问题。这是对谎言宣传的批评，揭穿绕圈子的无用，主张以真相示人，不用似是而非的概念糊弄人。南方某地把南瓜叫作北瓜。把它指出来，人们就不会在概念上纠缠了。

　　从后记中得知，瓜田本名李下，毕业于北京大学中文系。中国作协会员。酷爱自在、舒展，常以把字写出格子为乐，还时常去乐团吹萨克斯。自述一生糊涂时候居多，办得最明白一件事，就是以写杂文平添乐趣，润泽生命，升华灵魂。知他著述多种，下午便向他讨要另几本。他刚回复有的已没了，有的已网购，不日寄出。

抗战老兵

2015 / 09.02

前些日子，上头要求报送材料，是百科社参加过抗战的老人。负责此事的是人事处新来的小姑娘。她整理许勤的履历，看呆了，说这奶奶，岗位变换这么多，经历也太丰富了。

许勤，女，1921年7月出生，1939年投身抗日。在南京金陵文理学院附中组织秘密抗日团体；在南京中央大学读书，组织并领导秘密抗日团体，"团结救国社"，任组织委员；苏南丹阳县工作队队员；茅山地委调查研究室干事；苏南地区茅东湖滨中学、专员公署施教团教员兼党支部书记、团长、教员掩护；苏南句容城内白区小学教员掩护；茅山地委干事；苏南溧水县工作队、政府文教科队员；溧南县工作队队员；安徽广德县委秘书；苏浙日报社记者；山东烟台日报社编辑；烟台外事办公厅英文芝罘新闻报主编；大连旅大建国学院教员；大连旅大中苏友好协会文化部部

贵州万峰林将军岩。壮士守国土，宁死也不降！

长。1949年10月后，辗转江西、湖北、吉林、北京各地，从事过多达10种以上不同工作。1986年12月，中国大百科全书出版社编委岗位离休。

这长长的履历，莫说小姑娘，这谁看了不惊、不叹喟。是怎样的少年理想沸腾热血、怎样的刀光剑影风霜雨雪、怎样的漫漫长路蹉跎坎坷，雕刻出这厚重阅历繁花人生。

材料上报。许勤获中共中央国务院中央军委颁发的中国人民抗日战争胜利70周年纪念章，编号2015022109。这一次，百科社共有四位获此殊荣。还有红小鬼老社长单基夫，奖章编号2015022098；叶佐群，奖章编号2015022099；张稚枫，奖章编号2015022093。

下午我们去看望老人家。94岁的许勤，耳聪目明，站得笔直、坐得稳当。我替她挂上金红绶带纪念章，她指指身上的深色格子外衣、又亮出里面的浅色碎花衬衫，问我配哪件衣服更好看。奖章在胸前金光灿灿，老人家张开没了门牙的嘴，乐开了花。

这样的编号全国还有多少？祝愿老战士们颐养天年健康长寿。向所有逝去的、健在的抗战者致最崇高敬礼！

肉眼凡胎

2016 / 03.13

落地贡嘎机场，已下午5点。天空湛蓝，阳光炫目，寒气袭人。

拉萨，向往已久，来了，却只能逗留周末两天，时间少得可怜，只好把行程安排得紧凑，再紧凑。一干人乘车驰至住处，放下行李，立即去往高志勇工作室。

工作室隐身于一围红色砖墙、两扇军绿铁门后。光秃的夯土地面小院，立着几间平房，外墙涂层在与高原紫外线的对峙中，已颓废成一片灰白，裂纹细密如花枝摇曳。

挑开一间门帘，室内却别有洞天，绿植葱郁，流水淙淙，暖意融融，恍然置身春闹的江南庭院，顿觉氧气充足，呼吸也畅快起来。大伙儿和高志勇熟络，唯我初识。他四十几岁模样，小个头儿，黝黑、精瘦而结实，两道漆黑茂盛的浓眉，一双凝神聚气的大眼。他招呼大伙儿喝茶，自己为来客暖杯、洗茶、煮茶、洒茶，茶壶银制把手上镶满红玛瑙绿松石，每每洒茶便上下腾跃幻化出一道道飞舞的彩虹。正看得出神，有人拽拽我的衣角，示意去隔壁的房间走走。

落日余晖穿窗而入。看啊！有人低声惊呼起来。迎面五色斑斓，光芒闪耀，一幅巨型唐卡占据了整面墙体。艳红金黄翠绿铺陈，莲花盛开纷至沓来；正中的度母，身肤绿色，塔形发髻高耸，戴宝冠，细弯眉，低垂眼睑，直鼻小嘴，姣美娟秀，神情祥和熙怡。我看呆了！这时，身旁的知情人介绍，这是高所拍摄江孜白居寺的壁画，再将其制作成唐卡。壁画作于1436年，近600年后，以如此华丽绚烂之姿再现，让人惊叹。

藏寺壁画，是佛教历史和艺术的瑰宝，一代又一代画师，在昏黄的酥油灯下，饱蘸虔诚信仰，以华丽的色彩、纤毫毕现的线条一笔笔勾成。艺术是有生命的，壁画艺术经过众多信徒的膜拜以及僧侣加持,其生命的意义尤其神圣。然而,曾经岁月沧桑、战乱频仍、寺院破败,年久失修,多少壁画残损甚至湮没于茫茫风尘之中。高志勇用近三十年时间,遍访西藏尤其是偏远地区大小寺庙,拍摄壁画高清照片累计逾10万张,并以丝帛、传统藏纸制成唐卡,让艺术珍宝得以长久留存。

拍摄之路,艰难漫长的跋涉,伴随着生命的体验、灵魂的叩问。在硕大的工作台上,我们看到了高志勇更多思考生命的作品:山巅飘扬的经幡,山野里白石堆砌的六字真言,巨石上镌刻的多彩佛像,遍布旷野的废墟;乡亲

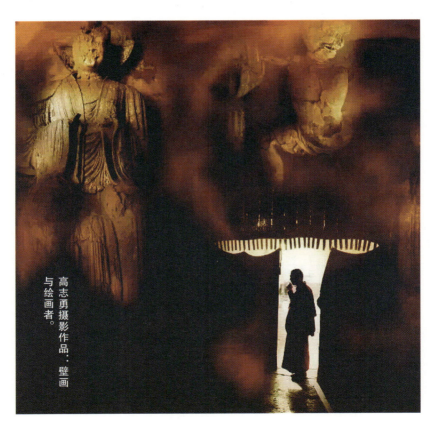

高志勇摄影作品:壁画与绘画者。

3

们在土地上劳作、唱歌、跳舞、喝酒，春种秋收的辛劳与喜悦，爱的甜蜜与别离的伤感；仲秋的夜晚月光清冷，冬夜的天空寒星闪烁，春天的田野风沙弥漫，夏季雨后彩虹绚烂……他用跳跃的摄影元素、律动的艺术符号、笔墨、藏纸，捕捉那些瞬息逝去的光与色、那些生生不息灵魂与命运的对话。

30多年前，12岁的少年高志勇来到18军西藏亚东驻地他父亲的营房，从此便扎根西藏，再未曾离去。没有学校，然每日必读书；没有玩伴，父亲送的海鸥58型相机便成了时时琢磨、百玩不厌的宝贝，拍摄西藏也成为终身所好，以致后来正值壮年官运亨通之时，毅然辞去职务退休，相机伴行，潜心创作，佳品不断，乐此不疲。

那一日在高所工作室的盘桓，已过去数月，感受的视觉冲击和心灵震动，至今不能忘怀。前几天，高志勇"西藏圣境"摄影展在北京开展，有艺术家朋友观之，大赞，却又惊诧其作品为什么没有签名和印章。高志勇憨笑，说

从没想过呢。几天后，友送高志勇两方印章，白文为名章，朱文为闲章，闲章曰：肉眼凡胎。

尘世间一介凡夫俗子，他守护的西藏，他领引我们相见的西藏，圣洁，平和而宁静。

艺术千秋

2016/
/04.30

张慈中先生赠书两册。新中国第一部《中华人民共和国宪法》（1954），《红旗》杂志创刊号（1958）。编号028。它们的装帧设计出自先生之手。

先生还是《毛泽东选集》《马克思恩格斯全集》《资本论》《列宁全集》《中华人民共和国发展国民经济第一个五年计划》《中国大百科全书》（第一版）、《北京申奥会报告》等的装帧设计者。我惊讶地发现，多少国家重大历史时刻，都有先生的手笔！

今见先生，头发白了，门牙也稀疏了几颗，然双目炯炯、声音洪亮、步履轻快、记忆准确。活泼、话多、爱笑，哈哈大笑，孩童般率真、率性地笑。

书页掀动，往事浮现眼前。

1951年国家准备出版《毛泽东选集》，最初这项任务交予了他人。因前几稿设计都比较豪华，报毛主席后被一一退回，最后主席批复道："我的书是简单点好。"这次，领导将任务交给张慈中。他提笔在封面上用金色写下毛泽东选集几个字，再加一个小的红色五角星，一是中国元素，二起到点睛作用。外包护封底色为褐色，只印有毛主席铜雕侧面头像。毛主席看后说很好，一锤定音，即刻印制出版。

1954年，第一届全国人民代表大会筹备时，刘少奇见到为人大代表设计的笔记本，很欣赏封皮上隽秀大气的字体，得知乃张慈中设计所写，于是将国家第一部宪法设计交与他。他将国徽置于书封上半部中央，下半部用红色书写上他自创的长宋体字"中华人民共和国宪法"，简单、大气、庄严，又透着凛凛然不可侵犯。而这一设计风格，从此被定为国家颁布的法律书设计模式，沿用至今。他创造的长宋体，收入国家字体库，并被大量用于各类设计和书籍、报刊、媒体的标题字。

先生还为40多家出版社设计了2000多部重头书籍。包括《老舍剧作全集》《王瑶全集》《巴赫金全集》、巴金《随想录》《中国新文学大系》，甚至有我们少年时代的最爱《平原枪声》。

每一本书后面都有一个感人故事。

王瑶烟斗从不离手，北大校长征求学生意见后，特批他讲课

可以抽烟斗。先生设计《王瑶全集》，在封面上采用凹凸烫压法突出烟斗的立体感，用白油墨表现袅袅徐徐的烟。王瑶夫人见书后，顿时泪水涌出，她说看到这没有熄灭还在冒烟的烟斗，就感到王瑶还活着。

先生教授学生，书籍设计和广告设计虽都属平面设计，但各有特点，书籍设计更注重优雅，明而不耀，鲜而不艳，灰而不旧，暗而不陈，简洁而不单调，丰富而不

路边艺术家为游客画像。艺术无贵贱，以传神分高低。

繁琐。

今年93岁的他，仍笔耕不辍。

他说：人生易老，艺术千秋。

白氏杯

2016/
/03.20

　　那日，遇见白明，顺嘴提起一物，不曾想他慷慨赠予，当即让弟子去清华大学的工作室取来。他递给我一只鼓囊的纸袋，然后我们就各奔东西了。后来每回想起这一幕，我就有些懊丧，不是说，有礼貌的人，在收到礼物的第一时间就应该打开、观赏，并当场向赠送人道谢的吗？可叹我，竟然抱着纸袋……直到进了家门，才小心翼翼打开。

　　一方原色木盒，盒盖上的签名，像飘舞的云，似绵延的峰，一管保持俯冲角度的画笔，锋指时空。抽开盒盖，棕色麻织物中静卧一只青花瓷杯。取之，触感光洁如婴肤，温润如白玉。细端详，杯体白中泛青，清爽透亮，如雨过天晴，又似满月朗照；下端流畅的罗纹，荡漾层层浅绿的涟漪；上端深蓝幽菁的线条、点和块，畅意灵动，勾画出荷叶舒展莲儿婀娜，如亭亭仙子，凌波起舞，衣袂飘飘……看着看着，恍然自己已置身青山绿水荷塘万顷之中，清风徐徐，暗香浮动，让人神清目明，心生欢喜。

从此，此杯便长驻我书房的桌头。我喜欢在疲惫时看看它，家乡的月色荷塘、蝉声蛙鸣便穿越千山万水来相会，"采莲南塘秋，莲花过人头，低头弄莲子，莲子清如水"，少时的纯真快乐重上心头；我喜欢在晨光微曦中打量它，乡人周敦颐"出淤泥而不染，濯清涟而不妖"，"香远益清，亭亭净植"之千古绝唱余音袅袅；我喜欢读书时，用它泡一杯清茶，此杯无耳，以双手捧握，头凑近，让杯中腾起的温热水雾，滋润干涩的眼，然后，慢慢饮，让手心里这一捧清香温暖，伴着书页翻动缓缓流入心田。

今日，白明艺术作品展在美国堪萨斯现代艺术馆开幕，他的作品早已名贯中西，茶杯，20世纪90年代被国际艺术界命名"白氏杯"。祝贺！安静却永在思考的白明。

357

白明的闪念

2016/
/05.10

今夜无应酬，闭门好读书。一杯清茶，展读《闪念》。

大32开，厚厚一册。护封特种纸，摩挲质感纯厚、温暖，淡黄底色上，几道光纹漫不经心、随意散落，如流星瞬间划过天际，如晨露悄然滴落原野。上部一方浅棕，托出赭色书名，UV工艺的"闪念"两字，像飘向地平线的霞朵。掀开护封，封面封底无一字一物，通体象牙白，瓷釉般光洁、温润。扉页覆一帘棉纸，纤薄、柔暖、朦胧，让人忍不住生发窥探的好奇。目录页，几行娟秀小楷，简单、安适，大面积留白，以无胜有。正文、插图，无一不用心布局。

装帧设计大气、灵动、秀美，即使从审美的角度，也堪称一件匠心独运、精致的艺术品。

这设计，出自本书作者白明之手。

白明，江西余干人，艺术家、作家。油画作品获全国金奖，陶瓷作品获多项国际、国内大奖，在国内外多次举办个展，著作《景德镇传统制瓷工艺》译成法语、英语在欧洲出版。

前年，巴黎香榭丽舍大街，旗杆、展板、灯箱，亮起中国艺术家白明陶瓷艺术作品展海报。展览现场，熙熙攘攘的高鼻子蓝眼睛金头发中，那一张东方面孔格外抢眼。白明，面相俊朗、身形颀长、温文尔雅；白明妻，端庄贤淑，一袭真丝长裙，袅袅婷婷；白明女，豆蔻年华，葱绿的真丝裙装，清水芙蓉，美丽纯净。

人流如织。老外看展览，绝不吝啬发声评论——

"大自然！总是在中国陶瓷中占有一席之地，然而，在白明这里，'自然'第一次找到了当代的表达，他能通过在无限小的概念中表达最大的情感！"

……

"无限小的概念"，我怦然心动！

那就是白明的闪念吗？

以往见到的白明喜欢独处、阅读、喝茶、画画、作陶瓷，斯文而安静。今见书中另一个白明，酷爱穿越、上天入地、活跃异常。

确切地说，是白明书中那些纷呈的闪念：

无物不起——

荷、蜡梅、银杏、蚕丝、漫雪、绵雨、飞瀑、天云、花蕊、青藤、爬墙虎、老盆景、芭蕉叶、一缕粽香、兰溪枇杷、红酸枝书柜、冬天的树枝、门口的吊兰、新种的

紫竹、邻家的小狗、香樟树上的小灵鸟……

自然之子。众物皆灵、皆入法眼。眼前、山川、海角、天际，目光追逐，守护怜爱，心儿温存。

无处不在——

听琴、看时、观水、泡茶、陨石、碑拓、钟声、造纸、汉字、毛笔、老橹、旧物、帆船、大海、纳木错、漂流瓶……宇宙；社会、物质、生命、旅行；正义与邪恶、具象与抽象、内在与外在、获得与失去，团聚与别离……

时空过客。忧郁、飘逸、超然、沉溺。纵情穿越，孤独从容、哲思点点，光影斑驳。

白明的闪念，是日常微思，更是对物、事，对自然、生命、思想之美的体察和感悟，想象、思辨、纯真、悲悯、浪漫，折射出深厚的文化底蕴、闪烁着真善美的人性光彩。

一个个闪念，如觑破天机，神力相助，成就着白明精彩纷呈的艺术之旅，催生了金奖油画、蜚声中外的艺术陶瓷。件件作品淡、怡、清、雅、温、良、厚、朴，静美而律动。外师造化，中得心

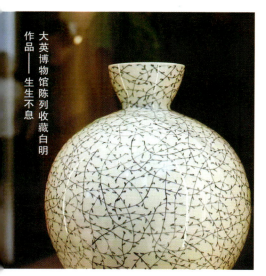

大英博物馆陈列收藏白明作品——生生不息

源，道器合一，生生不息。

合上《闪念》，想起作者。多日不见，一切可好？

北京女孩

2016
/05.10

远方寄来包裹。打开，一本书，《万物身刻》。看副标题："文艺并潮牌的科学符号"，再看译者青涂，就迫不及待、饶有兴味读起来。

青涂，北京女孩，浓眉大眼，长长密密的睫毛丛林般笼着清流澈明的目光，曾在小小年纪，义无反顾弃京城而南漂。前年南下，与IT友相聚，她听闻跑来凑热闹，长发飘飘、衣着时尚、环佩叮当。IT人以老到的眼光打量一番，然后摇摇头，用无比怀疑的口吻问她，你真的是程序员吗？

程序员的她，像新奇四顾的小鸟，在软件设计、插画、义工、阅读、翻译中快乐穿梭。

《万物身刻》是《科学美国人》专栏作家卡尔·齐默的新作，也是青涂的第三本译作，是本以文身展开的科学书。过去，对文身，潜意识总感觉是些游手好闲、行为怪异的古惑仔所为，或者就是电视剧中黑老大的标志。此书给了我一个大大的惊奇。

书中文身者皆为当代科学家，文身图案则是他们研究领域的科学符号，喜欢演化的在背上刻上达尔文树，玩车的在腿上刻上风阻公式，搞水的刻水分子，爱吃的刻辣椒素，还有熵、铀、粒子、真菌、叶绿体、神经元、二进制、血红蛋白、奥卡姆剃刀、无穷拉普拉斯方程……科学家们讲述着这些符号在科学上的意义，以及它们与自己的故事，展示着科学严谨而酷炫的美妙。

文身，无论是古老的过去，还是时尚的今时，都可视为"部落"成员的语言符号系统，其作用之一是交流价值观。科学家的科学符号系统亦如此。于是会想，还有许多的符号，不一定文在皮肤上，也许文于心上、脑中。所以，大千世界茫茫人海，有了物以类聚，人以群分。

这是一段奇妙的阅读经历，增广学识，又趣味无穷。感叹作者齐默的构思巧妙，严肃的科学著作，还可以这样策划、这样写作、这样好看！

欣慰青涂的成长。此书涉猎的科学领域庞杂、深奥，表述却深入浅出，又文艺味十足，译者没有相应的知识学习、准备，以及良好的艺术修养是绝难驾驭的。

不禁想，今天的年轻人年幼时，大人们心手相授，教识字、写

书房。虫声窗外月，书册夜深灯。

字、念书,如今,他(她)们也成了爱书、读书、甚至写书、译书人,这该是何等令人欣慰的事啊!三年前,青涂曾有退读博士的惊世骇俗之举。今日看,她是做着自己愿意做的事,辛苦并快乐着、成长着。

将青涂习作《书房》存入我的手机。

后记。知此书一段余波,在此记下:

姥爷在"译者的话"那页,看到青涂画的速写:一副人类骨架,手上端着酒杯,正诚邀远古生物,侃侃而谈。青涂还写,欲将此作为自己的文身图案。

姥爷吓坏了!他立即给青涂打电话,联系不上,微信又没学会,气急败坏的他遂下令儿女们紧急拦截。

终于,来了电话:姥爷,说着玩的,早忘了哇!

初见沈昌文先生

2016/
/05.20

昨日,收到沈昌文先生寄的著作。绳索捆扎的牛皮纸包裹,毛笔行书,写收件人、发件人姓名、地址。

20世纪八九十年代,三联的《读书》杂志是我床头常备之物。之所以甘愿受其蛊惑,盖因创刊号那篇《读书无禁区》,以及其后一度绵延不断刊发的好文章。杂志扉页上,主编一栏,先是范用、后为沈昌文。那时,与两位先生都未曾谋面,但敬佩之心已存。

见到沈先生本人,是在他退休十几年后了。那日,虹桥火车站出口,我从最后一节车厢过来,接站的人冲我嚷:老同志早到了,就等你啦!我朝他下巴示意的方向看去,就看见了一位长者——

寸头,发花白,中等个,敦实身材,衣装素朴,手握行李箱杆,腰板笔直、气宇轩昂。我向他道歉，他面无表情、并不回应。旁边人提醒，说老同志耳背，嘈杂人群中你这蚊子般声音他怎能听见。一打听，方知他就是沈昌文先生。

接下来的文化活动、讨论、餐叙中，85岁的沈先生，大展健谈口才，一段段历史、一个个故事、一个个人物，从湮尘深处走来，鲜活如初。他语调平缓、风轻云淡、诙谐幽默，而我却分明看见，那曾经的岁月风霜、剑拔弩张、午夜惊魂、泪光点点……

我的心中，生出探究的好奇。在与先生聊谈、得知他的著作出版后，便大胆讨要了。

我拿起电话，拨过去。

"喂，找谁？"那头粗音大嗓，在我耳边炸响。

先生耳朵不好使，但他总怕别人听不见，况且是电话，看不见对方，更要拼力大声。

我也以高分贝量级喊过去。"找您呢沈先生，您寄的书，《也无风雨也无晴》，还有《师承集》，都收到了，谢谢啦！"

"嗯嗯，好好，还有的，以后再给你。"那边的声音，不疾不徐，中气十足。

翻开《师承集》，见董桥、龙应台、李洪林、吕叔湘、朱光潜、陆谷孙、曾彦修等人和沈先生的书信往来，漂亮的手书、坦诚的交流、学人的严谨，弥足珍贵。叹！今实难再见矣。

《观潮之约》铜雕，海宁盐官，潮守信，人亦守信。

小夜灯

2016 / 09.06

醒了。伸手不见五指。合掌轻击。

一轮满月应声升起，在床头立定。光亮一会儿朦胧婆娑，一会儿温润绵和，一会儿散淡飘忽。

最后一次相聚，是什么时候？唉！真的太遥远，真的想不起来了。

你是我们发小中的一朵奇葩，手巧无人能及。在那物资匮乏的年代，你屡屡施展戏法，让小树枝变成壁画，塑料瓶变成花朵，碎布头变成芭比娃娃……只要你搓搓手，就能化腐朽为神奇，就能带给我们一次又一次欢天喜地。

后来，长大了，各有前程各奔东西。泥牛入海，从此不见了你的踪迹。

听说你先北漂，后东渡扶桑，再后来就看破红尘，云游四海，不知去向，再后来，发小们提起你，都说不找了，不找了。有的人走了，互联网也找不回的。

可是这次，差一点就要逮着你了。

昨日，你捎来一个盒子。

打开，是只仿青铜酒樽，凤形，站立在一方红褐色枣木上。那祥鸟昂首振翅，翩翩飞。

还有只灯泡，白得皎洁，状如满月。

还有张卡片，写着：

工具不全，今天终于找到地方钻孔打眼把小夜灯装配好了。用时，灯泡架于樽上。声控。充电一次可用20天。

就这些？不甘心，翻过卡片另一面。另一面素颜朝天，一个字符也没有。

真想用谍战显影水、电子显微镜，钻入一丝丝纸纤维，里里外外细细翻，找出你的居所、生活、踪迹，知晓你是否健康、快乐，孩子多大了，是否有人陪伴……

然而，一个字符也没有。

那是今天的你吗?淡然、孤傲、漂泊。饮马渡秋水,相忘于江湖。

只是偶尔回望,只是巧手如昨,便有了这盏凤樽小夜灯。

小夜灯,静立,无言,威力却堪比阿拉丁神灯,只须合掌轻击,月儿便会升起,思念便如凤鸣。

滑板少年

2016 / 10.03

赶火车。还有一小时,时间绰绰有余。没打的,拎着行李上了公交车。

刷卡机把门。售票员悠闲着,与臂戴红袖箍的人聊天。进一人,咚!刷卡机响一声。乘客鱼贯而入,咚!咚!咚!响声如一串音符,欢快跳跃,清脆悦耳。

早早将交通卡从书包取出,捏在手里,轮到我,妥妥地往刷卡机上一贴。噼噼啪啪噼噼啪啪,响声突然变成了一锅炸开的豆,乱成一团!

卡里没钱了!售票员掉过脸,冲不知所措的我嚷。

原来如此。赶紧掏出钱夹,交钱。

2元,售票员交待。翻钱夹,100元数张、50元、20元、10元、5元、1元、5毛、1毛各一张。取5元递过去。

不找零!和车里人换换零钱吧。售票员说。谁有零钱,帮忙给换换啰!他冲车厢喊开了。

鸦雀无声。车厢里满满的人,端坐着,或握紧扶扦站立着,想着心事,神色肃穆。

我有点尴尬,对热心的售票员道谢,将5元递过去,说就它吧不用找零了。

这时,一个稚气未脱的声音从身后传来:我这有1元,送给您,加上您自己那有1元,正好。

转过头,是位少年,皮肤白皙,眸子乌黑,T恤,牛仔裤,运动鞋,肩上一副蓝色滑板。看来不是刚从运动场回来就是在去运动场的路上。

想着他可能还没到自己挣钱的年纪,我连声说那怎么行,不用不用。

可他坚持,售票员也说,就这样吧,你多交钱我这也不好报账的。

温热的暖流漫过心田。1元零钱,解困、助人。似看见,善良的种子正在少年心中扎根、抽芽、生长,他日终将长成参天大树,造福他人,庇佑自己。

掏出书包的VC泡腾片递与他,说送你的,运动后喝一杯,补充能量!

少年露出两颗小虎牙,嘿嘿乐了。

终点站下车。滑板少年连蹦带跑,消失在茫茫人海中。

山里人家

蓝色预警发布，雾霾又来了，还有扬尘、杨絮。随驴友跑路，上高速，出京城，进了一个名叫山里人家的地方。

青山绿水，清涧淙淙。一幢幢欧式旅舍，苹果绿、柠檬黄、海水蓝、樱桃红，色彩缤纷如鲜花簇拥，在五月的山谷盛装绽放。

溜达到"劳模公社"，德式城堡，爵士乐、蓝调布鲁斯循环播放，门前的停车场有三四个足球场大，立牌写着：车位已满。

只有傍晚，当山谷炊烟袅袅，山岚般弥漫，当房东家炉膛柴火燃烧，噼里啪啦炸响出串串馨香，这才确认，来到山村了。

夜晚很静。凌晨五点醒了。去爬山，空气无比清新，呼哧呼哧喘气，大口大口呼吸。

遇到一位村妇。黝黑的皮肤，披肩发，红绳金坠项链，耐克鞋。杏黄夹衣上的红色袖套，几个字分外醒目：护林管理员。这是丈夫的事，今天他忙，我替班。她说。

我们闲聊起来。嫁过来多久了？是自由恋爱，还是介绍的？有几个小孩？我提些女人家好奇的问题。

介绍的，她说，娘家在箭扣长城，就是这（打开手机，滑出一组照片，示意我看）。结婚那日，来宾中有人说，新娘子长得好像厂里的傅秀珍，我就扑哧乐了，傅秀珍是我大姑姐（丈夫的姐姐）。你看，我和我大姑姐没有任何血缘关系，以前连面都没见过。人这一辈子，怎么就和这家人一起了，真的说不清楚。

两个孩子，大的22，女孩，出去了。小的10岁，男孩，上四年级呢，从小学习很自觉，不用我操心，成绩可好了（又打开手机，滑出一组照片）。瞧，这是老师和儿子的合影，哪个孩子成绩好，做题全对了，老师就和他合影，将照片放到家长圈里。

那一定是你们家长从小教育有方。我由衷赞叹。她说：在孩子的教育上，再穷也不会亏欠他。从小，中科院幼儿园、小学、重点校，都是怀柔区最好的。路程是远点，每天自家车接送呗。儿子从幼儿园起就上绘画课，还得过区比赛二等奖呢！但是，去年他突然不肯画了，说没时间和小朋友玩。大姐，你说他是不是进入叛逆期了？

这都是山林、房子，没见什么土地，那村民都干啥？生活来源、吃的用的咋办？我将话题引入我感到困惑的问题。没啥土地，25年前我20岁嫁过来时就这样。村里百来户四百多人口，年轻的外出打工了，年纪大的，家里房子多的，就开民俗旅馆、建养鱼池，你看，城里人一有空闲就往乡下跑，几百元一只的土鸡也有人吃，乡下人就发家致富了。

她停顿一下，接着说：我家房子少，开不了民宿，我上班，在国企做保洁工，有保险，休公假，这不，今天就替老公值班来了。是

寻找幸福

啊,老公还有别的工作。你想啊,这护林员,每月收入才300元,怎么过日子?好在护林员是轮值,每半年轮一回,这半年中,每月每个人又只须巡山半个月,再加上冬天封山不用当班,这样算下来,全年当班时间满打满算不过两个月,其他10个月就可以另干好几份工作了。

一路说着话,不知不觉,我们已上到山顶。她引领我到一方耸立的石块处,说这儿是国家建的观景台,古长城、山峰、瀑布,都看得到了。

然后,就见她飞身跃上一株树木,又纵身跳下,在我面前摊开手掌。呀!是几粒青绿的、鸽蛋般大小果子。来!吃几个杏吧,不用擦,没农药。她又叮嘱一句:你自己可不能摘,这里每一棵树都是私人的(栽种或承包),我和他们是朋友,摘几个没关系。

放进嘴里,咯嘣一声脆响,清香满溢。看见了翠色果肉中的杏仁,小小一点,洁白、晶莹。

这时,有人停车,打听前方路况。

她问:你想去哪呀?

那人说:随便,找幸福啊,幸福就行。

叶师傅

2018/
/12.23

会务人员招来一辆"滴滴"，送我去机场。驾驶座的司机，宽肩、寸头，背影相对，沉默不语。

我贴紧车窗，睁大眼睛，欲就着满城灯火，瞧瞧这传说中的六朝古都繁华锦绣之地，究竟是甚模样。

突然，刺耳的刹车声猛地响起，似有一股看不见的掌力，将后座的我，一击推向前去。我急忙抓住前座椅背，稳住重心，这时发现司机已经打开车门，下了车。

他拦住一辆红色电动自行车。我摇下车窗，听到了如下对话：

他：你闯红灯了。不是我刹车快，你就没命啦。

电动骑手：不怕，汽车让人，有新交规呢。

他：绿灯行、红灯停，什么

交规，也都得由着这规。在基本常识之内，别人为什么非要让着你呢？还有，你认真想想，为什么，要将自己的生命，交由别人掌管呢？

看见了他的面貌：40出头，中等个，方脸膛，鼻梁架着眼镜，肤色不黑不白。

他回到车上。我说，刚才您的话，讲得多好啊！他叹了口气：唉，吓出一身冷汗，已经好几回了。

我有点好奇，想同他聊天。他也打开了话匣。说感谢这个时代，生在农村，少时学徒，后来勤奋打拼，一直做到大型酒店餐饮主管。现在怀揣护照，兜里有钱，全世界，想去哪就去哪。

一小时车程，听了他的发家致富、育儿教子故事，他还教授了一道美味佳肴"浓汤鲍鱼"的烹制秘方。

下车时，我问师傅您贵姓？

他取出后备厢的行李箱，递过来，"叶，树叶的叶"。

中午到，下午会，晚上走。不知道南京究竟什么样。只有机场的圣诞树、快餐店的鸭血粉丝生煎包，还有偶遇的叶师傅，成了此刻这座历史名城留给我的记忆。

22日夜,记于南京机场。飞机晚点了,凌晨2点进了家门。

责任编辑李建华

2019/01.04

今天一早,接到微信:"我们的书印出来了!"

半年前,《没有围墙的大学》交了稿。几日后,有人加微信,自报家门说是江西高校社编辑李建华。

在出版业工作几十年,深知责任编辑大权在握,决定稿件的生杀予夺、图书的品相成色。

不敢怠慢,赶忙恭敬写上:请严格审查大力斧正。

那边回过来:拜读学习,校对校对。

我一听,急了:编辑得改稿,拜托!

那边发来一个调皮表情:就是那么说说,放心吧,我们的书,会认真对待的。

我这才醒悟。先夸作者,拉近距离,以后沟通起来就好使了。这编辑蛮懂心理学。"我们的书"几个字，暖意融融，编者作者已然一体，我的心顷刻间踏实下来。

月余，稿子回来了，已修枝剪叶、弥补漏洞、矫正错误、妙笔润色。文稿面目清爽起来。观揪出的可怕错误，惊出冷汗，亦为编辑的眼力功力叹服。

接下来，热线商榷，微信频仍。我嫌手书慢，常用语音；她则整理问题，一概笔录，数据齐备，一丝不苟。内文、目录、图片、前言后语……常为一字一图来回推敲，直至暮色四合，华灯初上。

现在，新书已至。而将它打扮得如此漂亮的人：责任编辑李建华（她有一个好听的微信名：微笑百合），还有"志愿者""迥迥""詹社长"，我们什么时候有机会相见呢？

后记：2019年11月22日，建华发来微信："我们这本书的审读报告获奖了！"

我上网查了下，果然，全国第六届优秀审读报告推介活动结果公示，显示江西高校出版社李建华《没有围墙的大学》审读报告获得二等奖。

北大西洋小岛上的读书少女

名额少，获奖不易，我向她表示祝贺。她说："责编要真的喜欢这本书才行，特别是喜欢作者。"

我想，她说的喜欢，体现了一名编辑可贵的职业素养。喜爱自己的职业，喜爱自己每天面对的书稿和作者，带着感情去工作，做不好才怪呢。

小乔

2019/07.07

这次到张家界看看，是小乔提出的。尽管这地方我以前来过，但我不能拒绝她的要求。因为，她叫我"我的姑"。

小乔在国外出生长大，大二学生，5月在北京找了份实习工作。实习一结束，她就给我发语音，让带她出行。

两个月实习，她的中文有了长足的进步。同她讲话，她瞪起美丽的大眼睛，专心致志看着你，好像她是听懂了；而她说话时，嘴动加手动（翻瞅《英汉字典》），她的意思你也能明白得马马虎虎。

她的中文，有着自己的特色。比如，她称她爹娘为"我的爸""我的妈"，将"有一天"说成"一个天"，等等。

小乔喜欢动物，同一切路遇

的猴、狗、猫、蝴蝶、爬虫一见如故,相见恨晚,深情对视,喃喃交谈。

她还是吃货,尤喜肉类。这让我大吃一惊。因为她15岁时,看了环保书后宣布禁肉,成为素食者,坚持数年。这次她大开肉戒,我问她咋想的。她说,所有新鲜的事物她都想尝试,中国美食这么多这么好吃,她定当放开一搏。

丁云勇伯伯自掏腰包请小乔到小店吃山中农家美味:妈妈炒肉、豆菜抱合(黄豆磨碎加油煮熟,和上青菜)、米汤南瓜叶、香米甜酒饼。给她讲这些食物中的有趣故事、亲情、乡情。小乔对"妈妈炒肉"爱不释嘴,连要两份。丁伯伯笑了,说那你记住这味道,就记住了中国。还有湖南的臭豆腐,她比本地人吃得还香!

她关心长辈、乐于助人。这一路来回,我的行李箱上架下架,吃饭时摆碗倒茶,这些力气活、琐碎事她包了。

每到一地,见面的叔叔阿姨伯伯哥哥姐姐都很喜欢小乔,给她讲有趣的中国故事,欣赏中国

山河壮丽,小乔初识。

文化的美妙。在张家界俊秀、壮观的峰林前，小乔看呆了。叔叔便教她吟诵苏轼诗：横看成岭侧成峰，远近高低各不同。不识庐山真面目，只缘身在此山中。一字一句讲解，还题上一柄折扇，赠送小乔。

再过几天，小乔就要离开北京了。希望你以后常回来。

五星小哥

网约了滴滴。

司机是年轻人。他说新年好啊，座椅旁有水，您可以喝的。

我不渴，但还是瞄了一眼。百岁山，晶莹的水立柱，看看也舒坦。

交通出奇地顺畅。还有几百米就该到了。

他提前按下计程器，说您省点钱。

得了好处的我，美滋滋地向他道了谢谢。

那可不可以请您帮个忙，他接着说，现在给我点个五星好评？

那还用说吗！我立即划开页面，完成了点击。

抬起头，见车正好驶进目的地。点评在行程内完成。不由暗自佩服。要知道，很多时候的我们，下车时一边结账一边允诺点评，可是，一转身就忙起来了，顾不上了，忘了。

　　五星好评，可优先派单，关乎司机的荣誉、生计和发展。这位年轻人，不但知道自己要什么，而且有智慧和办法掌控进程，去实现自己的愿望。

　　平凡的、普通的人，带给我们的却总是别样的感动和钦佩。

　　车走了，才想起忘了问他姓什么。那就叫他五星小哥吧。

　　进入大兴机场，新年网红打卡地。果然，20个人中19个看景，只有1个乘机的。

大兴机场。奇幻设计，置身其中如在梦境徜徉。

回家乡

2015 /
/ 05.01~03

五一节，回家乡。父母在哪，家乡在哪。

清晨出发。起飞时大雨，降落时天已放晴。

家门、阳台、小院，熟悉而亲切。还有这株金桂，树冠伸展数十米，夏日树下乘凉，几把竹椅，一壶清茶，唠唠家常。九月花开，满院桂香，遍地金黄。

弟弟少小离家老大回，是否还记得桂花香？

陪父亲散步。院中有林业局挂牌珍贵名木50余种，数量樟树第一，其次桂树。品种、习性、典故，还有来院中时间，父亲一一道来。弟弟讲，那年在西雅图花卉展，父亲和老外比赛，他认出了大部分品种，现场无人能及。反右运动时父亲曾被发配九峰山农场改造，这功夫大约是那时练得

的吧？

这次跟父亲学认识了：木本绣球、无花果、木槿、樟树、铁树、银杏、山茶、柚树、龙爪、石榴、紫薇、紫荆、楠木、棕树、红桎、白桎、金桂、丹桂。还听了"田氏不分，紫槿复荣"的故事，领悟

家乡的桂花树。不是人间种，移从月中来。

草木有情，何况人乎的道理，以及"百棕千桐，永世不穷"，优化种植结构、保护生态的传统做法。

中午乘国航CZ3127启程，临近北京遇强烈气流，颠簸起伏。

今夜，圆月皎洁。思念家乡，思念那些不在乎你飞得高不高，只关心你飞得累不累的家乡人。

志在流水

2015 / 06.21

清晨。丁零零，电话响起。

是父亲：三天小长假，你回不回啊？

这些天手头还有好些事，怕是走不开。我小声回答。有些心虚，有些愧疚。

不要紧，工作为重吧。父亲一以贯之地为我解脱。他停顿一下，又说：我写了个东西，你不回就寄给你。

哦，写的么子？我用家乡话和他套瓷。

重申我和你妈的约定，父亲说。

听到这，我已经猜到是怎么回事了。

多年前，父亲母亲共同签名立下遗嘱，其中交待，他们百年后，让家人将骨灰撒入江河。陈述理由如下：其一，土地资源越来越少，不打算和活人争地；其二，江河之水流动蒸发无处不在，天地循环周而复始永不消失，后人若有思念时，不必千里万里奔波某地，只需就近择水之处静思片刻即可。

几年前，与父亲相濡以沫58年

的母亲过世。父亲被悲伤击倒，入院救治。但他还是把有关的人叫到床前，让按他俩约定办理母亲后事。

然而，此举在母亲娘家引起轩然大波。小舅瞪圆双眼拍桌而起，他要将他的姐姐带回老家祖

长白山天池。一泓清澈，天地循环。

坟去。父亲呢，则命人打开上锁抽屉拿出他和母亲的签名状，说应尊重本人意愿。一时僵持不下。后来还是娘家文化程度最高的大舅，提了个方案：先放放，以后看情况再定。父亲应允，说这样也好，就让母亲等着他，到时随他汇入江海一同游世界去。

这些年，每逢过年、清明、中秋、母亲生日忌日，还有就是父亲自己出远门之前，父亲都会先看望母亲。每次就送母亲一枝花，或是淡蓝色勿忘我，或是温柔小朵的矢车菊。向母亲喃喃地说着什么，或者什么也不说。

这些年，父亲日见衰老，开始忘事。此事却还记得牢固。前些日子，在老家照顾父亲起居的侄儿告知，父亲跟他念叨，修书一封，大意是重申以往，并由儿女签字监督落实，云云。

果真，电话中父亲将他的修书原委和内容，一五一十和盘托出，并意寄出让我们传阅、画押生效。在父亲看来，这便可板上钉钉，任谁也翻不得案了。

志在流水。电话那头父亲说。

父亲年少时便在学校主持诗社论坛，一生写得好文章，遣词用句文雅端庄。

你听到了吗？电话那头父亲问。

我嗫嚅着：信不用寄，我回去再说……

2015年4月5日清明节通话。6月21日父亲节晨5时补记。眼泪止不住流。

那是星星吗？

2015/
/08.20

走在乡间的小路上。夕阳西沉，暮色四合，呱呱的蛙声，划破了旷野的寂静。

一抬头，看见了一幅水墨画。它尺幅阔大，横亘天际，占据了我全部的视线。

山脚人家，灯火绽放一朵明黄；棱线如浪重重推进的山峰，浓墨郁结；上方一抹水晕轻岚。焦黑、黛青、蓝灰、青白……墨兼五彩，干湿浓淡、重重叠叠、漫向了天涯。

那是星星吗？慧大呼小叫起来。久居城市、久违星空的她，像发现了天外来客。

我仔细端详，那么大，那么亮，犹如一颗修炼经年的宝珠，从峰谷，一跃而起。那么，它的旁边，小小暗暗的一点，是什么？是一颗陪伴的小星，还是空气折射它而形成的双影？

那是星星吗？花幽幽怯怯地问，为什么天空不见其他星，是不是挑灯夜战的探测气球，或者巡游天际的人造卫星？

我屏住了呼吸盯住看，生怕一眨眼就丢了它。探测气球，应该会随气流起伏飘忽吧，人造卫星，一定会划出运行变动的轨迹吧。可它，始终在前方，那一个点位，亮亮堂堂，处事不惊，稳定从容。

那是星星吗？它，有着明亮、纯净的光，恰似遗世独立的空谷幽兰，素淡、飘逸、雅致、洁净；又似一首经典老歌，笃定宁静，如泣如诉。望向它，收敛了我的迷茫，平复了躁动的心。

那是母亲慈爱的目光、嫣然的笑容吧。5年前的今天，母亲走了。从此，我便开始了无数次寻找——人海中熟悉的身影、花园中爽朗的笑声、天空中闪烁的星光。

多少回，在街头远远看见她熟悉的身影，跑过去想喊一声妈却落得空有泪湿襟。多少次，晨光熹微中，恍惚见她端坐家乡阳台竹椅上，执一柄早年父亲送的牛角梳，将花白头发梳了又梳。母亲爱美，即使在病痛折磨、四肢僵直的日子里，这一个梳头的动作也未曾中断。多少次，我在北京寓所静坐，总忍不住向房门方向张望。母亲最后滞留的时间里，不认人不识字，身体蜷缩寡言少语，忽一日，她扶着那房门直直站立，看着我，清爽地叫出我的乳名，说了几句从小教育、我早已耳熟能详的话，然后，嘴角微扬，嫣然一笑！那一笑，纯真天然，貌美如花，犹如未曾涉世的孩童，又似花样年华的少女，更是承受苦难包容一切的慈母。那一个笑容，星光熠熠，定格在我的脑海，又身形一闪，飞入了浩瀚的苍穹。

那是星星吗？

亲爱的人知道我在思念吗？

不是渐行渐远，而是终将重逢。

人老有人怜

2015／
／08.28

昨晚，21点12分，G422准时抵达北京西。人们小箱大包，手拎肩扛，熙熙攘攘涌向出站口。

远远的，她看见了父亲，苍老、精瘦、单薄的身子，弓腰前倾，肩上一个挎包，手中一支拐杖，步履缓慢，孑然独行，在匆匆疾步不断掠过的人流中，他的出现，与众不同。

知道老爷子打算来京，亲朋好友一如既往地叮嘱她，要让他们知道他出发的日期和路线，以便他们接送、陪同；而老爷子亦一以贯之地告诫她，切莫告知任何人，添人麻烦；她则一贯到底唯唯诺诺地照办，让他高兴，只能听他的。

她迎上去，给老爷子来一个大大的拥抱，接过包，带他回家。

待他坐定，倒杯奶，削只水果，

问他怎么样，这一路顺不顺。

他答，人老有人嫌，人老有人怜。

怎么讲，人老有人怜？她问。

他便道出了路上的两段经历。

老爷子赴京的流程是这样的。从老家大院出发，先公汽到长途客车站，再大巴到省城，再火车

芭蕉花。花谢了，小芭蕉初长成。

到京城，汽车票火车票早早地就已买妥。在长途客车站，他向司机打听巴士到省城站后如何去火车站，司机看看车票，瞅瞅他，说两下离得远着呢，其实有一趟巴士可直接到达火车站，老人家您这么大岁数，要少跑路，赶快去换票吧。他便去售票口，递上车票，陈述原委，请求更换。窗里听毕，直接甩出三个字，不能换！老爷子自讨没趣，灰头土脸回到巴士前。那司机见他又回来了，一问情况，急了，一个电话打出去，一个人就跑着过来了，司机把老爷子车票塞给他，脸色铁青，那人就跑着走了，一会儿工夫又跑回来，将换好的车票放在老爷子手上了。后来，他乘的巴士果真直接开进了省城的火车站，为他省下了跑路的力气，还有差不多一个钟点的时间，这就使得他可以从容地泡食方便面。这一泡，就又引出了第二段。

倒上开水端着那碗，他寻了个位子坐下，方便面的味道，袅袅婷婷，就飘向了四方。这时，一个女人的声音响起来，老人家，吃方便面不好。老爷子循声望去，才发现侧旁坐着位女子，30来岁

大爱如山韧，亲情似水柔。

光景，膝上一个二三岁的孩子，孩子有双亮晶晶黑漆漆的眸子。老爷子回应，偶尔为之，没关系的。哪晓得那女子不依，说，偶尔也不好，我的先生，就是吃了一次方便面，结果病了一场，您岁数大了，更不要吃了。女子一边说着，一边就抓起几只盼盼法式小面包，放在老爷子手上了。接下来等车唠嗑的时间里，老爷子知道了她是河南人，正奔波在省亲的旅途中。

听着老爷子陈述，她仿佛看见那司机，正驾车奔驰在蓝天下，姑娘痴迷他英俊的脸，微风吹拂了他的发。又看见那河南女子，是美丽的姣好的模样，一次善举，已映入孩子那一双亮晶晶黑漆漆的眸子，一颗种子，已植入幼小的心田，日后将生长出怎样一棵参天大树，庇佑生命的繁荣茂盛。

她又想起他开头说的前半句，便问，人老有人嫌，怎么讲，路上还发生了什么？

他笑了下，摸摸剃得光光的脑壳，说，这个……就不记得了。

街心公园

2016/05.08

思念的时候，就去对面的街心公园走走。

2003年初，母亲父亲从美回来，替我操持家务。不久，京城SARS肆虐，家附近的人民医院，数名医务人员感染身亡。此区进入高度戒备，隔栏密密实实、街上几无行人，紧张、恐怖，空气都在颤抖。

父母年长体衰，为安全见，我几劝离京避避，或回家乡，或去国外。母亲不肯，说孙儿准备中考，最关键的时候，怎么可以离开？至于京城危情，母亲说，一家人更应在一起，共同面对。她给我和全家布置任务：去对面街心花园，锻炼，每天。

锻炼的科目，主要是散步、羽毛球、网球。

街心公园依路而建，植物繁

风中丝柳

茂,春夏的葱绿、姹紫、嫣红,逶迤盛放。父亲好静,一般只散步,母亲好动,喜欢热闹,常拉我们进行球类运动。

母亲善动脑,知道节约体力,她将一只网球,系上长长的松紧绳,绳头捆在球拍杆上,待歆儿蹦跳着将球抛出,母亲便将球拍奋力一挥,唰!空中划过一道绿色弧线,我们的目光追随着它,飞越、飞翔。骨碌碌,一会儿,球又自动滚了回来,母亲手中拽着那栓球的绳呢。

母亲父亲一直陪伴着我们,直到京城解除戒严,直到孙儿顺利通过中考。

母亲退休后,十多年中多次去国外、来京城,看儿女,带孙辈。如今,孙儿们已长大,继承了祖辈的自立、乐观、好学、善良。

母亲走了。街心公园成了我常去的地方。在那里,我似乎还能看见她的身影,听见她对我喊,球来了,快接呀!

记于母亲节晨。

除夕菜单

2017 / 02.02

桌前,他正襟危坐,从抽屉取出几页纸笺铺开,再从上衣口袋掏出那支贴身数十年的黑色派克,拧开笔帽,执于手中,口中念念有词:第一道还是合家欢吧。

原先她在时,都亲自操持厨事,包括每个除夕的年夜饭,而他,定会不离左右踊跃帮厨。她总夸他菜洗得干净,还有一手好刀功,牛肉、土豆切得细如发丝。后来,后来她去了,他也就疏远了灶台淡出了厨房。

但除夕菜单,他还是一定要过问的。且今年还主动请缨,承担执笔大任。

他写字的姿势很特别,右手执笔,左手则紧握右手手腕,藉此稳住脑萎缩引致的右手颤动。我清晰地听到了那颤动摇晃着桌子敲击着地板发出窸窸窣窣的声响，有如地层深处涌出的丝丝叹息。

他的书写样式亦别具一格，随着手颤的节奏，笔墨一点一点落在纸面，没有一笔可以连成光洁的线条。可就是奇了，那无数的点无数的疙疙瘩瘩却组成了字，且字形仍然正楷、标准、规矩有序、方正周全。犹如鼓点擂动排列齐整的战队，威风凛凛，士气激昂。

冬日温暖的阳光，探进窗棂，笼罩着他。他一路点（写）下来：

第一道菜合家欢。蛋饺、精肉、红枣、板栗、花生、莲子、桂圆、核桃、葡萄干、枸杞。十样食材，十全十美，红黄绿白，甘甜芬芳。

接下来葱爆黑山羊、煎鳕鱼、红焖放养鸡、虎皮扣肉、蒜茸木耳淮山胡萝卜、清炒绿花椰、羊汤萝卜。

然后是凉菜、主食、饮料：凤爪、酱牛肉、盐水鸭、卤豆干、米饭、红薯、五粮液、智利红、花生奶。

有一个菜名他没有写。雪花丸子，是我们姊妹自小熟知的美味。那曾是他和她最拿手的合作菜品，观之如簌密雪花滚成晶莹雪球，食之恰香糯大餐芬芳可口，这几年，她去后，他就鲜再提起。

他校正两三字，又誊写一遍。郑重其事，有如完成一个庄严神圣的仪式。

抱紧他，我说老爸，菜单交给我吧，走，下厨做年夜饭啦！

怎么过七夕

2018 / 08.17

今天七夕。是刚在浏览手机报时得知的。报题曰：怎么过七夕？

有些纳闷，这日子，在这所人来人往的编辑大楼里，未曾听人提及。屏上的朋友圈，对今日何日也集体视而不见缄默不言。

所以我，此时才知这日子的到来。

立即给老爷子打电话。通了，却没人接。有些担心。几年前的8月17日，母亲走了。今年，这一天，却撞上了七夕。

再拨。这回，他的声音传了过来。有些耳背的他，努力提高了嗓门。

我：在干啥呢？

他：今下午，最后那颗松动的牙，掉了。那年去北京看牙，你妈一起去的。坏牙都拔了，留下两颗

还能凑合用的，现在，都没了。

嘴里没牙，他的声音有些含混。

停顿一下，他问：记得今天是什么日子不？

牛郎会织女。金风玉露一相逢，便胜却，人间无数。我以抢答的速度跟上。这难不倒我，小时，七夕夜，父亲母亲摇着大蒲扇，指着遥远的星空，给我们讲过

野鸦椿，也叫小山辣子，深山偶遇的尤物，更妥帖的名称应该是「烈焰红唇」。

388

那个古老的故事，一首"纤云弄巧"，那时我已背得滚瓜烂熟。

笑声从那头传过来。

月光清澈，撒落一地。

那年花好月正圆

2018/
/09.24

露从今夜白，月是故乡明。

故乡今夜，月亮却不知去了哪里。仰头找，滴答，雨点掉在了脸上。

不能散步赏月，便在厅堂唠唠家常。想起这段整理老爷子的"随记"，便抽取其中一段，读与他和弟妹听。40多年前，老爷子下放农村，某日他写道：

"今天中秋之夜，皓月当空，生产队宣布不开会，大家自由活动。我拄着拐杖，和亚平（注：我母亲）漫步坳上——大队部——鹅形山。走到鹅形山河边柳树下，在稀疏的月影下，我俩紧靠着树干坐着，河水发出潺潺的声音，与远处的几点蛙鼓、河堤里的唧唧虫声相呼应，如水一般的月色泻满了整个大地，几点荧光在树荫深处一闪一闪，整个世界是如此寂静，如此神秘。我俩念叨着不在身边的孩子们，想象着他们此时此刻在干什么，在说什么。使人欣慰的是，我们都在同一个中秋圆月下面，柔和的月亮光，慷慨地洒在我们身上，也同时慷慨地洒在我们亲人们身上……"

弟弟惊讶道：老爸，没想到，那样的处境，你俩还这么浪漫啊！

老爷子没吱声，嘴角挂上了笑容，眼神飘出了窗外。

亲爱的妈妈，想你了。

游必有方

2019/02.09

过年这些天，手机叮咚叮咚响。

一看，友甲站于埃及金字塔下，抱拳作揖，笑靥如花；又看，友乙在撒哈拉沙漠撒欢，头顶蓝天，足下金黄一望无际；再看，友丙正三下新西兰，重访基督城……

心底里好生羡慕。但是，陪老爷子聊天，嘴上还是乖巧：父母在，不远游。

他说：还有后半句哩，游必有方。

我：这个"方"，是"理由"的意思吧？出游，必是有不得已的原因。

他：想来有"方位"之意，出游可以，但要告知父母所去方向。

理工男老三也来插一嘴：解为"技法"。出游地点、交通等选择要讲究，家中有事，方便立即赶回。

游必有方。三个人，三个说法。都与《论语》原解有出入，但似乎都讲得有些道理。

年过了，我们又要离家了。

老皇历

2019/
/02.10

老爹的书柜，个头不大，柜面的漆剥落严重，柜门咧着指宽的缝。是很多年前的旧物了。

每当日出，婆娑的树影便越进窗，向柜顶攀援。

这天，从柜中找书，翻到一本《老皇历》，封底印着书价2元。"封建迷信吧？"我顺嘴一说。

他：你看看再全面下结论，为什么它又叫《农民历》？每年一本，几十年了，我都会买。

他停顿一下，又说："它的最后一页，都会印上《增广贤文》，里面有蛮多的好话呢！有人云'读熟《增广》会说话，读熟《离娄》好相骂。'这是我们小时的启蒙读物，那时都会读。"

这次在家，还真将《老皇历》，重点是《增广》，读了一遍。

忘忧草

2019 / 05.12

今天一早开机，发现"圈内"已热热闹闹非同凡响。

女人们的微信，简直称得上视觉、听觉的盛宴。艳丽的玫瑰、小提琴《烛光里的妈妈》、足蹬高跟鞋腾跃的舞蹈……身为人母的女人们，极尽欢乐，祝自己，祝同类，母亲节快乐。

这种自嗨的心态和状态，恰如其时传递给了我。让我在今日全天审片的高强度工作中，精神焕发、头脑清醒，找问题挑错误弹无虚发。

散会了。穿过长安街走上回家的路。雨刚停，路面冲刷如新，空气湿润草香浮动。天空灰蓝浅浅淡淡，即使黑夜将临，仍然清澈明净。

前面，一个步履蹒跚、踽踽独行的身影，突然击中了我。瞬间有些恍惚，那是母亲吗？想她了，眼泪忍不住流下来。

中国的母亲花，名叫忘忧草，民间又称疗忧花。我喜欢这名字，喜欢它绿叶纷披清秀俊美的花朵。

谨以盛开的忘忧草，献给我们的母亲，也献给母亲的我们。

儿行千里母担忧，世上因此生长出安慰母亲的忘忧草，也叫萱草花。

随记

2019/
/11.24

厚厚的两大本"随记",100多万字,父亲写了近30年。我们录入电脑,编辑校对,装订成册,断断续续,前后用时3年。

终于在他93岁生日的今天,送给他。

他刚出院。前些天突然高烧,反复数日,让医生费了些周折。现在的他,气力严重不足,声音细小含混不清,走路慢吞吞,拐杖小心翼翼探着路面。

打开书函,他用瘦骨嶙峋的手,摩挲着封面。咧开的嘴,没有声音,没有牙。那笑容,轻轻浅浅,分明又透着些孩子气。

做了一辈子编辑,经手的书稿不计其数,而父亲的册卷,让我相遇了未曾见过面的祖母、家族的许多前辈,还有父亲的童年、少年,以及他后来与我们聚少离多的岁月。

有人建议我,写一个前言,或编后记什么的。尽管心潮起伏,但我终是没有写。我想,就这本书而言,毋需赘言,素读,也许是对父亲最大的尊重。

所以,我将"随记"的开篇放于扉页,权当自序:

无穷的时光电掣般从广阔的原野流逝着,

有人用若干万分之一秒的快门截取了一张照片,

人生就是照片里的那一点点。

但这一点点,却也五彩缤纷,百看不厌。

写随记目的:遏制脑萎缩症候的发展;保留一点片段情况。

写随记方法:务实求真;兴来就写。

主要读者:自己、亚平同志、子女。

以上他写的,已足够精彩,胜过我写任何前言后语。

我只叮嘱老爷子一句:

咱们讲好,您接着随记,我接着给您编书。